第四届《安徽古籍叢書》編審委員會

主任委員

黄德寬

副主任委員

諸偉奇

丁　放

彭君華

委員（按姓氏筆畫順序）

卞　利　方錫球　牛繼清　王啓才

吴先伍　施立業　胡傳志　紀健生

陳　林　張玉才　曹小雲　曹天生

程德和　楊　軍　楊應芹　趙國華

鮑　恒　樊嘉禄

安徽古籍叢書萃編

黃山書社

張孝祥詞箋校

宋·張孝祥 撰

宛敏灝 箋校

图书在版编目(CIP)数据

张孝祥词笺校 / (宋) 张孝祥撰；宛敏灏笺校. —合肥：黄山书社, 2014.1
(安徽古籍丛书萃编)
ISBN 978-7-5461-4279-1

Ⅰ. ①张… Ⅱ. ①张… ②宛… Ⅲ. ①宋词-注释-南宋 Ⅳ. ①I222.844.2

中国版本图书馆 CIP 数据核字(2014)第 006163 号

张孝祥词笺校

出版人　任耕耘
策　划　任耕耘　赵国华　汤吟菲
执行策划　汤吟菲　徐娟娟
责任编辑　任耕耘　徐娟娟　范丽娜

装帧设计　未　氓
责任印制　戚　帅

出版发行　时代出版传媒股份有限公司(http://www.pressmart.com)
黄山书社(http://www.hspress.cn)
官方直营书店(http://hsssbook.taobao.com)
营销部电话:0551-63533762　63533768
(合肥市政务文化新区翡翠路 1118 号出版传媒广场 7 层　邮编:230071)
经　销　新华书店
印　制　安徽联众印刷有限公司

开本　880×1230　1/32　印张　9.25　字数　200 千字
版次　2014 年 9 月第 1 版　2014 年 9 月第 1 次印刷
书号　978-7-5461-4279-1　定价　100.00 元

序

黄德寬

值此《安徽古籍叢書萃編》編輯出版之際，欣逢新時期安徽古籍整理出版工作步入而立之年！三十年來安徽的古籍整理出版工作，很值得認真地進行一番回顧總結。

一九八一年，中共中央發布《關於整理我國古籍的指示》，成立了以李一氓同志爲組長的國家古籍整理出版規劃領導小組，正式拉開了新時期古籍整理出版工作的序幕。一九八四年，中共安徽省委決定建立安徽省古籍整理出版領導小組，由時任省人大常委會副主任魏心一同志挂帥，聯合了省新聞出版局等政府部門和安徽大學等高等院校、研究單位，正式啓動安徽省古籍整理出版工作。同年，安徽專業古籍出版單位黄山書社也宣告成立。安徽古籍整理出版工作由此翻開了嶄新的一頁。

三十年間，安徽省古籍整理出版工作堅持初衷，克服困難，在政府部門的支持和社會賢達的關心下，經過學者們的艱辛努力，取得了豐碩成果，其最有代表性的成果就是《安徽古籍叢書》的編纂出版。

《安徽古籍叢書》凝結了當代安徽傳統文化研究領域衆多學者與專家的心血和汗水。以吴孟復先生爲代表，組成《安徽古籍叢書》第一届編審委員會，賡續安徽先哲編刊地方叢書盛業，梳理文獻綫索，擬訂叢書子目，擘劃編纂體例。遵循嚴格的學術規範，《安徽古籍叢書》自一九八九年三月刊出第一種——《舊聞隨筆》，截至二〇一三年底，連同修訂再版，出版已突破百種，成爲我國當代古籍整理一個有影響力的品牌。

收入《安徽古籍叢書》的各類古籍，既有朱熹、戴震、俞正燮、凌廷堪、程瑶田、黄生、包世臣、楊仁山、吴汝綸等學術巨擘的著作，也有張孝祥、錢澄之、方苞、方文、施愚山、姚鼐、吴敬梓等文學名家的作品；此外，包拯、朱升、朱元璋、阮大鋮、姚瑩、方孝標、劉銘傳等皖籍著名歷史人物的著述也盡在其中。正是因爲歷代賢哲創造的精神財富，使得《安徽古籍叢書》一經出版即蜚聲海内外，産生了廣泛的社會影響。李一氓同志曾經撰文，欣喜地表示：

『現在有一個好現象，安徽要編印新的《安徽叢書》。』當代著名學者金克木、胡道静、張岱年、程千帆等先生稱道『這是安徽文化事業的一項盛舉』。法國漢學家戴廷傑也對《安徽古籍叢書》堅持嚴格的學術規範稱賞不已。

《安徽古籍叢書》的順利編輯出版，還因爲改革開放帶來的時代機遇。改革開放三十多年來，我國經濟文化繁榮昌盛，使得《安徽古籍叢書》能够得到有關方面的財力支持。上個世紀八十年代，《安徽古籍叢書》編纂在發軔之時，就不斷有項目入選國家古籍整理出版規劃，得到國家各方面的有力支持。最新公布的《二〇一一—二〇二〇年國家古籍整理出版規劃》中，包括《方以智全書》在内的新列《安徽古籍叢書》項目品種就多達四十八種。安徽古籍的整理編纂工作，正是在改革開放的大背景下，在全國古籍整理出版工作的大格局中，取得了突出的成就并展現着美好的未來。

《安徽古籍叢書》的編纂出版，安徽大學『省古籍整理出版辦公室』發揮了重要作用。古籍辦的同志們長期堅守在古籍整理出版崗位，甘於清苦，默默奉獻，辛勤耕耘，爲《安徽古籍叢書》的編纂和安徽古籍整理出版工作做出了突出的貢獻。二〇一〇年，在『全國專業古籍出版社社長年會暨全國優秀古籍圖書評獎會』上，時任國家新聞出版總署副署長鄔書林同志作題爲《無愧歷史　珍惜時代　出好精品》的講話，指出：『安徽是堅持地方古籍整理工作最好的省份。不少地方古籍辦幾乎都撤了，或名存實亡，安徽則堅持不輟，并做了大量工作。』

黨的『十八大』從戰略層面提出扎實推進社會主義文化强國建設，豐富人民精神文化生活，『建設優秀傳統文化傳承體系，弘揚中華優秀傳統文化』。《安徽古籍叢書》立足鄉邦文獻的整理編纂，因應了國家文化建設的宏偉規劃，是文化强省乃至文化强國建設事業的題中應有之義。這項事業遠非一兩代人所能完成，正如一九八一年中央三十七號文件所指出的，『整理古籍是一件大事，得搞上百年』。

《安徽古籍叢書》煌煌巨制，結構開放，歷時久遠。回顧過去，出版較早的圖書有些已經絶版；叢書版式、裝幀也屢經變更。爲適應集中展示、收藏和研究的需要，對已經出版的《安徽古籍叢書》進行階段性的集中梳理，適當遴選，統一版式，影印出版本套叢書是十分必要的。

作爲首套《安徽古籍叢書》選編本，我們希望通過這套書的出版發行，能使更多的讀者瞭解、認識和利用好《安徽古籍叢書》，有更多的皖籍、非皖籍專家學者參與到安徽地方歷史文獻的研究整理工作中來，讓《安徽古籍叢書》在未來不斷發展壯大。這是我們在新時期安徽古籍整理出版事業三十年之際的殷殷屬望！

二〇一四年六月

凡例

一、本編從二〇一〇年（包括二〇一〇年）以前出版的《安徽古籍叢書》中選取文獻資料價值大、校點整理質量上乘、學界仍有需求的圖書進行重印。

二、二〇一〇年以後出版者因市場上新書尚多，此次不復列入。早期所版《文學研究法》《舊聞隨筆》《桐城文學淵源考·撰述考》《桐城耆舊傳》《爾雅翼》等雖均爲叢書的中堅，因已有修訂新版，此次亦不復列入。《安徽古籍叢書附輯》整體不予列入。

三、所選圖書按初版時間先後順序編排。

四、采用原版掃描影印，不重新録排，儘量保存原書面貌。原書頁眉中的明顯編輯錯誤，逕改不出校；《竇山公家議校注》《康輶紀行 東槎紀略》兩種原書無頁眉，現統一補加。

五、重新設計製作封面，統一規格、工藝。一律采用大三十二開本，精裝。《説文假借義證》一書原版爲十六開，一個頁面放兩個中國頁，此次按統一開本重新排版，一個頁面放半個中國頁。

并新附《説文假借義證索引》於該書書末，以方便讀者檢索。《毛詩後箋》《吴汝綸全集》《田間詩學》《説文假借義證》等原書規模較大，爲方便讀者閲讀，現重新分册。另，《賓山公家議校注》保留原書西式裝訂方式。

六、收録叢書文獻由於各種原因，還存在這樣那樣的不足，請讀者批評指正。

第四届《安徽古籍叢書》編審委員會

二〇一四年六月

張孝祥詞箋校

〔宋〕張孝祥 撰 宛敏灝 箋校

黃山書社

（皖）新登字05號

叢書常務編輯・楊應芹
責任編輯・彭君華
裝幀設計・蔣萬景

安徽古籍叢書

張孝祥詞箋校

〔宋〕張孝祥 撰　宛敏灝 箋校
祖保泉 審訂
安徽省古籍整理出版規劃委員會辦公室編
黄山書社出版（合肥市金寨路381号）
新華書店經銷　安徽書刊印刷廠印刷
开本：850×1168　1/32　印張：9　字數：20,000　插頁：4
1993年9月第1版　1993年9月第1次印刷
印數：0001—2000

ISBN7—80535—385—9/G・142　定價：（精）9.50圓
（平）6.50圓

安徽省古籍整理出版规划委员会

顾　　问　丁继哲　王惠鹏　杜维佑　李广涛　张立一　郑　锐　郑淮舟　胡　坦　胡云龙　侯　永
陶若存　崔剑晓　傅大章　潘锷镎

主　　任　魏心一

副 主 任　冻基余　赵应铎　陶有法　鹿世金

委　　员　刘景龙　吴孟复　金隆德　祖保泉　贾文昭　黎　洪

安徽省古籍整理出版基金会

理 事 长　崔剑晓

副理事长　丁继哲　杜维佑　胡　坦　潘锷镎

秘 书 长　朱　扬　汪慎琳

理　　事　马素英　卞兆龙　田照临　朱邦福　孙伯耀　吴存心　吴孝雨　汪石满　张其果　张振明
季昌清　郑英保　郑贤明　钮　涟　钱　进　陶显斌　潘培咸　穆建科

安徽古籍丛书编审委员会

学术顾问　王子野　吴小如　吴作人　吴组缃　周一良　周绍良　金克木　宛敏灏　胡道静　殷焕先
常任侠　蒋元卿　舒　芜

主任委员　吴孟复

副主任委员　刘永年　祖保泉　施培毅　贾文昭

委　　员　朱一清　朱世力　任弘毅　刘学锴　孙文光　纪健生　杨应芹　汪福润　沙宗复　夏秀流
徐凌云　诸伟奇　梁垣祥　傅玉璋

按姓氏笔画排列

安徽古籍叢書編印緣起

偉大祖國，歷史悠久，典籍豐富。我省地處南北之交，學術尤擅其盛。數千年來，哲學、史學、文學、藝術、語言、科技，作者輩出，著述如林，或自名一家，或蔚然成派，多爲中華民族文化之菁華，有裨於社會主義文化之建設。允宜及時整理，以廣流傳。

粤自明清，以至近世，南北郡邑已有涇川叢書、龍眠叢書、貴池先哲遺書、南陵叢書諸刻。一九三一年，復有安徽叢書之編印，所收皆皖人著作，分期影印。出至第六期，以抗戰軍興而中止。盛業未竟，論者惜之。

今者，中央倡導整理古籍，我省領導對此尤爲關心。省古籍整理出版規劃委員會幾經商討，決定編印安徽古籍叢書。最其體例，約有數端：一、所收皆爲歷代皖人著作。地域，以現行省區爲准。時間，一般以成書於「五四」之前爲限。內容，以文、史、哲爲主。二、整理方式：包括輯、校、標點或註釋，尤注意於稿本、稀見本之搜輯與傳布。校勘，力求採用善本爲底本，校以他書，或加補輯、編次。標點，採用新式標點。註釋，務求精確，但不作煩瑣考證。整理中，盡量吸收國內外研究的新成果。三、先秦、兩漢著作及文字、訓詁之書，皆用繁體字；其餘則多用簡體字。版皆竪排，以期一律。四、凡熱心於本叢書編印及捐資助刊者，得於書內題名。

安徽古籍叢書編審委員會

一九八九年七月

一自歸來堂没後　頓教風月屬陶塘　清黄鉞

陶塘（今鏡湖公園），步月橋後遠景爲赭山及安徽師範大學。

書影一（乾道本）

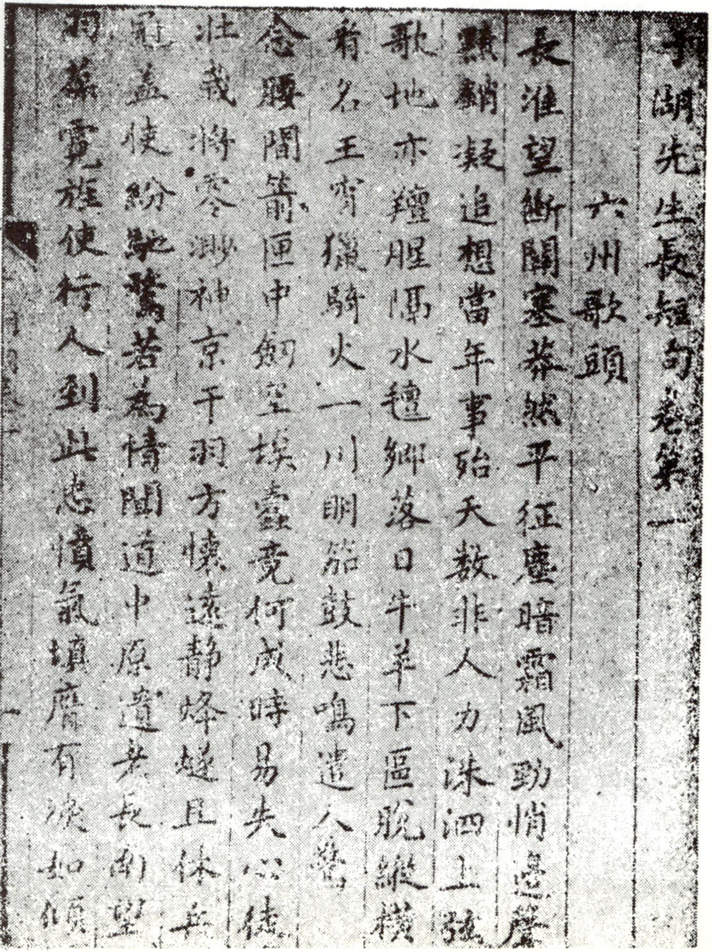

于湖先生長短句卷第一

六州歌頭

長淮望斷關塞莽然平征塵暗霜風勁悄邊聲
黯銷凝追想當年事殆天數非人力洙泗上弦
歌地亦羶腥隔水氈鄉落日牛羊下區脫縱橫
看名王宵獵騎火一川明笳鼓悲鳴遣人驚
念腰間箭匣中劍空埃蠹竟何成時易失心徒
壯歲將零渺神京干羽方懷遠靜烽燧且休兵
冠蓋使紛馳騖若為情聞道中原遺老常南望
翠葆霓旌使行人到此忠憤氣填膺有淚如傾

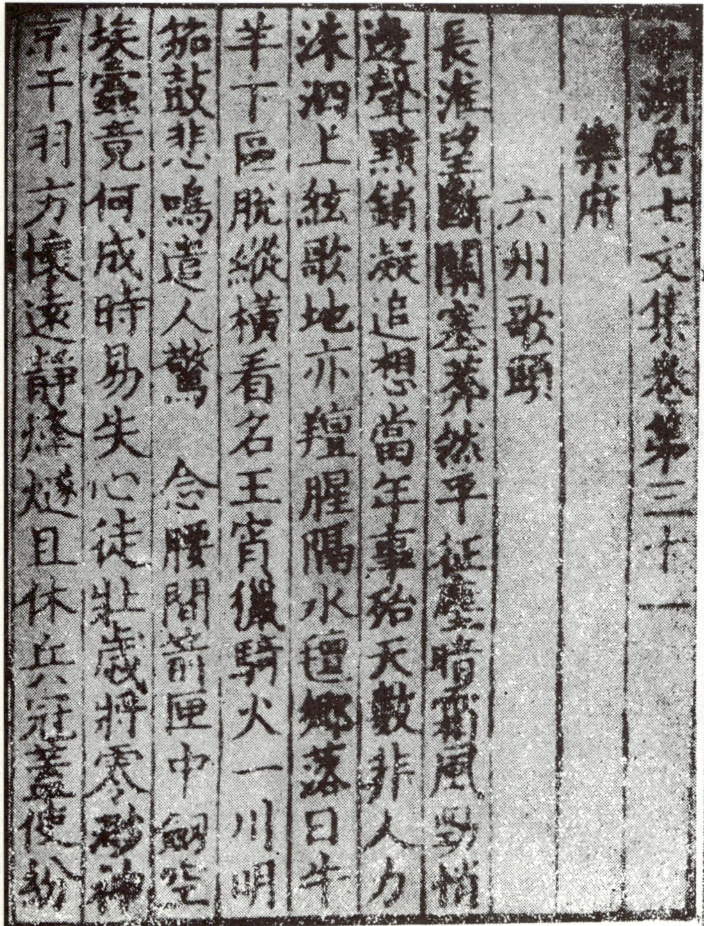

于湖居士文集卷第三十一

樂府

六州歌頭

長淮望斷關塞莽然平征塵暗霜風勁悄
邊聲黯銷凝追想當年事殆天數非人力
洙泗上弦歌地亦羶腥隔水氈鄉落日牛
羊下區脫縱橫看名王宵獵騎火一川明
笳鼓悲鳴遣人驚　念腰間箭匣中劍空
埃蠹竟何成時易失心徒壯歲將零渺神
京干羽方懷遠靜烽燧且休兵冠蓋使紛

書影二（嘉泰本）

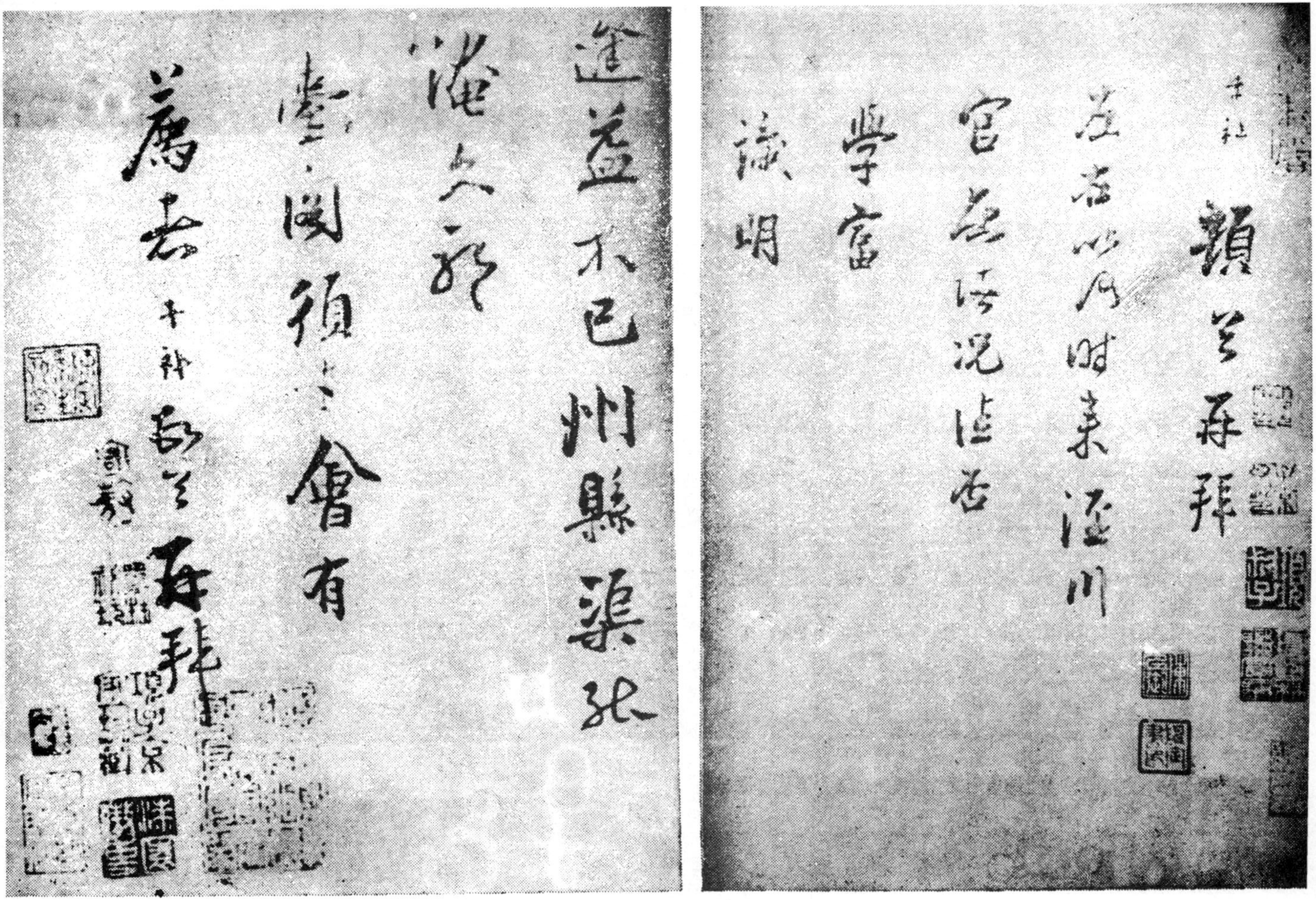

張孝祥逕川帖

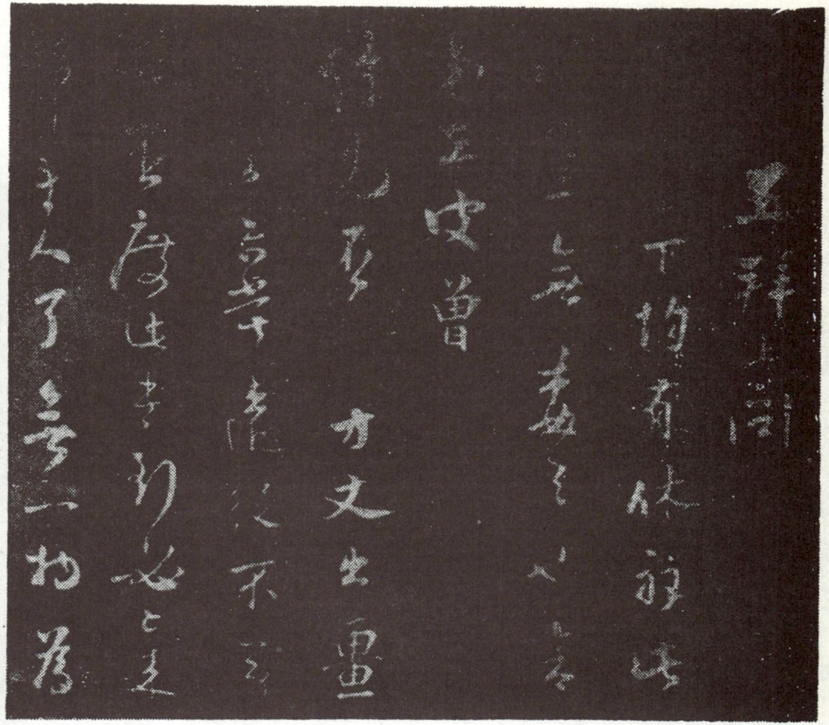

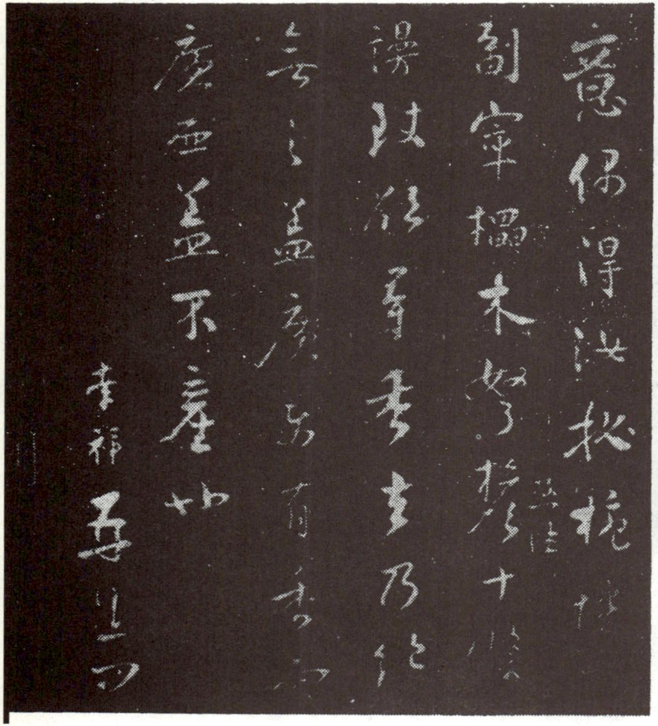

張孝祥休禪帖

目次

于湖先生長短句五卷

卷一

卷二

卷三

卷四

卷五

于湖先生長短句拾遺一卷

輯補于湖詞一卷

前言

（一）

張孝祥字安國，號于湖。宋高宗紹興二年（公元一一三二年）生於鄞縣（今浙江鄞縣），孝宗乾道五年（一一六九）卒於蕪湖（今安徽蕪湖市）。在短促的一生中，歷官至中書舍人直學士院並先後六守外郡，顯示其從事政治活動的能力。同時，他對文學創作及書法等多方面也具有卓越才華和成就。在中國文學史上是南宋初年詞風轉變中的著名作家之一。

一、家世歷陽之東鄙……蓋文昌之後

孝祥所以别號于湖或稱于湖居士，當因遷寓蕪湖關係。按蕪湖縣漢屬丹陽郡，晉太康二年又分丹陽縣增置于湖縣，故治約在今安徽當塗與蕪湖縣間。自宋以來，一般已視于湖與蕪湖爲古今名。孝祥有自贊説：「于湖，于湖，隻眼細，隻眼粗；細眼觀天地，粗眼看凡夫。」讀此知孝祥固嘗自稱于湖，並非如于湖居士文集附録宣城張氏信譜傳（以下簡稱譜傳）所云「學者稱爲于湖先生」。

原籍和州烏江縣，宋和州治歷陽，烏江爲其屬縣（今安徽和縣有烏江鎮）〔一〕。孝祥代其父祁回張推官書云：「某家世歷陽之東鄙，自先祖始易農爲儒。或云唐末遠祖自若湖徙家，蓋文昌之後。文昌諱籍，見於唐書，烏江人也。」若湖未淤前在和州與烏江間。孝祥稱唐末居其地的先世爲「遠

祖」，則自中唐張籍以下的世繫殆已不可考，僅知其爲籍之後裔而已〔二〕。

歷陽張氏這一家族在南宋王朝參與政治活動之較著者，有孝祥及其伯父邵，從侄即之，宋史各爲立傳。無傳而見於宰輔表者有同知樞密院事兼參知政事孝伯（即之父）。此外如孝祥父祁、叔父郯（孝伯父）、從弟孝曾、孝忠（並邵子）、子同之等亦皆仕有政績並多以文學著稱〔三〕。

宋高宗紹興二年（一一三二），孝祥出生於鄞縣方廣院之僧房〔四〕。母時氏，生孝祥後旋殁，故其設九幽醮薦所生母青詞中有：「終身之恨，弗逮於慈容」等語〔五〕。

先是，孝祥大伯父邵於徽宗宣和三年（一一二一）登上舍第，高宗建炎元年（一一二七）官衢州司刑曹事。孝祥有與嚴守朱新仲書云：「建炎俶擾，尚書（指邵）奉大母馮夫人渡江，諸弟悉從」。按建炎三年（一一二九）二月，高宗「始聽士民從便避兵」（宋史本紀高宗二），同年九月，張邵已假禮部尚書使金，故張氏舉家南遷至浙約在此年。邵使金時，二弟祁、郯皆補官，並添差祁明州觀察推官，奉母以居。和州旋於十一月間一度爲金兀朮所陷。在渡江窮追宋帝途中，次年正月又攻陷明州。三月，兀朮引兵北歸。此後多年未在和州這一地帶交戰，張祁很可能率領孝祥於紹興十年短期回到故鄉〔六〕。

紹興十一年（一一四一）金兵又連陷壽春、廬州，二月趨歷陽。據于湖先生文集附録譜傳説：「紹興初年，金人寇和州，隨父渡江，居蕪湖昇僊橋西。時公（指孝祥）甫數歲」。看來他們父子是這年正月倉卒渡江暫住。到紹興十三年（一一四三）張邵自金返宋，旋遭母喪，張祁已無長駐鄞縣必要。從此便在蕪湖定居下來。

二、好底盡爲君佔却

于湖居士文集（以下簡稱文集）張孝伯序云：「于湖先生長孝伯五歲，垂髫奉書追隨，未嘗一日相捨。」這説的是同寓鄞縣時事。譜傳謂遷居蕪湖後，張祁「嘗面池築室爲讀書所。池故多蛙，公（指孝祥）以硯擲之，聲遂永息，人咸異之。既貴，即以禁蛙名其池」，此當係無稽之談。至年十八時，居建康，從鄉先生蔡清宇爲學（文集汪文舉墓志銘）。

宋史張孝祥傳稱孝祥「讀書一過目不忘，下筆頃刻數千言」。文集孝伯序説：「每見于詩、于文、于四六，未嘗屬稿。和鉛舒紙，一筆寫就，心手相得，勢若風雨。孝伯從旁鈔寫，輒笑謂曰：『録此何爲！』間從手掣去。良由天才超絶，得之游戲，意若不欲專以文字爲事業者。」

他在取得科名方面頗順利。宋史本傳云：「年十六領鄉書，再舉冠里選（據孝伯序爲紹興癸酉歲），紹興二十四年廷試第一」。這樣就以二十三歲的少年，成爲當時衆所艷稱的三元及第。宋吴曾能改齋漫録卷十六曾記載這樣一件事：「去年今日（詞略），此陳濟翁驀山溪詞也。舍人張孝祥知潭州，因宴客伎有歌此至『金杯酒，君王勸，頭上宫花顫』，其首自爲之摇顫者數四。坐客皆忍笑指目者甚多，而孝祥竟不覺也。」可以想見他在十餘年後，對此還是很得意。可是在當日却因此惹出一場災難。

周密齊東野語卷十三：「紹興二十四年，總得（祁）之子安國，由鄉薦得對集英。考官置第七，秦塤爲冠。塤試浙漕南宮皆第一。先傳臚一夕進御。安國卷紙既厚，筆墨復精妙。上覽之喜甚，擢爲首選，實以抑秦。秦不能堪，喟曰：『胡寅雖遠斥，力猶能使故人子爲狀元耶！』而廷唱上又稱其詩。安國詣謝，秦問學何書，曰，顏書。又曰，上愛狀元詩，常觀誰詩？對曰，杜詩。秦色莊笑曰：『好底盡爲君佔却。』」四朝聞見錄所載基本相同，最後說：「檜笑曰『天下好事，君家都佔斷』，蓋嫉之也。」秦檜爲何嫉孝祥，顯然由於他的孫子秦塤沒有奪得狀元關係。檜爲此事是煞費苦心的，早在去年八月秦塤會試兩浙漕司，檜曾撤去不聽話的主考而另派別人。及禮部復試和廷試前，檜在人事方面都有所安排，不意功敗垂成，他怎得不惱羞成怒呐〔七〕？

這時胡寅以「譏訕朝政」罪被遠斥新州。檜把孝祥擢狀元事跟胡寅聯繫起來，已流露將借詞陷害張祁父子之意。據宋史本傳說：唱第後，檜親黨「曹泳揖孝祥於殿廷以請婚爲言，孝祥不答，泳憾之」。譜傳亦云：「公方第，即上疏言岳飛忠勇，天下共聞，一朝被謗，不旬日而亡……今朝廷寃之，天下寃之……當亟復其爵，厚恤其家，表其忠義，播告中外……秦相益忌之」。於是指使右正言張扶誣祁與胡寅勾結，有反謀。次年九月逮祁下大理寺鞫治。幸其年十月檜死，魏良臣密奏散獄釋罪，到十一月乙丑張祁才得出獄。宋史本傳說：「遂以孝祥爲秘書省正字。故事，殿試第一人次舉始召，孝祥第甫一年得召由此〔八〕。」

三、雖富貴、忍棄平生荆布

上面提到曹泳揖孝祥於殿廷以請婚爲言，孝祥不答。由於泳係檜黨，「不答」是可以理解的。

不過他所以不答似不僅單純爲此，還有一段難以告人之隱，就是早與一位李氏同居，並且已經生了長子同之。

關於同之是否孝祥之子以及于湖詞念奴嬌（風帆更起）和兩首木蘭花慢（送歸雲去雁、紫簫吹散後）等有無本事，這是文獻無徵、向難索解的問題。

自一九七三年文物第四期刊出江浦黃悅嶺南宋張同之夫婦墓一文，介紹文物中有同之夫婦墓志各一方。這對肯定孝祥和同之的關係是個難得的重要資料；可惜墓志除提到同之生母爲李氏外，關於孝祥與李氏一段因緣的始末，仍然毫未透露。後來作者偶然把上述三首詞跟有關孝祥生平的一些資料聯繫起來考慮，因而形成一個完整的故事。現簡述於下：

建炎以來，金兵屢次南下。江淮之間居民，多數渡江避難，這里包括有張孝祥和同之的生母李氏。紹興十七年（一一四七）孝祥「領鄉書」，纔十六歲。其與李氏相愛經過無從懸揣，但二人發生夫婦關係，可能即在此年或更早幾個月。年輕早熟，十五、六歲有個情侶，原不足爲怪，但究竟不是正式婚姻。尤其張祁出獄以後，想到爲拒婚觸怒了曹泳，不無餘悸。在不宜將與李氏同居關係公開出來的情況下，商量結果是另娶表妹時氏爲正室，好共同把前此一段風流韻事隱瞞起來。這一迫不得已的辦法，似得到李氏的諒解。於是在紹興二十六年的重陽前一日，孝祥由建康送別李氏回到原籍桐城縣（即漢桐鄉舊地）。這時同之已經十歲。再從有關張同之的傳說推測，李氏回鄉，似以要學道爲名，定居於浮山附近。此山的壁立巖有天然石閣，供道教祖師真武像。巖自北宋已有張公巖之稱，後人不察，竟謂由於同之棄官辭家隱於其中，辟穀僊去（見和州志及浮山志）。但據同之墓志，他是卒於官舍的。

請看孝祥爲此而寫的幾首詞，現將念奴嬌一首鈔在下面：

風帆更起，望一天秋色，離愁無數。明日重陽尊酒裏，誰與黃花爲主？別岸風煙，孤舟燈火，今夕知何處？不如江月，照伊清夜同去。　船過采石江邊，望夫山下，酌水應懷古。德曜歸來，雖富貴、忍棄平生荆布！默想音容，遥憐兒女，獨立衡皋暮。桐鄉君子，念予憔悴如許！

據「望夫山」和「遥憐兒女」等語，知送與被送者有夫婦關係；但又説什麽「雖富貴、忍棄平生荆布」。棄，就不是一般離别了。上遍從江邊一片秋色離愁寫到人的思維活動，暗想李氏明日已成爲無主的黃花，連今宵也不知飄泊到哪裏。自恨不如江月還可以随人同去。换頭設想李氏船過采石磯，會因望夫山的傳説而聯繫到己身的遭遇。接着寫自己此時的心情，剛得富貴，怎忍就抛棄向來甘苦與共的孟光！風帆已遠，暮色蒼茫。他猶獨立江皋悵望着李氏和同之。如此負心，實非得已，因而希冀桐鄉的士大夫們予以曲諒。全詞每協一韻各自成段，層層遞進，沉痛地表達其無可奈何的心情。

不忍棄終於棄了，這在情感上是多麽難堪。兩首木蘭花慢（詞長不録）協韻相同，大約都是在送别後不久寫的。「送歸雲去雁」一首從别時痛苦寫到别後情懷；「紫簫吹散後」一首用了一些夫婦生離死别故實，由追維往事寫到相見無期，充分表達了遣返李氏後自己心情上的痛苦。前人欣賞這兩首詞，由於不明本事，只能從字面上去評價 如楊慎詞品卷四說：「清麗之句如佩解湘腰，釵孤楚鬢，不可勝載。」賀裳皺水軒詞筌却説「昇庵極稱張孝祥詞而佳者不載，如『醒時冉冉夢時休』（與原句有出入）『擬把菱花一半，試尋高價皇州』，此則壓卷者也。」爲何這幾句算得是壓卷，也没有説出個道理來。現在却有條件更爲確切地去理解這兩首和其他有關的詞了。

孝祥娶正室時氏疑即在遣返李氏後不久。時氏在臨安病故，約在紹興二十九年（一一五九）以前。譜傳載孝祥卒時有子曰太平「方髫年」，當係後娶者所有。同之墓志稱以孝祥致仕恩授承務郎，則其時與李氏關係當已公開。

四、我欲乘風去，擊楫誓中流

孝祥娶時氏那一年，官不過校書郎兼國史實録院校勘。但接連遷陞，紹興二十八年（一一五八）除起居舍人，次年又兼權中書舍人。文集卷十有殿廬偶成詩云：「簾幕垂垂燕子風，宫花春盡翠陰濃，日長禁直文書静，寶蓺時時一拆封。」這是他當日生活的寫照。但就在本年八月，他竟被汪徹所劾罷。先是孝祥與汪徹同爲館職，修先朝實録。徹老成畏禍，務在磨棱；孝祥年少氣鋭，欲悉情狀，往往凌拂之。至是徹爲御史中丞，爲了報復宿怨，首劾孝祥「姦不在盧杞之下」，請「速從竄殛」。此案並牽連其親故多人同被處分。究其所劾者類皆不實或誇大之辭，欲加之罪而已〔九〕。

高宗詔予孝祥外任而本人乞宫觀，乃以孝祥提舉江州太平興國宫。秋歸蕪湖，舟行江中作多麗詞云：「景蕭疎，楚江那更高秋。遠連天、茫茫都是，敗蘆枯蓼汀洲。認炊煙、幾家蝸舍，映夕照、一簇漁舟。去國雖遠，寧親漸近，數峰青處是吾州（下略）」。

紹興三十年（一一六〇），除知撫州。宋史本傳稱其「年未三十，莅事精確，老於州縣者所不及」。譜傳更舉一事例，略謂：臨川詰卒搶刼兵器庫，孝祥單騎馳赴軍中平亂。首先安撫了聽命的衆卒而斬其倡亂者，結果闔城晏然。又文集曾節録其在撫州禁止出售假藥的禁榜。從這兩件事可以略見孝祥的應變之才和對人民的關心。但他在臨川約僅一年，又被落職離開。

紹興三十一年（一一六一）的秋冬，孝祥閒居，時往來於宣城、蕪湖間。此年九月，金主亮大舉南下侵宋。十一月初八日，虞允文集合王權潰卒與金兵會戰於采石，大敗之。此役是宋金對抗中關鍵性的一戰，完顔亮被阻不得渡江，東下到揚州爲部下所殺，南宋小朝廷纔得轉危爲安。孝祥聽到這一勝利喜訊，以激動的心情寫了一首水調歌頭和龐佑甫聞采石戰勝，全詞如下：

雪洗虜塵静，風約楚雲留。何人爲寫悲壯，吹角古城樓。湖海平生豪氣，關塞如今風景，剪燭看吴鈎。剩喜然犀處，駭浪與天浮。　憶當年，周與謝，富春秋。小喬初嫁，香囊未解，勳業故優游。赤壁磯頭落照，肥水橋邊衰草，渺渺唤人愁。我欲乘風去，擊楫誓中流！

據韓元吉水調歌頭和龐佑甫見寄有「坐想敬亭山下」，「相對兩詩流」等句，知張龐時同在宣城。孝祥這首和詞一起就抒寫聞捷的喜悦。「剪燭看吴鈎」等句表達了自己從戎衛國的豪情壯志。换頭歌頌虞允文却敵制勝的勳業，比之於周瑜和謝玄。這年虞已五十二而孝祥纔三十，説虞春秋鼎盛，也就顯得自己更是年少有爲。接着寫赤壁、淝水這兩個古戰場的愁人景象，亦即暗示江淮失地尚待恢復。最後以「乘風」、「擊楫」兩語作結，豪邁有力，尤見作者壯懷激烈和憂國熱情。

五、忠憤氣填膺

采石大捷，宋軍民都受到很大鼓舞。孝祥除和龐佑甫詞外，還寫了辛巳冬聞德音七律二首。這時高宗起用張浚判建康府兼行宫留守，浚請高宗進駐建康。孝祥想象將見「翠蹕春行天動色，牙檣胥濟海無波」的盛況，但以「小儒不得參戎事，剩賦新詩續雅歌」爲憾。紹興三十二年正月初五日高宗到建康府，張浚入對，詔浚仍舊兼行宫留守，二月初六日，高宗又還臨安。孝祥當即在此期間赴建康在浚幕作客，所見所聞，不免令人失望，所以有一天在張浚宴客席上寫了一首著名的六州歌頭〔一〇〕：

長淮望斷，關塞莽然平。征塵暗，霜風勁，悄邊聲。黯銷凝。追想當年事，殆天數，非人力，洙泗上，絃歌地，亦膻腥。隔水氈鄉，落日牛羊下，區脱縱横。看名王宵獵，騎火一川明。笳鼓悲鳴，遣人驚。念腰間箭，匣中劍，空埃蠹，竟何成！時易失，心徒壯，歲將零。渺神京。干羽方懷遠，静烽燧，且休兵。冠蓋使，紛馳騖，若爲情？聞道中原遺老，常南望翠葆霓旌。使行人到此，忠憤氣填膺，有淚如傾。

這首詞一開始就指出長淮千里，關塞已經蕩然無存。征塵暗淡，霜風凄緊，更增戰後的悲凉。因而追懷往事，慨歎中原淪陷，洙泗膻腥。接着指出强敵只隔一水，獵火照江，笳鼓驚心，形勢仍岌岌可危。换頭抒發自己的懷抱，空有雄心壯志而時不我待。懦怯的統治者按兵不動，議和的使者絡繹於途。象這樣委屈求全，苟安誤國，試問何以爲情？最後舉出淪陷區人民向往祖國，殷切希望恢復的事實；揭露忍辱求和是多麼違反人民意願，使人感到無比憤怒。這首詞不僅表達了作者的滿腔悲憤，更有力地鼓舞和激發人們的愛國熱情。據朝野遺記載：「歌闋，魏公（浚）爲罷席而入」。清陳廷焯白雨齋詞話說：「淋漓痛快，筆飽墨酣，讀之令人起舞」。但事實上高宗只圖苟安，所以孝祥仍然是「小儒不得參戎事」，到閏二月中旬只好又回到宣城去了。

隆興元年（一一六三），孝祥復集英殿修撰，知平江府，以五月到任，次年二月赴召。平江即今蘇州，當時倚爲臨安屏障。孝祥扶植善類，抑强暴，庭無滯訟。在短短幾個月内，做了不少有益於人民的事，如上疏乞不催兩浙積欠，屬邑有大姓煮海囊槖爲奸利，捕治籍其家，得粟數萬斛。次年即以此粟賑濟吴中饑荒。

隆興二年（一一六四）二月，孝祥以張浚薦召赴行在入對。除中書舍人直學士院兼都督府參贊軍事，又兼領建康留守。這時孝宗因和議不成復詔張浚視事江淮。孝祥奉命後，在赴建康劃一利害裏首先奏陳：「臣今來起發，欲先往鎮江府措置事宜訖，即至建康交割職事，就令本府以次官時暫權管，卻往兩淮。將來若有邊事，亦許臣往來措置」（以下尚有請准訪問才能；按劾州縣官吏及奏報徑投御前等條）。可見他爲了抗金軍事措置是如何爭取時間積極去辦。不過在和戰兩派激烈鬥爭中，孝宗也就舉棋不定。由於湯思退的黨羽尹穡、錢端禮、王之望等的竭力詆毁，四月張浚罷判福州。這樣，孝祥就不得不去。約在半年後，他亦被劾爲浚黨而落職了。

孝祥罷建康留守後，便回到蕪湖。乾道元年正月，寫了一首滿江红于湖懷古。元吴師道吴禮部詩話說：「于湖玩鞭亭，晉明帝覘王敦營壘處。自温庭筠賦詩後，張文潛又賦于湖曲以正湖陰之誤……張安國滿江红云(詞略)，雖間採温張語而詞氣亦不在其下。嘗見安國大書此詞，後題乾道元年正月十日，筆勢奇偉可愛。」這首詞是借王敦反晉事來抒發自己對南宋王朝寄託的希望，故有「看東南、佳氣鬱葱葱」等語。

六、孤光自照，肝肺皆冰雪

乾道元年(一一六五)六月，張孝祥復集英殿修撰，知静江府，廣南西路經略安撫使。按湯思退已於去年落職永州居住，行至信州憂悸而死。故孝祥得復官。

根據文集現存詩詞，得知孝祥此次赴任係由蕪湖取道今江西、湖南轉往桂林。陸行至衡山改舟湖湘江，以七月七日過永州到達任所。

宋史本傳稱其「治有聲績」。公暇與交遊時相唱和，其水調歌頭桂林中秋有「老子興不淺，聊復此淹留」等句。同調另一首桂林集句一起用杜甫詩「五嶺皆炎熱，宜人獨桂林」，而結以「莫問驂鸞事，有酒且頻斟」，足見此時確確實實興復不淺。不過到「重陽時節」，他寫了一首柳梢青餞別蔣德施粟子求諸公，便有「一杯莫惜留連，我亦是天涯倦客」等語。尤其滿江红思歸寄柳州表現歸思很濃，詞云：

秋滿灕源，瘴雲静，曉山如簇。動遠思，空江小艇，高丘喬木。策策西風雙鬢底，暉暉斜日朱欄曲。試側身回首望京華，迷南北。　思歸夢，天邊鵠；遊宦事，蕉中鹿。想一年好處，砌红堆绿。羅帕分柑霜落

齒，冰盤剥芡珠盈掬。倩春纖縷鱠擣香虀，新篘熟。羅帕一聯，楊慎詞品卷四曾舉爲「詠物之工」例句。孝祥身在遠郡猶回望京華，説明思歸不僅是爲了懷念江南風物。當然，思親也是原因之一，例如説：「家在楚尾吳頭，歸期猶未，對此驚時節」（念奴嬌欲雪呈朱漕元順），「不因莼鱠，白頭親望真切」（念奴嬌張仲欽提刑江邊再和）。次年春三月行廣右道中，作七絶二首（文集卷十一）有「啼鳥一聲家萬里」及「勸歸啼鳥意諄諄」等句，仍流露思歸情緒。

乾道二年（公元一一六六）六月，孝祥罷静江府，代之者張維（仲欽），原爲廣西提點刑獄公事。餞別席上，孝祥詩有「伏櫪壯心猶未已，須君爲我請長纓」句（文集卷七），可略見其懷抱。孝祥約以六月下旬離開桂林，三日過興安，遂泛湘江北歸。便道遊浯溪，勾留約旬日。七夕又抵衡陽，十五日登祝融峰。嗣自長沙經湘陰以中秋日到達洞庭，亭午繫舟屈原廟下。是夜「天無纖雲，月明如晝」，於是盡却隨從而獨登金沙堆。今集中猶存當時所作記、賦、祭文及古體詩多篇，其念奴嬌過洞庭一詞，尤爲後世所傳誦。詞云：

洞庭青草，近中秋，更無一點風色。玉鑑瓊田三萬頃，著我扁舟一葉。素月分輝，明河共影，表裏俱澄澈。悠然心會，妙處難與君説。　應念嶺海經年，孤光自照，肝肺皆冰雪。短髮蕭騷襟袖冷，穩泛滄浪空闊。盡吸西江，細斟北斗，萬象爲賓客。扣舷獨嘯，不知今夕何夕！

孝祥自來静江，思歸之情時見於文字；但對於「以言者罷」則似未能釋然。歸途初尚遊興甚豪；及過長江，又有如下一些詞句：「一葉扁舟，誰念我，今日天涯飄泊？平楚南來，大江東去，處處風波惡。吳中何地，滿懷俱是離索」（念奴嬌星沙初下）。「落日閒雲歸意促，小倚篷窗，寫作思家曲」（蝶戀花行湘陰）。字裏行間，交織着隻身漂泊和世路崎嶇的感慨。在念奴嬌這首詞裏，則更突出自己的高潔，以見言者之無端毀謗。故有「表裏俱澄澈」，「孤光自照，肝肺皆冰雪」等語。宋魏了翁跋此詞真蹟云：「洞庭所賦，在集中最爲傑特，方其吸江斟斗，賓客萬象時，詎知世間有紫微青瑣哉？」（鶴山大全集）清查禮亦云：「念奴嬌過洞庭一解，最爲世所傳誦。其中如玉鑒瓊田三萬頃……表裏俱澄澈。又云：短髮蕭騷襟袖冷……不知今夕何夕，皆神來之句，非思議所能及也。」（銅鼓書堂詞話）王闓運更謂此詞飄飄有淩雲之氣，覺東坡水調，猶有塵心（湘綺樓詞選）。又宋翔鳳樂府餘論云：「要先立自治之策以應之，可謂知恢復之本計。其念奴嬌悠然心會，妙處難與君說，爲惜朝廷難與暢陳此理。」此蓋宋氏讀詞之「悠然心會」處，可備一說。

江行經黃州暫停，訪東坡，作五律東坡、黃州各一首。後者有句云：「艱難念時事，留滯豈身謀！」九日在蘄州，旋過江州東下歸蕪湖。

七、湘波不動楚山碧

乾道三年（一一六七）三月望日，過金山。爲寺僧題堂名曰「玉鑒」（題蘇翰林詩後）。五月，起知潭州，權荆湖南路提點刑獄公事。赴任經彭澤故縣至江州，與王質遊廬山，旋過鄂州以六月到長沙。餞送前任劉珙（恭父），今存致語及詞多首。蒼梧謠餞劉恭父次首云：「歸。獵獵薰風颭繡旗，攔教住，重舉送行杯。」可見一時酬酢之盛。

宋史本傳稱孝祥爲政簡易，時以威濟之，湖南遂以無事。譜傳並舉其爲一婦人平反寃獄。

孟冬，築敬簡堂爲講學之所。先是隆興二年（一一六四）四月張浚罷判福州，同年八月卒。此時張栻（敬夫）兄弟扶柩至州境，不能入蜀。孝祥爲營葬於屬縣寧鄉之西。遂築堂與敬夫講性命之學，四方之學者漸至。孝祥自篆「顔淵問仁」章於中屏，張栻作記。朱熹爲書記並作詩。嗣知熹將爲衡嶽之遊，遂邀其來長沙。據與朱編修書，此次爲二人第一次會晤。熹不久離去，孝祥有南鄉子送朱元晦張欽夫邢少連同集詞。按孝祥於理學無所成就，其與理學家張栻、朱熹交往，主要由於政治見解相同之故。

乾道四年（一一六八）春，在長沙出郊勸農，與老稚會飲。他寫了一首五言古詩，題爲勸農以湘波不動楚山碧花壓闌干春晝長爲韻得干字：

積雨已連月，長沙尚春寒，今朝定何朝，喚客來江干……勸農有故事，般樂非所安，薄晚會春園，老稚隨馬鞍。堯肩侑尊酒，呼喚來同盤，從容及鄙事，爾汝開心肝。我是耕田夫，偶然爲此官，飽不知稼穡，愧汝催租瘢。願言各努力，長年好相看。

就分韻字數看，想見一時賓從之多和與民同樂盛況。孝祥在長沙又曾有湖湘以竹車激水詩。文集謝堯仁序說：「其帥長沙也，一日有送至水車詩石本，掛於書室，特携堯仁就觀。因問曰：『此詩可及何人？不得佞我。』堯仁時窘於急卒，不容有不盡。因直告曰：『此活脱是東坡詩，力亦直與相輒。但蘇家父子更有畫佛入滅、次韻水官、贈眼醫、韓幹畫馬等數篇，此詩相去却尚有一二分之劣爾。」先生大然堯仁之言。」蓋知其有意學東坡，故作此語。

父祁似以今年春就養，方回瀛奎律髓云：「總得居士渡湘江賦詩云：『春過瀟湘渡，真觀八景圖。雲藏嶽麓寺，江入洞庭湖……通省壯浪，所以子有父風。」胡應麟詩藪謂「雲藏」二句爲宋南渡後之可參唐集者。按孝祥出郊詩亦有「春連嶽麓寺，花滿定王城」句。

八、酒闌揮淚向悲風

乾道四年（一一六八）秋，徙知荆南湖北路安撫使。遂去潭州，張栻贈序勉以講學。八月到荆州，與前任方滋交代。文集中有浣溪沙洞庭一詞云：

行盡瀟湘到洞庭，楚天闊處數峰青，旗梢不動晚波平。紅蓼一灣紋纈亂，白魚雙尾玉刀明，夜凉船影浸疎星。

詞語清雋，不似前年經洞庭時情緒，當徙荆州途中作。

孝祥連守三州，其施政頗能因地制宜，重點各別。静江有少數民族問題，故頗重視張仲欽之行邊，予以很高評價；潭州如能年豐民足，便可消弭起義，故致力勸農；荆州則須内外兼顧，既要關心民瘼，又要備敵防邊。孝祥到任三月，即着手做兩件大事：築金隄以防水患，置萬盈倉以儲漕運。今文集猶存其金隄記及荆南重建萬盈倉記。

又有浣溪沙荆州約馬舉先登城樓觀塞詞云：

霜日明霄水蘸空，鳴鞘聲裏繡旗紅，淡煙衰草有無中。　萬里中原烽火北，一樽濁酒戍樓東，酒闌揮淚向悲風。

此詞上片寫邊塞荒凉景象，下片抒發念念不忘萬里中原的感情。但與「我欲乘風去，擊楫誓中流」及「忠憤氣填膺」等句相較，語氣就顯得衰颯消極。

孝祥當徙知荆州之初，即曾請免。略謂：「頃緣親疾，屢乞免歸」，對於「上游重鎮」，希望「別選名臣，使當一面；遂臣之私，賦以祠禄」（辭免知荆南奏狀）。到職之後，仍繼續請求，在給朱編修信裏寫得比較清楚。他說：「自來荆州，老者病甚思歸，舟楫往來江上，不復定處。僕亦心志忽忽，百事盡廢。」又說：「某自到官即請去，凡六七。最後乞致仕，乞尋醫，且欲不俟報棄官而歸。諸公乃亦相察，今復得祠禄矣。近制不必俟代者，已治舟楫，載衣囊，五七日便可離此。」

乾道五年（一一六九）三月三日，進顯謨閣直學士致仕。孝祥很高興地寫了請説歸休好及喜歸作五言律詩多首（文集卷九）。臨行前兩日又作鷓鴣天荆州別同官云：「又向荆州住半年，西風催放五湖船。來時露菊團金顆，去日池荷疊緑錢。」江行阻風石首，再賦詩寄荆州僚舊，旋過岳陽樓，復阻風漢口。四月，抵黄州。嗣經蘄州、江州、池州歸至蕪湖。其浣溪沙親舊蘄口相訪次首云：「已是人間不繫舟，此心元自不驚鷗，卧看駭浪與天浮。　對飲祇應頻舉酒，臨風何必更搔頭，暝煙多處是神州。」同樣是「駭浪與天浮」，用於聞采石戰勝時上句是「剩喜燃犀處」，而此則云「卧看」以見漠不關心。但「祇應」、「何必」等語仍透露其無法關心之意。過江州偕王阮遊廬山，作萬杉寺詩二章，「阮得詩獨憮然不滿曰：先生氣吐虹霓，今獨稍卑之何也？」（見岳珂桯史）蓋孝祥此時已知恢復無望，情緒不免低落。「瞑煙多處是神州」句與「酒闌揮淚向悲風」實同一感慨。

九、孝宗惜之，有用才不盡之歎

乾道五年（一一六九）夏秋之間，孝祥以送虞允文飲蕪湖舟中，中暑卒（參照王質雪山集五于湖集序及周密齊東野語卷十三張才彥條）。故韓元吉祭張舍人文云：「觸炎歊而遽疾，卧空舟而倏逝」（南澗甲乙稿卷十八）。沈端節挽詩亦有「撫櫬江皋淚泫然」句，端節時爲蕪湖知縣。宋史本傳：「以疾卒。孝宗惜之，有用才不盡之歎。」今讀其遺集並參閱各書有關紀載，孝祥不愧是位政治立場堅定，有見解，有能力，而又肯實幹的人才。可惜在世時間太短了。

宋史本傳又說：「渡江初大議惟和戰，張浚主復仇，湯思退祖秦檜之說力主和；孝祥出入二人之門而兩持其說」，這與事實是不相符的。孝祥登第出湯思退之門，早期彼此曾有往還，這是合乎常情的。當時汪徹就很不瞭解，曾說過「蔡中郎失身於董卓，故不爲君子所與。」孝祥則答以「顧自立何如」。後事實證明確是自有主張而能够「自立」的。早在孝祥登第尚未授官時，便不怕觸怒秦檜，上疏請表彰岳飛忠義，鮮明地站到主戰派一邊。及張浚都督江淮東西兩路軍馬，孝祥在符離失利，張浚橫遭攻擊時，毅然出任其都督府參贊軍事兼領建康留守。浚罷，思退暗派孫造教金人以重兵脅和，孝祥則揭露金「不過欲要盟」以致被劾落職。足見兩派在繼續鬥爭中，孝祥並未因浚卒而改變其主張。直到湯思退死後數月，孝祥纔又起知静江府。這説明他們之間後期關係，已經尖銳到勢不兩立了。

孝祥在政治見解上有個中心思想是始終如一的，那就是「先盡自治以爲恢復」。「恢復」是目的，「自治」是手段，也就是爲「刷無窮之恥，復不共戴天之仇」準備有利條件。有幾點主張經常見於他的奏議：（一）總攬權綱。當爲秘書省正字時，就有論總攬權綱以盡更化札子給高宗。其後在論治體札子裏又稱孝宗能「獨攬權綱，考覈名實」。（二）儲備人才。「静有以察未形之機，動有以應方來之變的實才最不可少」。要「收拾度外之士，搏取而詳察，以備緩急之用」。（三）謀國欲一。他有論謀國欲一札子舉例論證「謀不一之爲患」，在論治體札子裏也曾指出「大僚欲其同德比義，共濟艱難之業，群臣欲其宿道鄉方，不爲朋友之私」。（四）益務遠略。這是「自治」的主要内容，因不同對象而要求有别。高宗偷安，便提出「無苟目前，益務遠略」；孝宗激進，則請其「益務遠略，不求近功」。他始終强調備戰，指出「兵不可以不練，將不可以不擇」，主張「立志欲堅不欲鋭，成功在久不在速」。

當采石之戰以前，淮西三帥不協。他以在野之身，曾寫信給李顯忠責其不「出騎要擊」，力勸要與王權、成閔配合作戰。同時又代任信孺寫信給王權，請其交歡李成，協義同力，專心國事。具見其憂國苦心。「國家駐兵淮甸，根本之地實在江南，沿江控扼當有重鎮」，建議將沿江帥府予以調整。關於重修馬政，他奏陳不宜諸軍分養，請專置一司，責以事功。劉錡守荆州，議欲出衛卒往成錡所。孝祥謂吴至荆州山川阻遠，夔之去荆道路無幾，不如以夔兵益荆州而轉成都、潼川之卒替補其闕。凡此種種都具有卓見。其他如奏請免催兩浙積欠，乞賑江東路沿江州軍水災，繳駁成閔按劾部將，因論賞罰之柄不可失，指出諸路提刑、提舉空立兩司，宜盡行廢併，裁減人吏等等。雖僅針對一時一事，實具有深遠意義。

孝祥既卒，張栻在祭于湖先生文裏說：「嗟乎！如君而止斯耶？其英邁豪特之氣，其復可得耶？」譜傳也說：「向使……天錫永年……必將有大過人者，卒不能究其所施，賫志以殁。」都認爲他早卒是很可惜的。

一〇、樂府之作……先生之胸次及筆力皆在焉

孝祥著作今存于湖居士文集四十卷，涵芬樓借慈溪李氏所藏宋本影印，收入四部叢刊。一九八〇年上海古籍出版社據此排印校點本，其中不無尚待商榷處，但單行本實給讀者求書以方便。

此宋本以寧宗嘉泰元年（一二〇一）由王大成校輯刊於南昌，時從弟孝伯知隆興府充江南西路安撫使。集首謝堯仁序謂「天下刊先生文集者有數處」，據孝伯序稱「盡以家藏與諸家所刊屬其（指大成）讎校，雖不敢謂全書，然視他本則有間」。看來這是晚出而較爲完備的本子，其中存詩最多，文次之，詞又次之，共得千篇以上。

孝祥卒後三年，歷陽守胡元功爲編詩集附詞，韓元吉爲作序（南澗甲乙稿卷十四）。又二年，從弟孝忠爲編印文集於大冶，王質爲作序（雪山集卷五），今皆佚。惟卒後二年，建安劉温父所編詞集，湯衡、陳應行先後撰序者猶存。吴昌綬雙照樓影印于湖居士樂府四卷係摹自全集；陶湘涉園影

印于湖先生長短句五卷拾遺一卷即據建安本，明毛晉刊宋六十名家詞初僅就花庵詞選等輯爲一卷，後見建安本，又取其不重複者續編爲二三兩卷。全宋詞初版係以陶刻爲主，標點本則改從全集，而輯補其遺漏者。現行于湖詞蓋以此書輯録最爲完備。孔凡禮全宋詞補輯僅增一首。

謝堯仁序文集云：「樂府之作，雖但得於一時燕笑咳唾之餘，而先生之胸次筆力皆在焉，今人皆以爲勝東坡」。「勝」之一字未必恰當，但綜觀孝祥存詞二百二十餘首，雖瑕瑜互見，要以優秀者居多。論其風格，實介乎蘇辛之間。

宋滕仲固跋笑笑詞説：「昔聞張于湖一傳而得吳敬齋，再傳而得郭遯齋，源深流長，故其詞或如驚濤出壑，或如縐縠紋江，或如静練赴海，可謂冰生於水而寒於水矣。」詹傅爲笑笑詞作序，亦稱郭應祥「以其餘緒寓於長短句，豈惟足以接張于湖、吳敬齋之源流而已。」吳鎰爲孝祥守撫州時所舉進士，其敬齋詞已佚。就笑笑詞説，序、跋的評價殊嫌溢美。不過滕跋所舉「驚濤」諸喻，我們在讀于湖詞時確有這三種不同的感受。

大抵激於愛國熱情，發抒忠義之氣者，則如驚濤出壑。這是于湖詞的主要部分，正如謝堯仁所説：「先生之雄略遠志，其欲掃開河洛之氛祲，蕩洙泗之羶腥者，未嘗一日而忘胸中。」忠憤激切之情往往不能自已而發之於詞，其最著者如六州歌頭（長淮望斷）、水調歌頭聞采石戰勝等都是。前人論詞，如陳廷焯、張德瀛、馮煦等多予此類作品以很高的評價。

其直抒胸臆，表達豪邁坦率之懷者，則如净練赴海。宋周密選的絶妙好詞，以孝祥爲首，其所取者似側重道類作品。首録其念奴嬌過洞庭，次又録其西江月丹陽湖，這類詞在集中也佔有一定分量，特點是即景生情，因事寄意，其慷慨高歌處也不是完全與政治無關，不過表達抑鬱的感情比較含蓄一些。

至於摹景融情，別有清雋自然之趣纏綿悱惻之思，則似縐縠紋江。這類詞小令如浣溪沙洞庭，長調如多麗(景蕭疎)以及懷念情婦的兩首木蘭花慢和雨中花慢等。此三類代表詞作多已分別引見上文，其他不備舉。孝祥詞也還有糟粕，應酬之作，易涉庸濫；時亦雜用神僊道釋語。至其詩文非無可觀，但爲詞名所掩而已。

總之，宋代詞風的轉變始自蘇軾，把詞從浮艷中解放出來，反映了更爲廣闊的生活面，開拓了詞的境界，也加强了詞的思想性。到辛棄疾則更具有時代的新内客，他反映了尖銳的民族矛盾，表現其愛國主義精神，進一步擴大了詞的領域。按南宋初期已有一些作者把恢復祖國的壯懷，反對權臣的憤慨以至撫時感事的憂思，强烈地在詞裏表達出來，這就更高地繼承蘇軾的詞風，反映當時的主要矛盾，起了承先啓後的作用。孝祥正是其中留下作品較多成就較大的一位作家。

一一、頓教風月屬陶塘

孝祥殁葬建康鍾山，故韓元吉祭文有「望孤墳於鍾山」語。文集附録有弔于湖墓在秣陵詩，作者失注。檢景定建康志知爲董道輔紹熙庚戌中秋後三日拜于湖先生墓詩，時爲孝祥卒後二十一年。詩云：「晚出白門下，疲馬踏秋色。鍾山度蒼翠，慰我遠行客。暮投清泉寺，花草獻幽寂。長廊静無人，落日照西壁。平生張于湖，萬里去一息。翩然九州外，汗漫跨鯨脊。乾坤能幾時？安用較顔跖。文章失津梁，所念斯道厄。夜闌耿不寐，搔首賦蕭索。懷人感西風，翁仲守孤陌。」董，武陵人，于湖門人，見歷陽典録。清朱緒曾亦有訪宋顯謨閣學士張公孝祥墓詩，注謂「去太平門十八里」（見續金陵詩徵）。按代遠年湮，此墓今失所在。

紹興初，孝祥随父遷居蕪湖，其遺蹟據各書記載及傳説，尚可略知一二。四朝聞見録説：「張，烏江人，寓居蕪湖，捐己田百畝匯而爲池，園種芙蕖楊柳。鷗鷺出没，煙雨變態。扁堂曰歸去來。」孝祥有蝶戀花懷于湖詞：

恰則杏花紅一樹，撚指來時，結子青無數。漠漠春陰纏柳絮，一天風雨將春去。　春到家山須小住。芍藥櫻桃，更是尋芳處。繞院碧蓮三百畝，留春伴我春應許。

「繞院碧蓮三百畝」，想見當年勝景。到清乾隆間，黄鉞有于湖竹枝詞云：「昇平橋畔狀元坊，曾寓于湖張孝祥，一自歸來堂没後，頓教風月屬陶塘。」原注略謂昇平橋在城西，故宅在焉。陶塘在坊後半里，當即歸來遺址。按宋嘉泰元年（一二〇一），孝祥長子同之的繼配章氏「以疾終於于湖里第」（章氏墓志），此「里第」似指「故宅」。至歸去來堂遺址，到清代曾歸王澤，其湖上新葺小園雜詩有句云：「歸去來堂久已無，一間茅屋祀于湖。」清道光八年黄鉞又移祀於赭山之滴翠軒，軒傳爲黄山谷讀書處。赭山亦孝祥遊息之地，其赭山分韻得成葉字詩有句云：「我有一樽酒，高處得細傾，諒非無事飲，憂國空含情」，「連年避胡亂，生理安可説？今年更倉皇，芻稿亦焚刼。扶扶持過江南，十口四五活。」可見其游覽中仍流露憂國憂民之情。

陶塘在赭山南麓，一名鏡湖。今市民仍多沿習慣稱爲陶塘。民國以來，明清兩代所以紀念孝祥者，已逐漸不爲人所知，惟此塘依然無恙，解放後闢爲鏡湖公園，面貌一新。湖中煙雨墩傳即歸來堂遺址，今爲蕪湖市圖書館。惜在十年動亂中，滴翠軒爲某廠佔用，嵌壁有謝崧爲移祀張于湖詩石刻，已很久未與羣衆見面〔一一〕。

【注釋】

〔一〕關於張孝祥籍貫說法，宋以來早有分歧：劉甲蜀人物誌稱爲温州人；王象之輿地紀勝、楊慎詞品、毛晉于湖詞跋皆以爲簡州人；近世著作尚有沿用後一誤說者。

〔二〕關於世繫：張籍有子名閎，見和州誌。陸游所撰張郯墓誌銘，曾述其上三代爲延慶、補及幾。其間應有多世失考。但于湖居士文集附録張安國傳及譜傳皆稱孝祥爲籍七世孫。依年代推算，顯誤。

〔三〕詳參拙作張孝祥年譜附錄張氏世繫表及說明。

〔四〕見寶慶四明志卷九。按宋治平二年，將唐咸通十一年所建栖州院改名爲方廣院。院在鄞縣西桃源鄉，距城五十餘里。疑金兵陷明州時，張祁奉母及其家屬避難寄居於此。其後邵郯及母馮氏、祁妻孫氏等都葬在這一山區。

〔五〕張祁凡三娶：孫氏、時氏、李氏。據張司之墓志，孫氏、李氏皆恭人，獨時氏爲碩人。顯因孝祥生母關係，故封贈較高。妹法善李氏出，小於孝祥二歲，亦可見祁續娶時氏在李氏前。

〔六〕于湖文集卷三十九尺牘又劉兩府云：「某以久不省祖塋，自宣城徑歸歷陽村落。」卷三十五代總得居士上相府云：「重念某家世歷陽，兵火之後，未嘗輕去坟墓。」說明孝祥父子常回和州掃墓。又同卷與明守趙敷文書自稱「寓居鄮郭餘十年。」如以紹興十年離鄞，次年至蕪湖，則與「餘十年」及下文引譜傳「甫數歲」等語大致符合。

〔七〕關於秦檜把持道次科舉，李心傳建炎以來繫年要録卷一六五及一六六紀載頗詳。宋史秦檜傳亦扼要述及。

〔八〕按文集卷二一謝洪帥魏參政啓，中有「觸宰路之虞羅，陷覩庭於狴犴……乃聖主顛郊之二日，辱明公造膝之一言，可但釋累於詔獄之冤，且復育材於儒館之邃。」又此次召對所奏論總攬權綱以盡更化及乞改正遷謫士大夫罪名兩札子，今存文集卷十六。

〔九〕此紹興二十九年八月壬子事，具詳李心傳建炎以來繫年要録卷一八一。

〔一〇〕此詞一般選本箋注，多誤以爲係隆興二年，孝祥兼領建康留守宴客時所作。按此因先將「在建康留守席上」（朝野遺記）一語中的賓主顛倒。明陳霆理解爲「張安國在沿江帥幕，一日預宴」（渚山堂詞話）是對的。且隆興元年宋金主要戰場在淮河流域，符離之潰在元年五月。其時孝祥尚在平江，次年春始至建康。四月，張浚罷判福州，八月卒。顯與六州歌頭中「霜風勁」、「隔水氈鄉」以下諸語時間、地點均不符合。

〔一一〕一九八六年端節偕友往訪，始知一切已無見處。即壁間黄鉞等石刻畫像，面部亦皆被毀不可辨認。

（二）

曩爲中國著名文學家評傳一書撰張孝祥稿，現略加修改作本書前言並補述數事於下：

一、關於張孝祥墓

一九八二年九月二十四日南京日報載有「江浦發現南宋詞人張孝祥墓」消息。我當即致函發現者之一吴榮發同志探詢，承覆墓在黄葉嶺（古稱黄悦嶺）半山發現。墓前有一殘碑，碑文爲顯謨閣直學士狀元張公孝祥墓，裔孫□□等奉祀，新立於嘉慶年間。經查應天府志記載墓在江浦七坮山（縣志中有兩處記載同）。景定建康志又載孝祥墓在上元清果寺。據説「市文管會、市博物館及我們認爲張孝祥靈柩歸葬祖塋是理所當然。」我指出景定建康志記載較早，且與其親戚韓元吉祭文、門人董道輔拜墓詩及清朱緒曾訪墓詩注符合。至於「歸葬祖塋」在亂離年代就很難認爲「理所當然」了。張家不是有一些老人卒葬四明嗎？後來吳君以爲不妨「大膽假設」是先葬建康鍾山而後遷祖塋的。我以爲既不排斥這一可能，只好彼此注意「小心求證」。從紀念意義說，南京的墓已無覓處，此墓似亦無待深考，古來名人往往多墓並存，固不妨疑以存疑。

二、蕪南行春張氏信譜

去年受某刊物的委託，代看一篇有關張孝祥研究的文稿。發現其中不少錯誤係參考欠妥的資料而來，這裏包括有于湖詩詞選本及所謂蕪南行春張氏信譜。按于湖居士文集附錄有宣城張氏信譜傳，傳爲孝祥交遊陸世良撰，但已爲纂譜者妄改多處。今蕪南譜傳亦稱陸撰，可見是同一來源。除沿襲宣城譜傳錯誤外，蕪南譜的纂修者似又有所增改。據引用者稱：「蕪南行春之有張氏始於天城釣叟張永高（其父張太安是孝祥從姪），」是蕪南張氏裔孫並非孝祥嫡後。估計此譜對於搞清早年遷宣一支的情況，或有些用處，直接補充關於孝祥研究可能無多。原書暫尚未獲寓目，姑先傳一信息於此。

三、有關箋校的說明

早在抗戰期間，我寫過一本張于湖評傳，建國後，又將張孝祥年譜兩次修改刊出，而擬撰之于湖詞編年箋注遲遲久尚未定稿。近以友好慫恿可先將詞箋與年譜編次出版，以應當前需要，於是有本書之作。

按于湖詞今傳兩宋本：其一爲乾道七年(一一七一)建安劉温父所編之于湖先生長短句。另一種是嘉泰元年(一二〇一)張孝伯在南昌編印的于湖居士文集樂府四卷。後者流傳較廣，前者至今僅有影印宋金元明本詞一種。它比嘉泰集本早三十年，目録注明宫調。收詞較文集略少，集有四十四首爲此所無，然此亦有三十六首爲文集所遺漏，可見編集時實未見此本。我發現孝祥愛情悲劇並給有關各詞以新解，主要從念奴嬌(風帆更起)突破，這首詞即僅見於此本的拾遺。

爲使此宋本多得流傳，本箋特採作底本而校以集本樂府、天津影印鈔本百家詞及汲古閣名家詞等。前言及年譜原曾單獨發表，其中偶與詞箋有詳略不同的重見處，多未修改，俾便互相參閲。簡稱間有出入，亦各仍其舊，如「陶本」即「乾道本」。

本書稿承祖保泉教授審閲並賜讀後記，諸多溢美，殊深感愧！又荷攝影專家詹出悌同志惠予攝製圖片，謹致謝忱！

宛敏灝

一九九一年六月於蕪湖安徽師範大學

張紫微雅詞序〔一〕

昔東坡見少游上巳遊金明池詩有「簾幙千家錦繡垂」之句，曰：「學士又入小石調矣。」世人不察，便謂其詩似詞，不知坡之此言，蓋有深意。夫鏤玉雕瓊，裁花剪葉，唐末詞人非不美也，然粉澤之工，反累正氣。東坡慮其不幸而溺乎彼，故援而止之，惟恐不及。其後元祐諸公，嬉弄樂府，寓以詩人句法，無一毫浮靡之氣，實自東坡發之也。于湖紫微張公之詞，同一關鍵。始公以妙年射策魁天下，不數歲入直中書，帝將大用之。未幾出守四郡，多在三湖七澤間，何哉？衡謂茲地自屈賈題品以來，唐人所作，不過柳枝、竹枝詞而已。豈〔天〕〔二〕以物色分留我公，要與「大江東去」之詞相爲雄長，故建牙之地不於此而於彼也歟！

建安劉溫父博雅好事，於公文章翰墨，尤所愛重，片言隻字，莫不珍藏。既裒次爲法帖，又別集樂府一編，屬予序之，以冠於首。衡嘗獲從公游，見公平昔爲詞，未嘗著藁，筆酣興健，頃刻即成。初若不經意，反復究觀，未有一字無來處。如歌頭、登無盡藏、岳陽樓諸曲，所謂駿發踔厲，寓以詩人句法者也。自仇池僊去，能繼其軌者，非公其誰與哉！覽者擊節，當以予爲知言。

乾道辛卯六月望日，陳郡湯衡撰。

【校】

〔一〕湯衡、陳應行序，蓋作於集名未定以前，故三者稱謂不一致，兹仍其舊。

〔二〕原空格，似脱一「天」字。

于湖先生雅詞序

蘇明允不工於詩，歐陽永叔不工於賦，曾子固短於韻語，黄魯直短於散語，蘇子瞻詞如詩，秦少游詩如詞，才之難全也，豈前輩猶不免耶！紫微張公孝祥，姓字風雷於一世，辭彩日星於（群因）〔郡國〕〔一〕。其出入皇王，縱横禮樂，固已見於萬言之陛對；其判花視草，演絲爲綸，固已形於尺一之詔書；至於託物寄情，弄翰戲墨，融取樂府之遺意，鑄爲毫端之妙詞，前無古人，後無來者，散落人間，今不知其幾也。比遊荆湖間，得公于湖集所作長短句凡數百篇，讀之泠然灑然，真非煙火食人辭語。予雖不及識荆，然其瀟散出塵之姿，自在如神之筆，邁往凌雲之氣，猶可以想見也。使天假之年，被之聲歌，薦之郊廟，當（其）〔與〕〔二〕英莖、韶護間作而遞奏，非特如是而已。一日鳳鳥去，千年梁木摧，予深爲公惜也！

于湖者，公之别號也。昔陳季常晦其名，自稱爲龍丘子。嘗作無愁可解，東坡爲之序引，世之不知者遂以龍丘爲東坡之號，予故表而出之。

乾道辛卯仲冬朔日，建安陳應行季陸序。

【校】

〔一〕名家詞本作「郡國」。

〔二〕名家詞作「與」。

于湖先生長短句卷第一

六州歌頭

長淮望斷，關塞莽然平。征塵暗，霜風勁，悄邊聲。黯銷凝。追想當年事，殆天數，非人力；洙泗上，弦歌地，亦羶腥。隔水氈鄉，落日牛羊下，區脱縱横。看名王宵獵，騎火一川明。笳鼓悲鳴，遣人驚。　念腰間箭，匣中劍，空埃蠹，竟何成！時易失，心徒壯，歲將零。渺神京。干羽方懷遠，静烽燧，且休兵。冠蓋使，紛馳騖，若爲情？聞道中原遺老，（長）〔常〕南望、（羽）〔翠〕葆霓旌〔一〕。使行人到此，忠憤氣填膺。有淚如傾。

【箋】

朝野遺記：「安國在建康留守席上賦此。歌闋，魏公（張浚）爲罷席而入。」（説郛本）

明陳霆渚山堂詞話：「張安國在沿江帥幕，一日預宴，賦六州歌頭云云。歌罷，魏公流涕而起，掩袂而入。」按宋高宗紹興三十一年（一一六一）十一月，金主完顏亮舉兵突破宋淮河防綫，直趨長江北岸。在向采石（今屬安徽馬鞍山市）渡江時，被虞允文督水師迎擊，大敗而走。宋金兩軍遂夾江東下，完顏亮至揚州爲部下所殺。於是金兵退回淮河流域，暫時停戰。宋主戰派張浚奉詔由潭州（今長沙市）改判建康府（今南京市）兼行宮留守。次年正月五日高宗到建康，浚入對，詔浚仍舊兼行宮留守（浚未到前曾以湯思退充任），孝祥於去年六月自撫州罷歸蕪湖。聞采石戰勝作水調歌頭，結句云：「我欲乘風去，擊楫誓中流。」其赴建康在浚幕作客並預宴賦詞，當即在此時。這年正月，金遣使來聘，宋亦遣洪邁使金，高宗於二月六日還臨安。當代常見的宋詞選以至鑒賞、賞析等書，多謂此詞爲孝宗隆興二年（一一六四）孝祥領建康留守時作。首先是對「在建康留守席上」這句文言文説的是誰賓誰主未能正確理解；其次也由於缺乏史地常識，把兩個戰役混爲一談。符離之潰時間在六月，地點在淮北（符離集今屬安徽宿縣），盛夏如何有「霜風勁」？從建康如何能看見遠在淮北的「名王宵獵，騎火一川明」並聽見「笳鼓悲鳴」呢？明顯錯誤，不可從。

陳廷焯云：張孝祥六州歌頭一闋淋漓痛快，筆飽墨酣，讀之令人起舞。惟「忠憤氣填膺」一句提明，轉淺、轉顯、轉無餘味，或亦聳當塗之聽，出於不得已耶？（白雨齋詞話）

劉熙載云：張孝祥安國於建康留守席上賦六州歌頭，致感重臣罷席，然則詞之興、觀、羣、怨，豈下於詩哉！（藝概）

【校】

〔一〕嘉泰文集本樂府及花庵詞選「長」作「常」，「羽」作「翠」。

水調歌頭　凱歌奉寄湖南安撫舍人劉公〔一〕

猩鬼嘯篁竹，玉帳夜分弓。少年荆楚劍客，突騎錦襜紅。千里風飛雷厲，四校星流彗掃，蕭斧（挫）〔剉〕〔二〕春葱。談笑青油幕，日奏捷書同。詩書帥，黄閣老，黑頭公。家傳鴻寶秘略，小試不言功。聞道璽書頻下，看即沙隄歸去，帷幄且從容。君王自神武，一舉朔庭空。

【箋】

當孝祥在席上賦六州歌頭，劉珙以兼直學士院從高宗亦在建康。時衆屬望以軍務付留守張浚，而高宗欲用揚存中，珙力争不可，乃止。三年後，即乾道元年（一一六五），郴州宜章縣李金爲亂。三月，朝廷以珙知潭州、湖南安撫使。珙至迅速平亂，九月，李金降。孝宗嘉許。孝祥時知静江府，寄詞致賀，故稱凱歌。

劉珙（一一二二—一一七八）字共父（文集及百家詞作恭父、詞集乾道本及名家詞又作共甫），崇安（今屬福建）人。歷官中書舍人、翰林學士知制誥、知樞密院事兼参知政事，又曾出守泉、衢、潭三州，興隆、荆南、建康三府兼湖南、江西、湖北、江東安撫使。事跡詳宋史本傳。孝祥比珙小十歲，應科舉出其門下，出仕又曾先後交承，尤其主張抗金的政治見解彼此一致。孝祥這首詞既肯定其平定内亂之功，但又指出這不過對嘯聚猩鬼的小試，更希冀其運籌帷幄，成「一舉朔庭空」的抗金大業。

湯衡序云：「如六州、凱歌……諸曲，所謂駿發踔厲，寓以詩人句法者也。」

【校】

〔一〕文集題作「凱歌上劉恭父。」花庵詞選、花草粹編作「凱歌寄湖南安撫劉舍人。」

〔二〕「挫」，文集作「剉」。

又　與喻(才子)〔子才〕同登金山，江平如席，月白如晝，安國賦此調〔一〕

江山自雄麗，風露與高寒。寄聲〔二〕月姊，借我玉鑒此中看。幽壑魚龍悲嘯，倒影星辰搖動，海氣夜漫漫。湧起白雲闕，危駐紫金山。　表獨立，飛霞珮，切〔三〕雲冠。漱冰濯雪，眇視萬里一毫端。回首三山何處？聞道群仙笑我，要我欲俱還。揮手從此去，翳鳳更驂鸞。

【箋】

喻樗，字子才，傳見宋史儒林。建炎三年(一一二九)進士。趙鼎都督川、陝、荆、襄，辟爲屬，嘗請鼎薦張浚，高宗起用知樞密院事。樗於是往來鼎浚間，多所裨益。由於言和議非便，爲希秦檜旨者所劾，檜死始復出仕。傳末稱樗爲女擇配多不許，及見張孝祥，乃曰「佳婿也」，遂以妻之。按樗與孝祥無翁婿關係，據孝祥自述係忘年交。其答衢州陳守尺牘云：「公之屬縣吏喻其姓者，子才尚書郎之子。子才與家君遊，相好也；某爲郎時，子才爲同舍，不以某不肖，忘年顧接，又好也。（中述樗子以薦及格，請勿滯其行）子才老矣，舐犢之念切，人誰無子，惟賢史君哀憐之。」

隆興二年(一一六四)方滋知鎮江，重修多景樓成，陸游賦水調歌頭，孝祥書而刻於崖石。陸詞有「露沾草，風落木，歲方秋」等語，與此詞「風露與高寒」時令符合。

【校】

〔一〕文集題作「金山觀月」，花庵作「舟過金山寺」，名家詞從之，又加注：「或作詠月。或刻韓子蒼(按粹編正如此)。

〔二〕文集、花庵、名家詞、粹編均作「蟹」，惟文集又注「一作牋」。
〔三〕花庵、粹編均作「整」。

又 汪德邵作無盡藏樓於棲霞之間。取玉局老仙遺意，張安國過爲賦此詞〔一〕

淮楚襟帶地，雲夢澤南州。滄江翠壁佳處，突兀起紅樓。憑仗史君胸次，爲問仙翁何在〔二〕，長嘯俯清秋。試遣吹簫看，騎鶴恐來遊。　欲乘風，凌萬頃，泛扁舟。山高月小，霜露既降，凜凜不能留。一弔周郎羽扇，尚想曹公横槊，興廢兩悠悠。此意無盡藏，分付水東流。

【箋】

乾道二年（一一六六）秋，孝祥自桂林罷歸，取道洞庭入江東下，經黄州（今湖北黄岡縣），爲州守汪德邵所建無盡藏樓作此詞。

按蘇軾嘗提舉成都玉局觀，故有蘇玉局或玉局老仙之稱。軾謫居黄州期間，寫有前、後赤壁賦，念奴嬌（大江東去）諸名篇。其水龍吟序云：「閭丘大夫孝終公顯，嘗守黄州，作棲霞樓，爲郡中絶勝。」又前赤壁賦記蘇子與客問答，客有「哀吾生之須臾，羨長江之無窮」等語，蘇子曰：「客亦知夫水與月乎？逝者如斯，而未嘗往也；盈虛者如彼，而卒莫消長也。蓋自其變者觀之，則天地曾不能以一瞬；自其不變者而觀之，則物與我皆無盡也，而又何羨乎！」又説：「惟江上之清風，與山間之明月，耳得之而爲聲，目遇之而成色；取之無禁，用之不竭；是造物者之無盡藏也，而吾與子之所共適。」

汪德邵作樓于棲霞之間，又以無盡藏名樓。故孝祥此詞首取水龍吟中「雲夢南州」、「翠壁紅樓」等語，將無盡藏樓隱與閬丘公顯的棲霞樓相比。接着把「使君胸次」與東坡並舉，以「長嘯俯清秋」一句引起下文，巧妙地隱括兩賦片段，讓古思今情融而爲一。

【校】

〔一〕名家詞「過」字下有「之」字。文集題作「汪德邵無盡藏」。

〔二〕文集作「與問老仙何在」。

又 帥静江作〔一〕

五嶺皆炎熱，宜人獨桂林。江南驛使未到，梅蕊透〔二〕春心。繁會九衢三市，縹緲層樓疊〔三〕觀，雪片一冬深。自是清涼國，不遣瘴塵〔四〕侵。

溪〔五〕山好，青羅帶，碧玉簪。平沙細浪欲盡，陟起忽千尋。家種黃柑丹荔，户拾明珠翠羽，簫鼓夜沉沉。莫問驂鸞事，有酒且頻斟。

【箋】

乾道元年（一一六五），孝祥知静江府（今桂林）兼廣南西路經略安撫使，冬日作此詞。篇中多集唐人詩句，如首兩句係杜甫寄楊五桂州詩的起聯，「雪片一冬深」亦其原句。下片化用韓愈送桂州嚴大夫，原詩云：「蒼蒼森八桂，兹地在湘南。江作青羅帶，山如碧玉簪。户多輸翠羽，家自種黃甘。遠勝登仙去，飛鸞不暇驂。」

【校】

〔一〕文集題作「桂林集句」。

〔二〕、〔三〕、〔四〕、〔五〕文集作「破」、「傑」、「莫遣瘴煙」、「江」。

又

桂林中秋作〔一〕

今夕復何夕？此地過中秋。賞心亭上喚客，追憶去年遊。千里江山如畫〔二〕，萬井笙歌不夜，（挾）〔扶〕路看（鰲）〔遨〕頭〔三〕。玉界湧銀闕，珠箔捲瓊鈎。馭風去，忽吹到，嶺南〔四〕州。去年明月依舊，還照我登樓。〔樓〕〔五〕下水明沙淨，樓外參橫斗轉，搔首思悠悠。老子興不淺，聊復（少）〔此〕〔六〕淹留。

【箋】

孝祥守建康日，張仲欽維適通判府事；次年帥靜江，仲欽亦任提點廣西刑獄公事來桂林。中秋日賓從聚會，言念去年此日建康宴客舊事，作此詞。

【校】

〔一〕文集無「作」字。

〔二〕、〔三〕、〔四〕、〔六〕文集作「畫」、「扶路看遨頭」、「邊」、「此」。

〔五〕從文集補「樓」字。

又 過瀟湘作〔一〕

濯足夜灘急，（稀）〔晞〕〔二〕髮北風凉。吴山楚澤行盡〔三〕，只欠到瀟湘。買得扁舟歸去，此事天公付我，六月下滄浪。蟬蜕塵埃外，蝶夢水雲鄉。製荷衣，紉蘭珮，把（萍房）〔瓊芳〕〔四〕，湘妃起舞一笑，撫瑟奏清商。喚起九歌忠憤，拂拭三閭文字，還與日爭光。莫遣兒輩覺，此樂未渠央。

【箋】

乾道二年（一一六六）六月，孝祥罷静江府。代之者張仲欽原在桂林，故是月下旬即得離任泛湘江北歸，此詞作於途中。

【校】

〔一〕文集題作「泛湘江」。

〔二〕、〔三〕、〔四〕文集作「晞」、「遍」、「瓊芳」。

又 〔垂虹亭〕〔一〕

艤棹太湖岸，天與水相連。垂虹亭上，五年不到故依然。洗我征塵三斗，快挹〔二〕商飆千里，鷗鷺亦翩翩。身在水晶闕，真作馭風仙。望中秋，無五日，月還圓。倚欄清唱〔三〕孤發，驚起蟄龍眠。欲酹鴟夷西子，未辨當年功業，空繫五湖船。不用知餘事，鱸鱠正甘鮮〔四〕。

【箋】

隆興元年（一一六三），復集英殿修撰知平江府（今蘇州），五月到任。中秋前數日登覽吴江垂虹亭作此詞。所謂「五年不到，」蓋紹興二十九年（一一五九）爲汪徹劾罷，秋日自臨安歸蕪湖，亦曾便道經此。

【校】

〔一〕從文集補題。

〔二〕、〔三〕、〔四〕文集作「揖」、「嘯」、「蓴鱠正芳鮮」。

又 聞采石戰勝〔一〕

雪洗虜塵静，風約楚雲留。何人爲寫悲壯，吹角古城樓。湖海平生豪氣，關塞如今風景，剪燭看吴鈎。賸喜燃犀處，駭浪與天浮。　憶當年，周與謝，富春秋。小喬初嫁，香囊猶在〔二〕，功〔三〕業故優游。赤岸〔四〕磯頭落照，淝水橋邊衰草，渺渺唤人愁。我欲乘風去，擊楫誓中流。

【箋】

紹興三十一年（一一六一）九月，金主完顏亮大舉南下侵宋，越淮連陷合肥、和州，直趨長江北岸。十一月八日乘勝渡江，虞允文集合王權潰卒迎戰於采石磯（今屬安徽馬鞍山市），大敗之。時孝祥罷官閒居，往來於宣城、蕪湖間，聞捷以激動的心情寫了這首詞。龐佑父（一作佑甫）名謙孺，原詞已佚。據韓元吉水調歌頭和龐佑甫見寄有「坐想敬亭山下」、「相對兩詩流」等句，知龐此時亦在宣城。

【校】

〔一〕文集題作「和龐佑父」。

〔二〕、〔三〕、〔四〕文集作「未解」、「勳」、「壁」。

又〔一〕

天上掌綸手，閫外折衝才。發蹤指示，平蕩全楚息氛埃。緩帶輕裘多暇，燕寢森嚴兵衛，香篆幾徘徊。襦袴見歌詠，桃李藉栽培。紫泥封，天筆潤，日邊來。趣裝入覲，行矣歸去作鹽梅。祖帳不須遮道，看取眉間一點，喜氣入尊罍。此去沙隄路，平步上三台。

【箋】

乾道元年（一一六五）三月，劉珙以敷文閣待制知潭州、荆湖南路安撫使。由於平定李金之亂有功，晉敷文閣直學士，三年正月召赴行在。孝祥時罷靜江歸蕪湖，聞其入對作此詞。是年五月孝祥起知潭州，六月交接，珙回朝於八月除翰林學士。參閲同調（猩鬼嘯篁竹）詞箋。

【校】

〔一〕文集、百家詞無此首。

又〔爲總得居士壽〕〔一〕

隆中三顧客，圮上一編書。英雄當日感會，餘事了寰區。千載神交二子，一笑（渺）〔眇〕然（於）〔兹〕世〔二〕，卻顧〔三〕駕柴車。常〔四〕憶淮南岸，耕釣混樵漁。忽扁舟，凌駭浪，到三吴。綸巾羽扇（笑）容與，〔争看〕列仙（如）〔儒〕〔五〕，豈爲蓴羹鱸鱠〔六〕，便掛衣冠神武，此興渺江湖。舉酒對明月，高曳紫〔七〕霞裾。

【箋】

這首詞是孝祥爲父祁（總得居士）祝壽作。張祁於紹興三十年（一一六〇）罷淮南轉運判官，至隆興元年（一一六三）孝祥知平江府，以五月到任。其父亦就養，適逢生日（按張祁又於本年起知江州，遲於此時與詞意不合）。

【校】

〔一〕從文集加題。

〔二〕文集作「眇然兹世」。

〔三〕〔四〕文集作「顧」、「長」。

〔五〕原句儻斷爲：「綸巾羽扇，笑容與列仙如」，似甚勉强。兹從文集改作：「綸巾羽扇容與，争看列仙儒。」

〔六〕、〔七〕文集作「蓴鱸笠澤」、「九」。

又　隱静山中大雨〔一〕

忽開霽，日在五雲東。人間應失匕筯，高處〔五〕獨從容。洗盡平生塵土〔六〕，潤及無邊焦槁，造物不言功。天宇萬疊，洶洶欲崩空。誰瀉銀河水〔三〕，散〔四〕入寶蓮宫。坐中客，凌積翠，看奔洪。青嶂度雲氣，幽壑舞迴風。山神助我奇觀，唤起碧霄龍。電掣金蛇千丈，霆〔二〕震靈鼉。

【箋】

據孝祥所撰隱静修造記云：「江東法席之盛，建康曰鍾山，當塗曰隱静，宛陵曰敬亭……建炎之兵，敬亭獨存，鍾山、隱静則瓦礫之場也……住鍾山者既更十餘輩，未嘗不欲建立而卒不能有所就……惟隱静介居繁昌、南陵（今屬蕪湖市）之間，地瘠民窮……妙義禪師道恭，紹興甲子自大梅來……由尺椽片瓦之積，至於爲屋數百千楹。土木之工，金碧之麗，通都大邑未有也。蓋妙義住此山，於今二十有二年。」按自紹興十四年甲子（一一四四）起，歷二十二年應爲乾道元年乙酉（一一六五）。此年六月以前，孝祥閒居蕪湖。其遊隱静觀兩賦詞，當與作記同時。

交遊王質有：「過銀山寺和壁間張安國作」水調歌頭二首，見雪山集。

【校】

〔一〕詞題文集作「隱静山觀雨」；花庵作「隱静寺觀雨，寺有碧霄泉」（名家詞同）。

〔二〕文集、花庵作「雷」。
〔三〕文集、花庵俱作「盡瀉銀潢水」。
〔四〕文集作「傾」。
〔五〕文集作「此地」；花庵作「唯我」。
〔六〕文集作「洗了從來塵垢」；花庵作「淨洗從來塵垢」。

又 送謝倅之臨安〔一〕

客裏送行客，常苦不勝情。見公秣馬東去，底事卻欣欣？不爲青氈俯拾，自是公家舊物，何必更關心！且喜謝安石，重起爲蒼生。　聖天子，方側席，選豪英。日邊仍有知己，應剡薦章間。好把文經武略，換取碧幢紅旆，談笑掃胡塵。勳業在此舉，莫厭短長亭。

【校】

〔一〕文集無此首。

又 送劉帥趨朝〔一〕

鰲禁輟頗牧，熊軾賴龔黃。一時林莽千險，蜂午要驅攘。金版云〔二〕韜初試，煙斂山空野迥，低草見牛羊。旒纊釋南顧，戈甲濯銀潢。　玉〔三〕書下，褒懿績，促曹裝。帝衷〔四〕天近，紅旆東去帶朝陽。登〔五〕輔五雲丹陛，迴首楚樓千里，遺愛滿瀟湘。應記依劉客，曾此捧〔六〕離觴。

【箋】

乾道三年五月，孝祥起知潭州、權荆湖南路提點刑獄公事，六月到任。此爲餞送前任劉珙（恭父）詞作之一。

【校】

〔一〕文集題作「送劉恭父趨朝」。

〔二〕、〔三〕、〔四〕、〔五〕、〔六〕文集作「六」、「璽」、「宸」、「歸」、「奉」。

念奴嬌　過洞庭〔一〕

洞庭青草，近中秋，更無一點風色。玉界〔二〕瓊田三萬頃，着我扁舟一葉。素月分輝，銀〔三〕河共影，表裏俱澄徹。悠〔四〕然心會，妙處難與君說。　應念嶺海經年，孤光自照，肝肺皆冰雪。短髮蕭騷襟袖冷，穩泛滄浪空闊。盡挹西（山）〔江〕〔五〕，細斟〔六〕北斗，萬象爲賓客。扣舷獨嘯〔七〕，不知今夕何夕！

【箋】

乾道二年（一一六六）七月，孝祥罷静江府北歸，以中秋之夜經過洞庭，繫舟金沙堆下。「天無纖雲，月白如晝」，登覽屈大夫廟。今存有關洞庭詩賦、祭文多篇，以念奴嬌一詞最爲後世傳誦。周密選絶妙好詞起自孝祥，即以此篇弁首，具見識力。

前人評論此詞甚多，主要强調其曠達一面。如魏了翁題這首詞真跡說：「張于湖有英姿奇氣，著之湖湘間，未爲不遇。洞庭所賦在集中最爲傑特。方其吸江酌斗，賓客萬象，詎知世間有紫微青瑣哉！」（鶴山大全集）王闓運亦云：「飄飄有淩雲之氣，覺東坡水調，猶有塵心。」（湘綺樓詞選）按此詞作於尚未知潭州以前，守静江甫及一年，宋史本傳稱「治有政績，復以言者罷。」所謂「應念嶺海經年，孤光自照，肝肺皆冰雪。」試參閲另一首念奴嬌（星沙初下）中「一葉扁舟，誰念我，今日天涯飄泊？平楚南來，大江東去，處處風波惡」等語，則此時心情可知。儘管「穩泛滄浪空闊，」也還感到「短髮蕭騷襟袖冷」嘛。

清查禮（恂叔）云：「念奴嬌過洞庭一解，最爲世所稱誦。其中如『玉界瓊田三萬頃（中略）表裏俱澄澈。』又云『短髮蕭騷襟袖冷（中略）不知今夕何夕！』皆神來之句，非思議所及也。」（銅鼓書堂詞話）此言其讀詞感受。至若清宋翔鳳樂府餘論略謂：「南宋詞人繫情舊京……此周公謹氏絶妙好詞所由選也……所選以張于湖爲首，以于湖不附和議而早知恢復之難，不似稼軒輩率意輕言後復有自悔也（中述孝祥所陳要先立自治之策，可謂知恢復之本計）于湖念奴嬌詞云：悠然心會，妙處難與君說，亦惜朝廷難與暢陳此理也。」此則未免過鑿了。

黄蓼園曾從寫作技巧來欣賞這首詞的藝術特點。他說：「寫景不能繪情，必少佳致。此題詠洞庭，若只就洞庭落想，縱寫得壯觀，亦覺寡味。此詞從開始説至玉界瓊田三萬頃題已說光，即引入扁舟一葉。以下從舟中人心跡與湖光映帶寫，隱現融合，不可端倪。鏡花水月，是二是一。自爾神采高騫，興會洋溢。」（蓼園詞選）

【校】

〔一〕花庵題作「洞庭」，名家詞從之。

〔二〕、〔三〕文集作「鑒」、「明」。

〔四〕花庵作「怡」。

〔五〕花庵「山」作「江」，文集作「盡吸西江」。

〔六〕花庵作「傾」。

〔七〕文集作「獨笑」，花庵作「一笑」。

又 欲雪呈朱漕〔一〕

朔風吹雨，送淒涼天氣〔二〕，垂垂欲雪。萬里南荒「雲」〔三〕霧滿，弱水、蓬萊相接。凍合龍岡，寒侵銅柱，碧海冰澌結。憑高獨嘯〔四〕，問君何處炎熱。家住〔五〕楚尾吴頭，歸期猶未，對此驚時節。憶〔六〕得年時貂帽煖，鐵馬千群觀獵。狐兔成車，笙歌震地〔七〕，歸踏層城月。持盃且醉，不須北望淒切。

【箋】

乾道元年（一一六五）冬作於静江。「楚尾吴頭」指蕪湖。

【校】

〔一〕詞題文集作「欲雪呈朱漕元順」。

〔二〕花庵「氣」作「意」（按作「意」則從文理斷句，可標點爲「送淒涼、天意垂垂欲雪」）。

〔三〕原脱「雲」字，從文集、花庵增。

〔四〕「獨嘯」，文集、花庵俱作「一笑」。
〔五〕文集、花庵作「在」。
〔六〕花庵作「記」。
〔七〕文集作「笙歌隱地」，花庵作「歌鐘殷地」。

又　再用韻（呈朱丈）〔一〕

繡衣使者，度郢中絶唱，陽春白雪。人物應須天上去，一日君恩三接。粉署〔二〕香濃，宫林〔三〕錦重，便把絲（絢）〔絇〕結〔四〕。片〔五〕心如水，不教炙手成熱。　還記嶺海相從，長松千丈，映我秋竿節。忍凍推敲清興滿，風裏烏巾獵獵。只要東歸，歸心入夢，夢泛寒江月。不因蓴鱠，白頭親望真切。

【箋】

念奴嬌（朔風吹雨、弓刀陌上、繡衣使者）三首詞同韻，顯係同時所作。兩宋本都誤將「繡衣使者」一首次於「朔風吹雨」之後，遂使「再和」張仲欽，錯成「再用韻呈朱丈」。按「繡衣使者」實借用漢代「繡衣直指」（亦稱直指使者）職稱以指張仲欽提刑。朱元順掌漕運，用「繡衣」不合。

【校】

〔一〕文集題作「再和」，此有「呈朱丈」三字，與内容不符，故删。
〔二〕、〔三〕、〔四〕、〔五〕文集作「省」、「牀」、「更把絲鉤結」、「臣」。

又 仲欽提刑仲冬行邊，漫呈小詞以備鼓吹之闕〔一〕

弓刀陌上，過〔二〕蠻煙瘴雨，朔雲邊雪。幕府横驅三萬里，一把平安遥接。方丈三韓，西山八詔，慕義羞椎結。梯航入貢，路經頭痛身熱。　今代文武通人，青霄不上，卻把南州節。虜馬秋肥雕力健，應看名王宵獵。壯士長歌，故人一笑，趁得梅花月。王春奏（記）〔計〕〔三〕，便須平步清切。

【箋】

乾道元年（一一六五）仲冬，廣西提點刑獄公事張仲欽行邊，孝祥作此詞。仲欽閲四月而後來歸，孝祥又作鷓鴣天一首，見後。

【校】

〔一〕文集題作「張仲欽提刑行邊」。

〔二〕、〔三〕文集作「淨」、「計」。

滿江紅 思歸寄柳州林守〔一〕

秋滿離原〔二〕，瘴雲淨〔三〕，曉山如簇。動遠思，空江小艇，高丘喬木。策策西風雙鬢底，暉暉寒〔四〕日朱欄曲。試側身回首望京華，迷南北。　思歸夢，天邊鵠；游宦事，蕉中鹿。想一年好處，砌紅堆緑。羅帕分甘〔五〕霜落齒，冰盤剥芡珠盈掬。倩春纖縷膾〔六〕擣香虀，新篘熟。

【箋】

乾道元年(一一六五)秋作於桂林。楊慎詞品盛稱孝祥詞，舉「羅帕」一聯爲詠物之工例句。

【校】

〔一〕詞題文集作「思歸寄柳州」(百家詞「柳」上有「林」字)；花庵作「秋懷」(名家詞從之)。

〔二〕花庵作「瀟源」；文集「瀟(一本作湘)源」(百家詞同，惟「瀟」誤「灘」)。

〔三〕文集作「静」。

〔四〕、〔五〕、〔六〕文集、花庵均作「斜」、「柑」、「鱠」。

又

秋滿衡〔一〕皋，煙蕪外吴山遥碧〔二〕。風乍起、蘭舟不住，浪花如席〔三〕。離岸櫓聲驚漸遠，盈襟淚點〔四〕凄猶滴。問此情能有幾人知？新相識。　追往事，歡連夕；經舊館，人非昔。把輕顰淺笑，細思(量)〔重憶〕〔五〕。紅葉題詩誰與寄，青樓薄幸今〔六〕遺蹟。但長洲茂苑草凄凄〔七〕，愁如織。

【箋】

此詞各本俱無題，惟名家詞作「思歸寄柳州林守」。蓋毛晉初從花庵録其另一首滿江紅秋懷（秋滿瀟源）於卷一，後見于湖詞全集（似爲乾道本），遂僅録次首，照鈔前首詞題編入卷二，顯然錯誤。

按此詞通篇無「思歸」意。似隆興元年（一一六三）秋季作於平江。自五月到任，轉眼已是「秋滿蘅皋」。觸景生情，回憶曩年曾在建康送别情侣李氏，當時悲痛，新識誰知？往事難追，不勝感慨，正所謂「秋懷」也。

【校】

〔一〕、〔二〕、〔三〕、〔四〕文集、百家詞均作「蘅」、「歷歷」、「摇碧」、「顆」。

〔五〕從文集及百家詞改。

〔六〕、〔七〕文集、百家詞作「倖空」、「萋萋」。

定風波

鈴索收聲〔一〕夜未央，起尋花影步迴廊〔二〕。莫道嶺南冬更煖，君看，梅花如雪月如霜。見説墻西歌吹好，玉人夾〔三〕坐勸飛觴。老子婆娑成獨冷，誰省？自挑寒灺自添香。

【箋】

乾道元年（一一六五）冬在桂林作。

【校】

〔一〕、〔二〕、〔三〕文集、百家詞作「聲乾」、「曲闌花影步凄凉」、「扶」。

木蘭花〔慢〕〔一〕

送歸雲去雁，澹寒彩滿溪樓。正珮解湘腰，釵孤楚鬢，鸞鏡〔二〕分收。凝（晴）〔情〕〔三〕望行處路，但疎煙遠樹織離憂。惟〔四〕有樓前溪水，伴人清淚長流。　霜華夜永逼衾裯，喚誰（換）〔護〕〔五〕衣篝？念粉館重來，芳塵未掃，爭忍〔六〕嬉遊？情知悶來殢酒，奈迴腸不醉只添愁。默默〔七〕無言竟日，斷魂雙（鶯）〔鴛〕〔八〕南州。

【箋】

于湖集中，有一部分纏綿悱惻的愛情詞，向難索解。宋人選本朝詞，也只加些無關痛痒的題目如「離思」、「別情」等。

一九七八年夏，筆者在黃山療養院，重讀念奴嬌（風帆更起）考慮編年，結合平時掌握有關資料，發現此中自有一則悲歡離合本事：

約在避金渡江初期，孝祥與一來自桐城的李姓少女相戀，以至同居，生了長子同之。後以廷試第一及拒婚，父祁爲秦檜、曹泳誣陷下獄。會檜死獲釋，但婚姻仍須慎重處理。於是決定讓李氏回故鄉浮山隱居學道，俾孝祥另娶仲舅之女時氏爲正室。紹興二十六年（一一五六）重九前，孝祥送李氏自建康登舟沿江西上。念奴嬌和兩首木蘭花慢就是在這次生離無異死別的激情下寫的。時氏旋歿於臨安，孝祥對於李氏的懷念一直不衰，給此愛情悲劇留下很多動人詞作。由於這一發現，使湮沒數百年的迷離恍惚篇章獲得正確新解。除在拙著詞學概論末章提及，並寫入有關論文或賞析外，這裏又首次接觸到研究一得，特簡述如上。餘詳念奴嬌及其他有關各篇箋校。

此詞「滄寒彩滿溪樓」應從文理作一句讀。時賢往往標點爲兩個三字句，無論在「彩」字下加頓或逗號，皆明顯錯誤。「凝情望行處路」句亦然。

楊慎詞品張安國條云：「其……麗清之句，如佩解湘腰，釵孤楚鬢，不可勝載。」

【校】

〔一〕從文集、粹編增「慢」字，花庵題作「離思」。

〔二〕、〔四〕、〔六〕、〔七〕文集、花庵、粹編作「鑑」、「只」、「見」、「脉脉」。

〔三〕、〔五〕、〔八〕從文集、花庵、粹編改。

又〔一〕

紫簫吹散後，恨燕子只空樓。念璧月長虧，玉簪中斷〔二〕，覆水難收。青鸞送碧雲句，道霞扃霧鎖不堪憂。情與文梭共織，怨隨宫葉同流。　人間天上兩悠悠，暗淚灑燈篝。記谷口園林，當時驛舍，夢裏曾遊。雲屏低（問）〔聞〕笑語〔三〕，奈（醉）〔夢〕時（言語）〔冉冉〕醒時愁〔四〕。擬把菱花一半，試尋高價皇州。

【箋】

此詞與前首同韻，從「青鸞送碧雲句」看，可能作於已知到達道觀信息。「恨燕子只空樓」和「青鸞送碧雲句」亦以從文理作一句爲宜。關於詞句分逗問題，參閲念奴嬌（風帆更起）箋。

清賀裳云：「升庵（楊慎）極稱張孝祥詞而佳者不載。如醒時冉冉夢時休，擬把菱花一半，試尋高價皇州，此則壓卷者也。」（皺水軒詞筌）

【校】

〔一〕花庵題作「別情」。

〔二〕花庵、粹編作「折」。

〔三〕文集、花庵、粹編「雲」作「銀」，「問」作「聞」。

〔四〕文集作「但醉時冉冉醒時愁」；花庵、粹編作「但夢時冉冉夢時愁」（賀裳引作醒時冉冉夢時休，可能誤記）。按「夢」字與上文「夢裏曾游」有聯繫。

又〔一〕

擁貔貅萬騎，聚千里鐵衣寒。正玉帳連雲，油幢映日，飛箭天山。錦城啓方面重，對籌壺盡日雅歌閑。休遣沙場虜騎，尚餘疋馬空還。那看更值春殘，斟綠醑，對朱顏。正宿雨催紅，和風換翠，梅小香慳。牙旗漸西去也，望梁州故壘暮雲間。休使佳人斂黛，斷腸低唱陽關。

【箋】

這首木蘭花慢係紹興三十二年（一一六二）三月，送虞允文作。據宋史高宗本紀，這年二月「以虞允文爲兵部尚書、川陝宣諭使、措置招軍市馬及與吳璘議事。」大約成行已是三月，故有「春殘」、「梅小香慳」語。

【校】

〔一〕文集、百家詞俱失載。名家詞題作「送張魏公」，誤。

于湖先生長短句卷第二

雨中花慢　長沙〔一〕

一葉凌波，十里御〔二〕風，煙鬟霧鬢蕭蕭〔三〕。認得江皋玉珮〔四〕，水館冰綃。秋靜明霞乍吐，夜涼宿霧初消〔五〕。恨微顰不語，少進還收〔六〕，竚立(超摇)〔迢遥〕〔七〕。神交冉冉，愁思盈盈，斷魂欲遣誰招？猶似待〔八〕、青鸞傳信，烏鵲成橋。悵望胎仙琴疊，忍看〔九〕翡翠蘭苕！夢回人遠，紅雲一片，天際笙簫。

【箋】

這是一首懷念情婦李氏詞。據花庵詞選調名下有「長沙」二字及文集中惟一涉及長子同之詩送仲子弟用同之韻，知作於乾道三年(一一六七)秋。

關於孝祥與李氏愛情悲劇的開端，已略箋於前卷木蘭花慢(送歸雲去雁)詞後。自李氏以學道爲掩護歸浮山，同之旋育於始遷蕭山的叔祖張邵處(故江浦埤乘張邵傳稱同之爲孝伯子，即邵孫)。乾道三年，孝祥起知潭州，六月到任。是秋孝伯弟孝仲(字仲子)偕同之前往長沙探望，這時同之已二十一歲。與其母子一別十餘年，怎得不勾起孝祥感念傷懷！於是以游仙詩的手法，來寫夢境，以抒發其迷離恍惚的情思。

楊慎云：「寫景之妙，如秋淨明霞乍吐，曙涼宿霧初消。」（詞品卷四）

【校】

〔一〕從花庵詞選及名家詞增「慢」、「長沙」。

〔二〕文集作「取」。

〔三〕花庵作「煙鬟雨鬟蕭蕭」。

〔四〕文集作「蘭皋瓊珮」。

〔五〕文集作「秋霽明霞乍吐，曙涼宿靄初消」。花庵作「秋淨」，餘同文集。

〔六〕花庵作「欲進還休」。

〔七〕文集作「竚立超遥」，花庵作「凝竚超遥」，名家詞作「凝竚迢遥」。

〔八〕文集作「猶自待」，花庵作「還似待」。

〔九〕花庵作「羞看」。

又〔一〕

一舸凌風，斗酒酹江，翩然乘興東游。欲吐平生孤憤，壯氣橫秋。浩蕩錦囊詩卷，從容玉帳兵籌。有當時橋下取履仙翁，談笑同舟。先賢濟世，偶(耳)〔爾〕功名，事成豈爲封留？何況我君恩深重，欲報無由。長望東南氣王，從教西北雲浮。斷鴻萬里，不堪回首，赤縣神州。

【箋】

此詞僅見於乾道本。細玩詞意，似紹興三十二年（一一六二）秋，聞孝宗已於六月即位，時孝祥父子俱在賦閒中，遂同往臨安，江行舟中所作。

前卷水調歌頭爲總得居士壽，亦有「圯上一編書」及「爭看列仙儒」句，與此首「橋下取履仙翁」及「事成豈爲封留」等語，不僅用張家故事相同，「仙儒」、「仙翁」的稱謂亦近似。所不同者，這首詞表現其積極用世與憂國情懷，而爲總得壽則在其就養平江時，故語氣由「不爲功名」轉到「無意功名」。事實上父子在孝宗即位後都得起用。隆興元年（一一六三），孝祥復集英殿修撰、知平江府；張祁嗣亦除知江州，詳本書後張孝祥年譜。

【校】

〔一〕文集、百家詞本俱無此詞，名家詞二卷以後即據乾道本編入，故亦作「偶耳」。按通常作「偶爾」或「偶而」（列子楊朱：「鄭國之治，偶耳，非子之力也。」雖兩字相通，但非一詞）。

水龍吟　過浯溪

平生只說浯溪，斜陽喚渡秋舡繫〔一〕。月華未吐，波光不動，新涼如水。長嘯一聲，山鳴谷應，棲禽驚起。自顔元（者）〔去〕後〔二〕，水流花謝，當年事，無人記〔三〕。　須信兩賢〔四〕不死，駕飛車，時游此地〔五〕。漫郎宅裏，中興碑下，應留屐齒。酌我清尊，洗君〔六〕孤憤，來同一醉。待相期〔七〕把袂清都歸路。騎鶴去，三千歲。

【箋】

浯溪在今湖南祁陽西南五里，據唐元結次山集浯溪銘序，溪北匯于湘，他卸道州刺史後，經此，愛其勝異，遂家溪畔，並命曰浯溪。㞃請顏真卿楷書大唐中興頌，刻於江邊崖石上。漫郎，元結別號。

孝祥於乾道二年(一一六六)六月罷靜江府，泛湘江北歸時游此。今集中題朱元順浯溪圖及與張文伯同登禪智寺詩均提及此游。

【校】

〔一〕文集作「斜陽喚我歸船繫」。

〔二〕文集作「問元顏去後」。

〔三〕文集作「憑誰記」。

〔四〕、〔五〕、〔六〕、〔七〕文集作「兩翁」、「玆地」、「洗公」、「待相將」。

又　望九華作

竹輿曉入青陽，細風涼月天如洗。峰回路轉，雲舒(霧)〔霞〕〔一〕卷，了非人世。轉就丹砂，鑄成金鼎，碧光相倚。料天關虎守，箕疇龍負，開神祕，留玆地。　縹緲朱幢羽衛，望蓬萊、初無弱水。仙人拍手山頭，笑我塵埃滿袂。春瑣瑶房，霧迷芝圃，昔遊都記。悵世緣未了，(忽忽)〔匆匆〕〔二〕又去。空凝竚，煙霄裏。

【箋】

九華山在今安徽省青陽縣西南。爲我四大佛山之一。自一九七八年起列爲對外開放旅游勝地。乾道元年（一一六五），孝祥起知静江府。六月，由蕪湖取道贛湘赴任。經青陽遥望九華作此詞。

【校】

水龍吟調下片的長句「仙人拍手山頭，笑我塵埃滿袂。」應從文理斷爲「六六」句式。時本硬搬前首「漫郎宅裏，中興碑下，應留屐齒」模式，也按「四、四、四」斷句，謬甚。

多麗

景蕭疎，楚江那更高秋。遠連天、茫茫都是，敗蘆枯蓼汀洲。認炊煙、幾家蝸舍，映夕照、一簇漁舟。去國雖遥，寧親漸近，數峰青處是吾州。便乘取波平風静，荃棹且夷猶。闗情有，冥冥去雁，拍拍輕鷗。　忽追思、當年往事，惹起無（恨）［限］〔一〕覊愁。拄笏朝來多爽氣，秉燭夜永足清游。翠袖香寒，朱絃韻悄，無情江水只東流。柂樓晚，清商哀怨，還聽隔舡謳。無言久，餘霞散綺，煙際帆收。

【校】

〔一〕、〔二〕文集作「霞」、「匆」。

【箋】

紹興二十九年（一一五九），孝祥自起居舍人兼權中書舍人爲汪徹劾罷，提舉江州太平興國宫。秋從臨安歸省，舟近蕪湖時作此詞。

【校】

〔一〕文集作「限」，從改。

蝶戀花 行湘陰〔一〕

漠漠飛來雙屬玉，一片秋光，染就瀟湘緑。雪轉寒蘆花蔌蔌，晚風細起波紋縠。　落日孤雲〔二〕歸意促，小倚（蓬）〔篷〕窗，寫作思歸〔三〕曲。過盡碧灣三十六，扁舟只在灘頭宿。

【箋】

文集及百家詞題作「行湘陰」，據詞意係乾道二年（一一六六）罷静江府北歸經湘陰時作。

【校】

〔一〕據文集增題。

〔二〕、〔三〕文集作「閒雲」、「思家」，百家詞同。

訴衷情 中秋不見月

晚煙斜日思悠悠，西北有高樓。十分準擬明月，還似去年遊。　揮〔一〕玉筆，捲銀〔二〕鈎，唤新愁。姮娥貪共暮雨朝雲，忘了中秋。

【箋】

如詞中「還似去年游」一語，指去年中秋在桂林與客宴會唱酬事。則此詞可能作於乾道三年（一一六七），在長沙。

【校】

〔一〕、〔二〕文集作「飛」、「瓊」。

鷓鴣天 上母夫人壽〔一〕

阿母蟠桃不記春，長沙星裏壽星明。金花羅紙新裁詔，貝葉旁行別授經。　同犬子，祝龜齡，天教二老鬢長青。明年今日稱觴處，更有孫枝滿謝庭。

【校】

〔一〕文集及百家詞題作「爲老母壽」。

【箋】

乾道四年（一一六八）春在長沙作。

又 餞劉共甫〔一〕

憶昔追游翰墨場，武夷仙伯較文章。琅函奏號銀臺省，氈筆書名御苑墻。　經十載，過三湘。横眉〔二〕麗錦照傳觴。醉餘吐出胸中墨，只欠彭宣到後堂。

【箋】

乾道二年（一一六六），孝祥罷靜江府，七月間經湖南北歸，晤劉珙於長沙。時珙知潭州，荆湖南路安撫使。孝祥曩舉進士出珙門下，「經十載，過三湘」，珙設宴招待，孝祥作此詞。

【校】

〔一〕文集、百家詞均失題。按乾道三年（一一六七）孝祥繼劉珙知潭州，餞別宴會頻繁，與此次接待過客不同，可能傳詞者誤以爲亦餞劉時所作。儻改爲「劉共甫席上」即符合事實，以無他本可校，姑仍其舊。

〔二〕文集作「榻」。

又 同前〔一〕

玉〔二〕殿西頭白玉堂，湘江東畔碧油幢。北辰曬次添〔三〕星象，南國〔四〕山川解印章。隨步武，借〔五〕恩光，送公歸趣〔六〕舍人裝。他年若肯〔七〕傳衣鉢，今日先須酹此觴〔八〕。

【箋】

乾道三年（一一六七），孝祥起知潭州，餞前任劉珙所作詞之一。前首鷓鴣天，只以「過三湘」一語表明路過劉珙治境；此則直説「送公歸趣舍人裝」。顯然這兩次宴會賓主位置不同，性質亦有所別。

【校】

〔一〕文集作「餞劉恭父」，花庵作「長沙餞劉樞密」。由於前首未改題爲「劉恭父席上」，故「同前」二字亦不改。

〔二〕、〔三〕文集、花庵作「浴」、「瞻」。

〔四〕花庵作「斗」。

〔五〕文集作「謝」。

〔六〕、〔七〕花庵作「送君先促」、「真肯」。

〔八〕文集作「今日應須酹壽觴」、花庵作「今日先須酹一觴」。

又　送錢史君守橫州〔一〕

舞鳳飛龍五百年，盡將錦繡裹山川。王家券册諸孫嗣，主第笙歌故國傳。　居玉鉉，擁金蟬，秖今門户慶綿聯〔二〕。君侯合侍明光殿，且作橫槎海上仙。

【箋】

此詞作於帥靜江時，據文集詞題知錢名子山，蓋吳越王錢鏐后裔。故詞中盛稱其家世。橫州，在今廣西南邊，越過廣東距海已近。

【校】

〔一〕、〔二〕文集、百家詞作「贈錢橫州子山」、「蟬聯」。

又　仲欽提刑行部萬里，閱四月而後來歸。（轍）〔輒〕奉蔬果爲太夫人壽〔一〕

去日清霜菊滿叢，歸來高柳絮纏空。長驅萬里山收瘴，徑度層波海不風。　陰德遍，嶺西東，天教慈母壽無窮。遥知今日稱觴處，衣綵還將衣繡同。

【箋】

乾道元年（一一六五）仲冬，孝祥送廣西提點刑獄公事張維仲欽出發行邊，曾作念奴嬌（弓刀陌上）一首，已見卷一。次春歸來，孝祥又作此詞。二人友誼，參閲前卷水調歌頭桂林中秋箋。

【校】

〔一〕文集題作「提刑仲欽……輒成爲太夫人壽」。

又〔平國弟生日〕〔一〕

楚楚吾家千里駒，老人心事正關渠。風流合是堦墀〔二〕玉，愛惜真如〔三〕掌上珠。　紆緑綬〔四〕，薦芳壺。老人還醉弟兄扶。〔閒〕〔問〕將〔五〕何物爲兒壽，付與家傳萬卷書。

【箋】

乾道四年（一一六八）春作。時全家在長沙。參閲本書拾遺卷鵲橋仙（湘江東畔）箋。

【校】

〔一〕從文集、百家詞補題。

〔二〕、〔三〕、〔四〕、〔五〕文集作「階除」、「真成」、「綵綬」、「問將」（歷陽典録「綵綬」作「綵袖」）。

又 上元啟醮〔一〕

咏徹瓊章夜向闌，天移星斗下人间。九光倒影騰青簡，一氣回春（達）〔繞〕〔二〕絳壇。瞻北闕，祝南山，遥知仙仗簇清班。何人曾侍傳柑燕〔三〕，翡翠簾開識聖顔。

【箋】

據詞題及次首「三湘五筦」句，知乾道四年（一一六八）正月作於長沙。

【校】

〔一〕、〔二〕、〔三〕文集作「上元設醮」、「繞」、「宴」。

又 同前

子夜封章扣紫清，五霞深裏〔一〕珮環聲。驛傳風火龍鸞舞，步入煙霄孔翠迎。（瑶）〔瑶〕簡〔二〕重，羽衣輕，金（章）〔童〕〔三〕雙引到通明。三湘五筦同民樂，萬歲千秋與帝齡。

【校】

〔一〕、〔二〕、〔三〕文集作「光裏」、「瑶簡」、「金童」。

又

瞻蹕門前識箇人，香車油壁照雕輪〔一〕。短襟衫子新來棹，四直冠兒内樣新。

秋色淨，曉粧勻，不知何事在風塵？主公〔二〕若也憐幽獨，帶取妖嬈上玉宸。

【校】

〔一〕文集、百家詞次句作「柳眉桃臉不勝春」，注明：一本作「香車……」。

〔二〕文集、百家詞作「主翁」。

又

憶昔彤庭望日華，匆匆枯筆夢生花。鸞輪袍曲慚新奏，風送銀灣犯斗槎。

追往事，及〔一〕新瓜，飛蓬何事及蘭麻。一江湘水流餘潤，(千)〔十〕〔二〕里河隄築淺沙。

【箋】

各本俱失題，據詞意是乾道三年(一一六七)在長沙送劉珙詞作之一。

【校】

〔一〕、〔二〕文集作「甫」、「十」。

又

可意黄花人不知，黄花標格世間稀。園葵裛露迎朝日，檻菊迎霜媚夕霏。　芍藥好，是金絲。綠藤紅刺引薔薇。姚家別有神仙品，似着天香染御衣。

【箋】

文集、百家詞偶闕此首，乾道本、名家詞亦失題。據詞意似詠黄牡丹。列舉黄色可愛的花作陪襯，而結出姚黄是華貴仙品。

又

餞劉恭父〔一〕

割蹬〔二〕難留乘馬東，花枝爭看裛長紅。衮衣空使斯民戀，綠竹誰歌入相同。　回武事，致年豐，幾多遺（恨）〔愛〕〔三〕在湘中。深知〔四〕楚水楓林下，不似初聞長樂鐘。

【箋】

乾道三年（一一六七）六月，在長沙餞送劉珙還朝。

【校】

〔一〕從文集補題。

〔二〕、〔三〕、〔四〕文集作「鐙」、「遺愛」、「須知」。

又　荆州别同官〔一〕

又向荆州住半年，西風催放五湖舡。來時露菊團金顆，去日池荷剪〔二〕緑錢。　斟〔三〕別酒，扣離絃。一時賓從最多賢。今宵拚醉花迷坐，後夜相思月滿川。

【箋】

乾道五年（一一六九）三月致仕，留别荆州同官作。

【校】

〔一〕原失題，從文集、百家詞補。

〔二〕文集、百家詞作「疊」。

〔三〕文集、百家詞作「鄭」。

眼兒媚〔一〕

曉來江上荻花秋，做弄箇離愁。半竿殘日，兩行珠淚，一葉扁舟。　須知此去應難遇，直待醉方休。如今眼底，明朝心上，後日眉頭。

【校】

〔一〕此首僅見乾道本，名家詞據以編入于湖詞卷二。全宋詞以文集爲底本，亦據乾道本增補於後。附注云：「按此首别誤作賀鑄詞，見陽春白雪卷三。别又誤作明人鍾惺詞，見古今别腸詞選卷二。」

于湖先生長短句卷第三

虞美人 贈盧堅叔〔一〕

盧敖夫婦騶鸞侶，相敬如賓主。森然蘭玉滿樽前，案舉〔二〕齊眉樂事看年年。我家白髮雙垂雪，已是經年別。今宵歸夢楚江濱，也學君家兒子壽吾親。

【箋】

據詞中「已是經年別」一語，似乾道二年（一一六六）六月前在静江作。

【校】

〔一〕原無題，從文集補。

〔二〕文集作「舉桉」。

又

柳梢梅蕊〔一〕香〔二〕全未，誰會傷春意？一年好處是新春，柳底梅邊只欠那人人。

憑春約住梅和柳，且〔三〕待些時候。錦帆風迅〔四〕綵舟來，却放〔五〕香苞嬌蕊〔六〕一齊開。

【箋】

文集卷三十二樂府，將虞美人（「溪西竹樹」、「柳梢梅蕚」、「羅衣怯雨」）三首相次。綜觀内容，似爲閒尋舊跡感懷之作。時間儻爲隆興元年（一一六三）春日，則可能在宣城泛舟宛溪。第一首追憶初見，「有箇人人相對坐調箏」；此爲第二首，已是「柳底梅邊只欠那人人」；第三首，惆悵終於未得再見而後悔「當初不似休來好」。

【校】

〔一〕、〔二〕、〔三〕、〔四〕、〔五〕、〔六〕文集作「蕚」、「春」、「略」、「送」、「遣」、「葉」。

又 無爲作〔一〕

雲〔二〕消煙漲清江浦，碧草春無數。江邊〔三〕幾樹夕陽紅，點點征〔四〕帆吹盡夜〔五〕來風。

樓頭月壓章華館〔六〕，我已無腸斷。斷行雙雁背〔七〕人飛，織錦迴文空在寄他誰？

【箋】

這是一首懷念情婦李氏詞，紹興三十年（一一六〇）作於無爲軍（今蕪湖市對江無爲縣）。

孝祥於去年八月，自起居舍人、權中書舍人爲汪徹劾罷提舉江州太平興國宫，遂歸蕪湖至對江無爲寓居。今文集猶存其謝楊抑之送行信稿，略謂：「既至濡須（無爲古稱），静掃一室，終日危坐，以省昔愆。它無可言者。」

孝祥與情婦愛情悲劇，已略見前兩卷木蘭花慢及雨中花慢幾首詞箋。由無爲沿江西去，到李氏隱居學道的樅陽浮山並不甚遠。想到昔年被迫分離，今日又被誣落職，能不百感交集？讀信稿及此詞，可見其心情。

【校】

〔一〕原失題，從文集補。

〔二〕、〔三〕、〔四〕、〔五〕文集作「雪」、「南」、「歸」、「晚」。

〔六〕文集作「樓頭自擘昭華管」。

〔七〕文集作「向」。

又〔一〕

清宮初入韶華管，宮葉秋聲滿。滿庭芳草月嬋娟，想見明朝喜色動天顏。　持盃滿勸龍頭客，榮遇時難得。詞源三峽瀉瞿塘，便是醉中空去也無妨。

【校】

〔一〕此首僅見乾道本。名家詞似即據此編入卷二。

鵲橋仙

橫波滴素，遥山蹙翠，江北江南腸斷。不知何處御〔一〕風來，雲霧裏、釵橫鬢亂。　香羅疊恨，蠻〔二〕牋寫意，付與瑶臺女伴。醉時言語醒時愁〔三〕，道醒了、休教再看〔四〕。

【箋】

閒情之作，時地不可考。聯繫唐人「斷盡江南刺史腸」詩句，豈亦作於隆興元年（一一六三）知平江府日？花庵曾選此首，名家詞據以編入卷一。

【校】

〔一〕文集作「馭」。
〔二〕名家詞作「鷺」。
〔三〕文集作「羞」。
〔四〕末句花庵、名家詞作「道說與、醒時休看」。

又　上主管壽送南康酒北梨〔一〕

南州名酒，北園珍果，都與黄香爲壽。風流文物是家傳，睍血指，旁觀袖手。東君〔二〕消息，西山爽氣，總聚公〔三〕家户牖。舊時曾識玉堂仙，在帝所、頻開薦口。

【箋】

詞爲黄談祝壽作。談字子默，自號澗壑居士。分寧人，山谷姪孫。劉珙、張孝祥先後帥湖南，談爲屬官，主管榷務。年未五十卒。全宋詞輯存其澗壑詩餘一首。

【校】

〔一〕文集題作「以酒果爲黄子默壽」。
〔二〕、〔三〕文集作「風」、「君」。

又 別立之〔一〕

黄陵廟下，送君歸去，上水舡兒一隻。離歌聲斷酒盃空，容易裏、東西南北。　重湖風月，九秋天氣，冉冉新〔二〕愁如織。我家住在楚江濱，爲頻寄雙魚素尺。

【箋】

張立之爲孝祥舊屬，乾道二年（一一六六）孝祥罷静江東歸，立之改任臨江軍（今江西清江）判官，於中秋節前偕行至黄陵廟下相別。孝祥另有「送張立之赴臨江判官」詩云：「珍重清江掾，相從五見秋。炎凉無改節，夷險有忠謀。蓮幕新開府，蒲帆漾小舟。凄然洞庭野，别意與川流。」

【校】

〔一〕原失題，從文集補。

〔二〕文集作「清」。

又 落梅〔一〕

吹香成陣，飛花如雪，不奈〔二〕朝來風雨。可憐無處辟〔三〕春寒，但玉立仙衣數縷。　清愁萬斛，柔腸千結，醉裏一時分付。與〔四〕君不用嘆飄零，待結子成陰歸去。

【箋】

試就詞意聯繫作者心情，可能乾道五年（一一六九）春作於荆州。其時已請致仕，果於「結子成陰」即「歸去」矣。

【校】

〔一〕文集題同，花庵無「落」字。

〔二〕、〔三〕文集作「那」、「避」。

〔四〕花庵作「勸」。

又　吳伯承侍兒〔一〕

明珠盈斗，黄金作屋，佔了湘中秋色。金風玉露不勝情，看天上人間今夕。枝頭一點，琴心三疊，算有詩名消得。野堂從此不蕭踈，何日向〔二〕尊前唤客。

【箋】

乾道三年（一一六七）秋在長沙作。

【校】

〔一〕文集題作「戲贈吳伯承侍兒」。

〔二〕「何日向」文集作「問何日」。

又　邢少連送末利

北窗凉透，南窗月上，浴罷滿懷風露。不知何處有花來，但怪底清香無數。炎州珍產，吳兒未識，天與人間〔一〕獨步。冰肌玉骨歲寒時，倩間止堂中留住。間止，少連堂名。

【箋】

邢少連爲孝祥在長沙時相過往的交游，此詞當作於乾道三年（一一六七）或次年的夏季。

【校】

〔一〕「人間」，文集及百家詞作「幽芳」。

鵲橋仙 上運使壽〔一〕

東明大士，吾家老子，是一元知非二。共移〔二〕甘雨趁生朝，作〔三〕萬里豐年歡喜。司空山上，長沙星裏，乞與無邊祥瑞。仙鄉〔四〕日月（正）〔五〕鎮常春，笑人說長生久視。

【箋】

乾道四年（一一六八）春夏之交作於長沙。潭州東明崇教寺祀出廢井觀音，張祁曾施財。見文集卷二十六釋語。

【校】

〔一〕、〔二〕、〔三〕、〔四〕文集作「爲老人壽」、「攜」、「做」、「家」。

〔五〕「正」字衍，應從文集删去。

踏莎行

長（莎）〔沙〕〔牡丹〕花極小，〔戲〕作此詞，並〔以〕二枝爲伯承、欽（天）〔夫〕諸兄一觴之薦〔一〕

洛下根株，江南栽種，天香國色千金重。花邊三閣建康春，風前十里（楊）〔揚〕州〔二〕夢。油（璧）〔壁〕〔三〕輕車，青絲短鞚，看花日日催賓從。而今何許定王城？一枝且爲鄰翁送。

【箋】

張栻（一一三三——一一八〇）字敬夫（于湖集、王質雪山集等俱作「欽」夫），號南軒，浚子，事跡具宋史道學傳。孝祥游浚門下，深與相契。知潭州時，欽夫兄弟扶乃父魏公柩至州境，不能入蜀，孝祥乃爲營葬於屬縣寧鄉之西。兩人文字往還，今于湖集及南軒集猶多存者。

【校】

〔一〕題從文集增改。

〔二〕百家詞作「揚」。

〔三〕文集、百家詞作「壁」。

又 別劉子思〔一〕

古木〔二〕叢祠，孤舟野渡，長年與客分携處。漠漠愁陰嶺上雲，蕭蕭別意溪邊樹。
我已北歸，君方南去，天涯客裏多(岐)〔歧〕路。須君早出瘴煙來，江南山色青無數。

【箋】

文集卷十一有謝劉子思送筆七絕，全題云：「廣右無筆，劉子思携一束來，擇其尤者作字但如此，它日中州有筆，當愛惜也。」此詞有「我已北歸」句，似作於乾道二年(一一六六)六月下旬將離桂林前。又文集卷八送劉子思詩云：「送客古城東，陰晴一日中。舊憐杉桱碧，新喜荔枝紅。香火叢祠冷，魚蝦小市空。明朝萬里別，今夕此尊同。」當亦同時所作。

【校】

〔一〕文集題作「送別劉子思」。

〔二〕文集作「古屋」。

又 五月十三日夜月甚佳，戲作〔一〕

藕葉池塘，榕陰庭院，年時好月今宵見。雲鬟玉臂共清寒，冰綃霧縠誰裁剪？　撲粉香綿，侵塵寶扇，遥知掩抑成凄怨。去程何許是歸程，離觴爲我深深勸。

【箋】

孝祥於乾道二年（一一六六）六月罷靜江東歸，此蓋其前一月晚宴席上戲作。其時尚無論罷消息，五月晦日猶偕張仲欽等再遊水月洞。

【校】

〔一〕文集作「五月十三日月甚佳」。

又

荊南作〔一〕

（施）〔旋〕〔二〕葺荒園，初開小徑，物華還與東風競。曲檻暉暉落照明，高城冉冉孤煙暝。柳色金寒，梅花雪靜，道人隨處成幽興。一盃不惜小留連〔三〕，歸期已理滄浪艇。

【箋】

乾道五年（一一六九）春作於荊州，其時蓋已請祠侍親。

【校】

〔一〕從文集、百家詞補。

〔二〕、〔三〕文集、百家詞作「旋」、「淹留」。

又

萬里扁舟，五年三至，故人相見尤堪喜。山陰乘興不須回，毗耶問疾誰〔一〕爲對。

不藥身輕，高談心會，匆匆我又成歸計。他時江海肯相尋，緑（莎）〔蓑〕青（著）〔箬〕〔二〕

看清貴。

【箋】

乾道五年（一一六九）春，孝祥在荆州有懷長沙知識，作此詞。自一一六五至一一六九的五年間，孝祥凡三次到湖南（一一六五赴静江及次年罷歸各路經一次，一一六七年六月，就任知潭州一次），故云「五年三至」。此時已請准致仕，因有「江海相尋」之約。

【校】

〔一〕文集、百家詞作「難」。

〔二〕文集、百家詞作「綠蓑青蒻」。按「蒻」一作「篛」，與「箬」爲異體字。作「廾」頭者是另一植物。

又（宋）〔朱〕漕生朝〔一〕

桂嶺南邊，湘江東畔，四年〔二〕兩見生申旦。知君心地與天通，天教仙骨年年換。

便趁〔三〕秋風，横翔〔四〕霄漢，相看〔五〕黄紙書來唤。但令丹鼎永頻添，莫辭酒盞春無算。

【箋】

乾道三年（一一六七）或其次年秋爲朱元順祝壽作。

【校】

〔一〕文集、百家詞作「爲朱漕壽」，名家詞作「朱漕生朝」。

〔二〕、〔三〕、〔四〕、〔五〕文集、百家詞作「三年」、「趁此」、「乘槎」、「看看」。

菩薩蠻 諸客往赴東鄰之集戲作此小詞〔一〕

庭葉翻翻秋向晚，砧聲〔二〕敲月催金剪。樓上已清寒，不堪頻倚欄。　鄰翁開社甕，喚客情應重。不醉且無歸，醉時歸路迷。

【校】

〔一〕文集、百家詞題作「諸客赴東鄰之集」。

〔二〕文集、百家詞作「涼砧」。

又 艤舟采石〔一〕

十年長作江頭〔二〕客，檣竿又掛西風席。白鳥去邊明，楚山無數青。　倒冠仍落珮，我醉君同〔三〕醉。試問識君否〔四〕？青山與白鷗。

【箋】

文集卷二十八有題蘇翰林詩後云：「乾道丁亥三月望，張某過金山。長老寶印作堂上方，請名于某，敬取公詩中語名之曰玉鑑而書其詩使刻山石。」結合詞題及其中「檣竿又掛西風席」句，知孝祥於乾道三年（一一六七）三月由蕪湖乘船東去鎮江，中途艤舟采石作此詞。是年五月起知潭州，此時尚在閒散中也。

【校】

〔一〕原失題，從文集、百家詞補。花庵作「舟中」，名家詞從之。

〔二〕花庵、名家詞作「江南」。

〔三〕文集、百家詞作「君須」。

〔四〕文集、百家詞作「不」。

又

雪消墻角收燈後，野梅官柳春全透。池閣又東風，燭花燒夜紅。　一尊留好(欹)[客]〔一〕，欹盡欄干月。已醉不須歸，試聽烏夜啼。

【校】

〔一〕「欹」，涉下句首一字誤，文集等各本俱作「好客」。

又 立春

絲(全)[金]〔一〕縷翠幡兒小，裁羅撚綫花枝裊。明日是新春，春風生鬢雲。　吴霜看點染〔二〕，愁裏春來淺。只願此花枝，年年常戴〔三〕伊。

【校】

〔一〕文集、百家詞、名家詞俱作「金」。

〔二〕、〔三〕文集、百家詞作「點點」、「長帶」。

又

蘼蕪白芷愁煙渚，曲瓊飛捲〔一〕江南雨。心事怯衣單，樓高生晚寒。雲鬟香霧濕，翠袖淒餘泣。春去有來時，春從沙際歸。

【箋】

細玩此詞意境，似晚春索處江南，暮雨淒迷，感念情婦李氏之作。

【校】

〔一〕文集、百家詞作「細捲」。

又

恰則春來春又去，憑誰説與春教住。與問坐中人，幾回迎送春？明年春更好，只怕人先老。春去有來時，願春長見伊。

又 林柳州生朝〔一〕

史君家枕吴波碧，朱門鋪手摇雙戟。也到嶺邊州，真成汗漫遊。歸期應不遠，趁得東江煖。翁媼雪垂肩，雙雙平地仙。

【箋】

乾道元年(一一六五)秋，孝祥在桂林有滿江紅思歸寄柳州林守一首，已見卷一。據此詞「趁得東江煖」句，應是次年(一一六六)春作。

【校】

〔一〕此詞文集、百家詞俱闕。名家詞編入卷二，文字與乾道本同。又乾道本此後次有生查子詠摺疊扇一首，係朱翌詞，略去。

臨江仙 帥長沙，寄静江三故人：張仲欽、朱漕、滕憲

試問宜齋〔一〕樓下竹，年來應長新篁。使君五嶺又三湘，舊游知好在，熟處更難忘。尚念論心舒嘯不〔二〕？只今湖海相望。遥憐陰至〔三〕酒尊凉，舉觴須酹我，樓外〔四〕是清江。

【箋】

此乾道四年(一一六八)春夏間，孝祥在長沙寄懷守静江時舊友張仲欽、朱元順、滕子昭之作。踏莎行朱漕生朝已見本卷。文集題真山觀曾記乾道元年十一月七日與滕子昭等「聯騎訪無無道人……遂入西山，煮茗於超然亭」。

【校】

〔一〕、〔二〕、〔三〕、〔四〕文集、百家詞作「問訊宜樓」、「否」、「陰過」、「門外」。

又〔一〕

罨畫樓前初立馬，隔簾笑語相親。鉛華洗盡見天真，衫兒輕罩霧，髻子直梳雲。　翠葉銀絲簪末利，櫻桃澹注香脣。見人不語解留人，數盃愁裏酒，兩眼醉時春。

【校】

〔一〕此詞文集、百家詞俱闕，名家詞編入卷二。

二郎神　七夕〔一〕

坐中客，共千里瀟湘秋色。漸萬寶西成農事了，羅稏看黄雲阡陌。橋〔二〕口橘洲風浪穩，嶽鎮聳、倚天青壁。追前事、興亡相續，空與山川陳蹟。　南國。都會繁盛，依然似昔。聚翠羽明珠三市滿，樓觀湧、參差金碧。乞巧處、家追樂事，爭要做、豐年七夕。願明年强健，百姓歡娱，還如今日。

【箋】

孝祥知潭州凡兩遭七夕，此詞似作於乾道三年(一一六七)初到任時。新秋令節，小集嘉賓，即席抒寫對於南國的美好觀感和祝願。若次年(一一六八)七夕則在即將離湘赴荆州前，可能無此從容雅興。

【校】

〔一〕原失題，從文集、百家詞補。

〔二〕文集、百家詞作「喬」。

于湖先生長短句卷第四

浣溪沙 劉恭父席上〔一〕

只倚精忠不要兵，卷旗直入蔡州城〔二〕。賊營半夜落妖星。萬旅連屯〔三〕看整暇，十眉環坐却娉婷。白麻早晚下天庭。

【箋】

乾道二年（一一六六），孝祥罷静江府東歸經長沙，劉珙設宴接待，孝祥於席上作此頌其平李金功。

【校】

〔一〕原失題，從文集、百家詞補。

〔二〕文集、百家詞誤將首二句顛倒。名家詞與此同。

〔三〕文集、百家詞作「雲屯」。

又 餞劉共甫〔一〕

玉節珠幡〔二〕出翰林，詩書謀帥眷方深。威聲虎嘯復龍吟。我是先生門下士，相逢有酒莫辭〔三〕斟。高山流水遇知音。

【箋】

此係孝祥在宴劉珙席上作。除歌頌外，强調彼此間的深厚友誼。

【校】

〔一〕文集、百家詞失題。劉共甫即劉恭父。

〔二〕、〔三〕文集、百家詞作「珠幢」、「且教」。

又

絶代佳人淑且真，雲〔一〕爲肌骨玉〔二〕爲神，燭前花底不勝春。倚竹袖長寒捲翠，凌波襪小暗生塵，十分京洛舊來〔三〕人。

【校】

〔一〕、〔二〕、〔三〕文集、百家詞作「雪」、「月」、「家」。

又

洞庭〔一〕

行盡瀟湘到洞庭，楚天闊處數峰青。旗梢不動晚波平。紅蓼一灣紋纈亂，白魚雙尾玉刀明，夜凉船影浸疎星。

【箋】

乾道四年（一一六八），孝祥徙知荆南湖北路安撫使，秋八月自長沙前往荆州，經洞庭作此。

【校】

〔一〕原失題，從文集、百家詞補。

又 賦微之提刑繡扇〔一〕

只說閩山錦繡幃，忽從團扇得生枝，緲紅衫子映豐肌。　春線應憐壺漏永，夜針頻見燭花摧，塵飛一騎憶來時。

【箋】

詞賦閩繡荔枝圖的團扇。「緲紅衫子映豐肌，」寫剥開的鮮果。結句用杜牧華清宫「一騎紅塵妃子笑，無人知是荔枝來」詩意。

【校】

〔一〕原失題，從文集、百家詞補。

又 瑞香

臘後春前別一般，梅花枯淡水仙寒，翠雲裘着紫霞冠。　妙品〔二〕只今推第一，實香〔二〕元不是人間，爲君更酌〔三〕小龍團。

【箋】

詞詠瑞香，以「翠雲裘着紫霞冠」寫其形象之美。其實瑞香無花冠，爲人所愛在芳香，故下片着重指出。聯繫到次首餞別鄭憲提及瑞香甚至其別名錦熏籠，疑此詞亦同時作於長沙。

【校】

〔一〕、〔二〕、〔三〕文集、百家詞作「仙品」、「清香」、「更試」。

又　餞別鄭憲〔一〕

寶蠟燒香〔二〕夜影紅，梅花枝傍錦熏籠，曲瓊低捲瑞香風。　萬里江山供燕几，一時賓主看談鋒，問君歸計莫匆匆。

【箋】

孝祥起知潭州，初曾兼代荆湖南路提點刑獄公事。其後由襄邑鄭子禮自湖南轉運副使就拜本路提點刑獄。提刑置司衡州，亦子禮落南寓居所在，故詞有「問君歸計莫匆匆」句。乾道丁亥（一一六七）十二月，孝祥爲撰壽芝堂記，略謂：有芝生於內寢，築新堂未有名，客名之曰壽芝。子禮今年七十有二，康寧而好德。其奉使典州皆有惠績。予與子禮廣西、湖南皆同官，既書之扁，又爲之記（文集卷十四）。

【校】

〔一〕、〔二〕文集、百家詞作「餞鄭憲」、「燒春」。

又　荆州約馬（奉）〔舉〕先登城樓觀塞〔一〕

霜日明霄水蘸空，鳴鞘聲裏繡旗紅，澹煙衰草有無中。　萬里中原烽火北，一尊濁酒戍樓東。酒闌揮淚向悲風。

【箋】

據詞題及「霜日明霄」、「滄煙衰草」等語，當乾道四年（一一六八）冬作於荆州。

【校】

〔一〕文集、百家詞俱失題，此從名家詞改「奉」爲「舉」並增「塞」字。

又 再用韻

宫柳垂垂碧照空，九門深處五雲紅，朱衣只在殿當中。　細撚絲梢龍尾北，緩携綸旨鳳池東，阿婆三五笑春風。

【箋】

各本題同。據「宫柳垂碧」、「春風」諸語，知非「登城樓」同日所作。按荆州開元觀在牙城西五百步。祥符八年更爲天慶觀，紹興五年遷楚鎮門之東，舊觀廢。乾道五年春，孝祥與客過原址，於草中發現初建天慶觀碑，其趺爲唐明皇所注道德經。遂發地出趺，而還碑天慶新觀（文集卷二十八跋道德經碑）。此詞豈賦還碑時所見，結句亦寓「白頭宫女在，閒坐説玄宗」感耶？

又 親舊蘄口相訪〔一〕

六客西來共一舟，吴兒蹋浪翦輕鷗，水光山影〔二〕翠相浮。　我欲吹簫明月下，略須停棹晚風頭，從前〔二〕五〔度〕〔三〕到蘄州。

【箋】

乾道五年（一一六九）春，孝祥致仕，自荆州沿江東歸。四月初旬，「未至黄州二十里」，故人蘄水談獻可「扁舟逆浪來迎……同舟至蘄陽而别。」（參閲年譜）蘄口一稱蘄陽口，在蘄水入長江處，今屬湖北蘄春縣。

【校】

〔一〕原失題，從文集、百家詞補。

〔二〕文集、百家詞作「山色」。

〔三〕「三五」，文集、名家詞作「五度」，從改。

又

已是人間不繫舟，此心元自不驚鷗，卧看駭浪與天浮。　對月只應頻舉酒，臨風何必更搔頭，暝煙多處是神州。

【箋】

與前首詞同韻，而内容各有側重。前述歸途中喜與親舊把晤；此則流露雖已致仕，依然未能忘情憂國。自是同時所作。

又　中秋〔坐上〕十八客〔一〕

同是登瀛〔二〕册府仙，今朝〔三〕聊結社中蓮，胡笳按拍酒如泉〔四〕。　喚起封姨清晚暑〔五〕，更將荔子薦新圓，從今三五夜〔六〕嬋娟。

【箋】

此詞每句均用事切「十八」之數。首句借唐太宗故事，設文學館，以杜如晦等爲十八學士，圖像立册藏之書府，時謂之登瀛洲。次句用佛家語謂六根、六塵、六識爲十八界，巧妙地將此日宴會比之於晉慧遠集高僧、名儒結白蓮社於廬山東林寺。樂曲奏的是蔡文姬胡笳十八拍。八月猶有餘熱，故喚來風神封十八姨清滌晚暑。酒後更嘗新的荔枝上品十八娘。最後即景生情作結，謂天上清光尚可連賞三夜至於十八。

【校】

〔一〕文集、百家詞題作「坐上十八客」。按少「中秋」一詞，則「從今三夜」無法起算。故合並二者爲「中秋坐上十八客」，使其完整。

〔二〕、〔三〕、〔四〕、〔五〕文集、百家詞「登瀛」作「瀛洲」；「今朝」作「只今」；「泉」作「川」；「晚暑」作「晚景」。

〔六〕「三五夜」，文集、百家詞作「三夜看」，從改。

又

日煖簾幃春晝長，纖纖玉指動枰床，低頭佯不顧檀郎。　荳蔻枝頭雙蛺蝶，芙蓉花下兩鴛鴦，壁間聞得唾絨〔一〕香。

【校】

〔一〕文集作「茸」。

又 餞別劉共父〔一〕

射策金門記昔年，又教（潘）〔藩〕翰〔二〕入陶甄，不妨衣鉢再三傳。 粉淚但能添楚竹，羅巾誰解繫吴船，捧盃猶願小留連。

【箋】

乾道三年（一一六七）繼劉珙知潭州，交接宴會席上作。

【校】

〔一〕文集、百家詞題作「侑（集誤洧）劉恭父別酒」。

〔二〕文集作「五交藩翰」，百家詞作「又教藩翰」，從改「藩」。

又 煙（州）〔水〕亭〔蔡〕定夫置酒作〔一〕

灔灔湖光緑一圍，脩林斷處白鷗飛，天機雲錦蘸空霏。 乞我百弓真可老，爲公一飲醉忘歸，扁舟日日弄晴暉。

【箋】

蔡定夫，名勘，莆田人。蔡襄四世孫。紹興十一年（一一四一）生，乾道二年（一一六六）進士。慶元元年（一一九五）帥豫章，適孝祥長子同之亦移江南西路轉運判官，屢勸刊于湖文集，以同之於明年三月遽卒，未果。

乾道二年，孝祥罷静江歸經江州，州守林黄中等邀宴於琵琶亭，蔡勘置酒煙水亭當亦在此時。煙水亭始建於北宋熙寧間，明末重建，在今九江市甘棠湖。

【校】

〔一〕文集、百家詞題作「煙水亭蔡定夫置酒」，又「霏」誤「飛」。

又

過臨川，席上賦此詞

我是臨川舊史君，而今欲作嶺南人，重來遼鶴事猶新。　去路政長仍酷暑，主公交契更情親，横秋閣上晚風勻。

又

同前

康樂亭前種此君，重來風月苦留人，兒童竹馬笑談新。　今代孟公仍好客，政成歸去眷方新，十眉環坐晚粧勻。

【箋】

右兩首，文集、百家詞俱闕。據題及詞意，當是乾道元年（一一六五）赴静江任路過臨川時作。孝祥知撫州在紹興三十年（一一六〇），參閱年譜。

又 次韻戲馬夢山與妓作別〔一〕

羅襪生塵洛浦東，美人春夢瑣窗空，眉山細蹙恨千重〔二〕。　海上蟠桃留結子，渥洼天馬去追風，不須多怨主人公。

【箋】

文集及百家詞將三首同韻浣溪沙（「方船載酒下江東」、「羅襪生塵洛浦東」、「一片西飛一片東」）順序相次，各有一題（「去荆州」、「次韻戲馬夢山與妓作別」、「夢山未釋然再作」）。乾道本則分散三處（第一首見拾遺，有長題略謂：阻風石首，同行皆有作，孝祥用韻。第三首在卷四末，亦失題）。看來這些詞都是由荆州東歸途中阻風，與賓從一時唱和之作。

名家詞趙長卿惜香樂府卷三末有注云：「近豐城馬令字夢山，舊日與張公舍人從游甚厚」（下述孝祥降乩作詞、贈硯事略。）

【校】

〔一〕原失題，從文集、百家詞補。

〔二〕文集、百家詞作「眉山蹙恨幾千重」。

西江月 張欽夫壽〔一〕

諸老何煩薦口，先生自簡淵衷。千年聖學有深功，妙處無非日用。　已授一編圯下，却須三顧隆中。鴻鈞早晚轉春風，我亦從君賈勇。

【箋】

乾道三年(一一六七)作於長沙。張栻兄弟得孝祥協助，葬其父張浚於寧鄉，遂留長沙講性命之學至明年。

【校】

〔一〕原失題，從文集、百家詞補。

又 丹陽湖〔一〕

問訊湖邊春色，重來又是三年。東風吹我過湖船，楊柳絲絲拂面。　世路如今已慣，此心到處悠然。寒光亭下水連〔二〕天，飛起沙鷗一片。

【箋】

紹興三十二年(一一六二)春，自建康還宣城經丹陽湖作(參閱年譜)。湖在當時爲内河交通要道，年久淤淺。今爲丹陽湖農場，在安徽當塗縣東南。

【校】

〔一〕文集失題，百家詞作「三塔阻風」。花庵誤作「洞庭」，名家詞從之。絶妙好詞與乾道本同。景定建康志作「題溧陽三塔寺」，岳珂玉楮集亦載溧陽三塔寺寒光亭柱上刻有此詞。

〔二〕文集、百家詞作「如」。

又　同僚飲餞亘齋〔一〕

窗户青紅尚濕，主人已作歸期。坐中賓客盡鄒枚，盛事他年誰繼〔二〕？　別酒深深頻〔三〕勸，離歌緩緩休催！扁舟明日轉清溪，好月相望千里。

【箋】

乾道二年（一一六六）六月作於桂林。

【校】

〔一〕文集、百家詞題作「桂州同僚餞別」。

〔二〕、〔三〕文集、百家詞作「應記」、「但」。

又

蘄倅李君達才，當靖康、建炎之間，以諸生起兵河東，屢摧强敵。蓋未知其事，重爲感歎，賦此〔一〕

不識平原太守，向來水北山人。世间功業謾虧成，華髮蕭蕭滿鏡〔二〕。　幸有田園故里，聊分風月江城。西（波）〔湖〕〔三〕西畔晚波平，袖手時來照影。

【校】

〔一〕原失題，從文集、百家詞補。

〔二〕百家詞作「滿鬢」。

〔三〕文集、百家詞作「西湖」，從改。

又 代五三宣教上母夫人壽〔一〕

慈母行封大國，老仙早上蓬山。天憐陰德遍人間，賜與還丹七返。　莫（間）〔問〕〔二〕清都紫府，長教緑鬢朱顔。年年今日綵衣斑，兄弟同扶酒盞。

【箋】

似乾道四年（一一六八）春代弟壽母夫人作（時全家歡聚長沙，若次春在荆州，則三月已獲准致仕，行色匆匆矣）。

【校】

〔一〕文集、百家詞題作「代五三弟爲老母壽」（名家詞「五三」兩字空格，餘同乾道本）。

〔二〕文集等本，均作「問」。

又 阻風三峰下〔一〕

滿載一船秋色〔二〕，平鋪千里湖光〔三〕。波神留我看斜陽，放起〔四〕鱗鱗〔五〕細浪。　明日風回更好，今宵露宿何妨。水晶宫裏奏霓裳，準擬岳陽樓上。

【箋】

乾道二年（一一六六）秋罷靜江東歸將過洞庭前阻風三峰下作。

【校】

〔一〕原失題。文集、百家詞作「阻風三峰下」，從補。又名家詞據花庵作「黃陵廟」。

〔二〕「秋色」，花庵作「明月」。

〔三〕文集作「十里湖光」，花庵作「千里秋江」。

〔四〕花庵作「喚起」。

〔五〕名家詞作「粼粼」。

又 重九〔一〕

冉冉寒生碧樹，盈盈露濕黃花。故人玉節有光華，高會仍逢戲馬。　世事〔二〕只今如夢，此身到處爲家。與君相遇更天涯，拚了茱萸醉把。

【箋】

乾道二年（一一六六）罷靜江東歸，以重九日過蘄州，在州守仲彌性宴席上作。參閱年譜。

【校】

〔一〕原失題，從文集、百家詞補。

〔二〕文集、百家詞作「萬事」。

又　庾樓陪諸公飲，醉甚。和向巨源、任子嚴、陶茂安韻，呈周悦道使刻之樓上

樓外踈星印水，樓頭畫燭烘（蓮）〔簾〕〔一〕。憑高舉酒思〔二〕厭厭，征路虚無指點。　酒興因君開闊，山容向我增添。一鈎新月弄纖纖，濃霧花房半斂。

【箋】

此詞作於江州（今九江市）庾公樓宴會上。

【校】

〔一〕、〔二〕文集、百家詞作「烘簾」、「恨」。

又

十里輕紅自笑，兩山濃翠相呼。意行着脚到精廬，借我繩床小住。　解飲不妨文字，無心更狎鷗魚。一聲長嘯暮煙孤，袖手西湖歸去。

【箋】

此詞似紹興二十九年（一一五九）以前春日在臨安作。文集、百家詞俱闕。

減字木蘭花　上黄倅宅太淑人壽〔一〕

慈闈生日，見説今年年九十。大底孩兒七箇孫。　人間喜事，只這一般

誰〔二〕得似？願我雙親，都似君家太淑人。

【箋】

黄仁榮，字堅叟，邵武（今屬福建）人。紹興三十年（一一六〇）自兩浙轉運副使知臨安府，次年九月以憂去。孝祥爲汪徹劾罷在紹興二十九年（一一五九）八月，因知此詞應作於孝祥在朝而堅叟任副使（故稱黄倅）期間，時兩家同在臨安。

【校】

〔一〕、〔二〕文集、百家詞題作「黄堅叟母生日」、「難」。

又

琵琶亭林守王倅送別〔一〕

江頭送客，楓葉荻花秋瑟瑟。絃索休彈，清淚無多怕濕衫。　故人相遇，不醉如何歸得去？我自〔二〕忘歸，煙滿空江月滿隄。

【箋】

乾道二年（一一六六），孝祥罷静江東歸，以九月經江州，林黄中等餞送於琵琶亭，作此詞。黄中名栗，紹興進士。于湖文集有致江州林知府啟，似撫州到任初次通候。

【校】

〔一〕原失題，從文集、百家詞補。

〔二〕文集、百家詞作「醉」。

又

一尊留夜，寶臘烘簾光激射。凍合銅壺，細聽冰簷夜剪酥。　清愁冉冉，酒喚紅潮登玉臉。明日重看，玉界瓊樓特地寒。

【箋】

文集次同調「佳人絶妙」首後。如至江陰在冬日，似雪夜宴飲作。

又　臘月二十六日立春〔一〕

春如有意，未接年華春已至。春事還新，多得年時五日春。　春郊便緑，只向臘殘〔二〕春已足。屈指元宵，正是新春二十朝。

【校】

〔一〕文集、百家詞題少「臘月」二字。名家詞從乾道本。

〔二〕文集、百家詞作「臘前」。

減字木蘭花　贈尼〔一〕

吹簫泛月，往事悠悠那更〔二〕説。碎破〔三〕琉璃，［陡］覺〔四〕從前萬事非。　清齋淨戒，休作斷腸垂淚債。識破囂塵，作箇逍遥物外人。

【校】

〔一〕文集、百家詞題作「贈尼師，舊角妓也。」（文集「尼、妓」誤「兀、奴」）

〔二〕、〔三〕、〔四〕文集、百家詞作「休更」、「拍碎」、「始覺」。

又

枷花搦柳，知道東君留意久。慘緑愁紅，憔悴都因一夜風。　輕狂胡蝶，擬欲扶持心又怯。要免離披，不告東君更告誰？

【箋】

張于湖誤宿女貞觀故事，據古今女史略云：女貞觀尼陳妙常年二十餘，姿色出群，詩文俊雅。于湖授臨江令，宿女貞觀，見妙常以詞調之，妙常亦以詞拒。後與于湖故人潘法成私通情洽，潘密告于湖，以計斷爲夫婦。即俗傳玉簪記是也。按孝祥未嘗授臨江令，此故事在流傳過程中，以雜劇、平話等多種形式出現，並代擬了許多贈答愛情詞（全宋詞指明依託，酌入附録）。

求之于湖詞集中，只有三首減字木蘭花留下關於傳説的一點痕跡。贈尼是初遇；「人間奇絶」一首寫印象；至此首則儼然以東君自居，與古今女史所載「以計斷爲夫婦」情節符合。

醉落魄〔一〕

輕黄淡緑，可人風韻閒裝束。多情早是眉峰蹙，一點秋波，閒裏覷人毒。　桃花庭院光陰速，銅鞮誰唱大隄曲？歸時想是櫻桃熟，不道秋千，誰伴那人蹴？

【箋】

這首詞押韻用字，前人多予以較高評價。楊慎説「此詞毒、蹴二字難下。」（詞品卷四）沈謙取與其他名句並舉，謂：「喚起兩眸清炯炯；閒裏覷人毒；眼波才動被人猜，更無言語空相覷：傳神阿堵，已無賸美。」（填詞雜説）李調元又云：「毒字險而穩，人不敢下。」（雨村詞話卷二）

【校】

〔一〕兩影宋本全同。百家詞有個別字誤鈔。花菴未選此首，名家詞蓋録自楊慎詞品，編入卷一。首句「輕黄」作「輕寒」，次句「裝束」作「梳束」，換頭「光陰速」作「閒裝束」，皆明顯有誤。

憶秦娥　上元遊西山作〔一〕

元宵節，鳳樓相對鰲山結。鰲山結，香（應）〔塵〕〔二〕隨步，柳梢微月。　多情（人）〔又〕見〔三〕珠簾揭，遊人不放笙歌歇。笙歌歇，曉煙輕散，帝城宫闕。

【箋】

紹興二十六至二十九年（一一五六——一一五九）正月，孝祥都在臨安。此詞至遲作於紹興己卯元夕，時權中書舍人。

【校】

〔一〕文集、花菴、百家詞、名家詞題均作「元夕」。

〔二〕文集、花菴、百家詞、名家詞均作「香塵」，從改。

〔三〕花菴、名家詞作「又見」；文集、百家詞作「又把」。

又〔一〕

吹花嚼蕊愁無託，年華冉冉驚離索。驚離索，倩春留住，莫教摇落。天一角，南枝向我情如昨。情如昨，水寒煙淡，霧輕雲薄。

【校】

〔一〕文集、百家詞均無此首，名家詞與乾道本字、句同。

念奴嬌

星沙初下，望重湖遠水，長雲漠漠。一葉扁舟，誰念我、今日天涯飄泊。平楚南來，大江東去，處處風波惡。吴（山）〔中〕〔一〕何地，滿懷俱是離索。常記〔二〕送我行時，緑波亭上，泣透青羅薄。檣燕低飛人去後，依舊湘城簾幙。不盡山川，無窮煙浪，辜負秦樓約。漁歌聲斷，爲君珠淚〔三〕傾落。

【箋】

乾道二年（一一六六）孝祥罷静江府經由湖南東歸，在離長沙向洞庭途中懷念送别作此。花庵詞選加題「離思」，名家詞從之。

【校】

〔一〕文集、花菴作「吳中」。

〔二〕花菴作「長記」。

〔三〕文集、花菴作「雙淚」。

浣溪沙〔一〕

溢浦從君已十年，京江仍許借歸船，相逢此地有因緣。　十萬貔貅環武帳，三千珠翠入歌筵，功成去作地行仙。

【箋】

這首詞孝祥作於重修多景樓落成宴席上。時方滋知鎮江，即將離任。孝宗隆興二年（一一六四），方滋（務德）在鎮江府任；王佐（宣子）代之。重修甘露寺多景樓落成，群賢畢集。「陸務觀賦水調歌之，張安國書而刻之崖石。」（題陸務觀多景樓長短句，見文集卷二十八）到寧宗慶元五年（一一九九），陸游在跋張安國家問里還提及此會說：「某自浮玉別紫微，三十六年之間，摧頹抵此……慨然不知衰涕之集也。」（渭南集）

這首詞似即作於此盛會上。時孝祥自建康被劾落職，故有「許借歸船」語；結句則指方滋亦將離任。宋周密癸辛雜識曾記此會，略謂：張于湖知京口，王宣子代之。多景樓落成，于湖書扁，郤公庫潤筆銀，但需紅羅百匹，大宴合樂，賦詞命唱甚歡。按孝祥無知京口事，係方滋之誤（曾見地方志亦誤採此條），所記以紅羅百匹輸妓豪舉，可與「三千珠翠入歌筵」對照。歌詞除陸游水調外，所謂賦詞命妓合唱，殆即指此勸酒詞也。

【校】

〔一〕文集、百家詞俱無此首，名家詞編入卷三，字句同。

又 夢山未釋然，再作〔一〕

一片西飛一片東，高情已逐落花空，舊歡休問幾時重。　結習政如刀舐蜜，掃除須著絮因風，（諸）〔請〕〔二〕君持此問龐公。

【箋】

浣溪沙「羅襪生塵洛浦東」及右一首，均係戲馬夢山與妓作別詞。參閱本卷前首詳箋。

【校】

〔一〕原失題，從文集、百家詞補。

〔二〕文集、百家詞作「請」。

柳梢青〔一〕

碧雲風月無多，莫被名韁利鎖。白玉爲車，黃金作印，不戀休呵。　爭如對酒當歌，人是人非恁麽。年少甘羅，老成呂望，（必）〔畢〕竟如何？

【校】

〔一〕文集、百家詞均無此首，名家詞編入卷三。

于湖先生長短句卷第五

醜奴儿　張仲欽母夫人壽〔一〕

年年有箇人生日，誰（是）〔似〕〔二〕君家？誰（是）〔似〕君家，八十慈親髮未華。棠陰閣上棠陰滿，滿勸流霞。滿勸流霞，來歲應添宰路沙。

【箋】

這首詞約作於乾道二年（一一六六）夏，時張維（仲欽）提點廣西獄事亦在桂林。孝祥「登仲欽之閣名之曰棠陰。」所撰棠陰閣記（文集卷十四）末署「乾道丙戌五月朔日」，祝壽諒亦在此前後。詞中提及棠陰閣，末句有「宰路沙」語，蓋尚不知將罷静江由仲欽繼任，六月離桂東歸也。

【校】

〔一〕〔二〕原失題，從文集　百家詞補；兩「是」字應從改「似」。

又

十分濟楚邦之媛，此日追游。雨霽雲收，夢入瀟湘不那愁。主人白玉堂中老，曾侍凝旒，滿酌瓊舟，即上羲〔一〕皇香案頭。

【校】

〔一〕文集、百家詞皆作「虛」。

又

珠(煙)〔燈〕〔一〕璧月年時節，纖手同携。今夕誰知？自撚梅花勸一巵。　逢人問道歸來也，日日佳期。管有來時，趁得收燈也未遲。

【校】

〔一〕文集、百家詞作「燈」，從改。

又

無雙誰似黄郎子，自鄶無譏。月滿星稀，想見歌場夜打圍。　畫眉京兆風流甚，應賦蚍蜮。楊柳依依，何日文篇共駕歸？

【箋】

孝祥帥湖南時，辟黄談子默爲屬官，此黄郎子不知是否指子默。

點絳唇　餞劉恭父〔一〕

綺燕高張，玉潭月麗玻璃滿。旆霞行卷，無復長安遠。　夏木陰陰，路裊薰風轉。空留戀，細吹銀管，別意隨聲緩。

【箋】

乾道三年（一一六七）孝祥起知潭州，六月到長沙，餞送前任劉珙回朝，活動頻繁，此爲席上賦詞之一。按乾道本拾遺另有點絳唇「秩秩賓筵」一首，亦失題。除首句外，以下大同小異，顯係同詞的另一傳稿。全宋詞改用嘉泰文集本後，仍從乾道本拾遺録存該首。兹亦兩俱保留，不互出校。

【校】

〔一〕原失題，從文集、百家詞補。

又

贈袁立道〔一〕

四到蘄州，今年更是逢重九。應時納（佑）〔祐〕〔二〕，隨分開尊酒。（婁）〔屢〕舞婆娑，醉我平生友。休回首，世間何有，明月疎疎柳。

【箋】

乾道二年（一一六六），孝祥自静江府罷歸，九日過蘄口晤故舊作。

【校】

〔一〕原失題，從文集、百家詞補。

〔二〕文集作「祐」。

卜算子

雪月最相宜，梅雪都清絶。去歲江南見雪時，月底梅花發。　今歲早梅開，依舊年時月。冷艷孤光照眼明，只欠些兒雪。

【箋】

此詞疑係乾道四年（一一六八）冬作於荆州，「去歲江南」指在長沙。孝祥歷守撫州、平江、建康、静江、潭州皆在大江以南，惟最後荆州在江北。「冷艷孤光」句似有「孤光自照，肝肺皆冰雪」意。

又〔一〕

萬里去擔簦，誰識新豐旅？好事些兒説與郎，奴是姮娥侶。　若到廣寒宫，但道奴傳語：待我仙郎折桂枝，揀箇高枝與。

【校】

〔一〕文集、百家詞均無此首，名家詞編入卷三。

南歌子　上吴提宫壽〔一〕

人物羲皇上，詩名沈謝間。漫郎元是〔二〕漫爲官。醉眼瞢騰只擬看（相）〔湘〕〔三〕山。

小隱真〔四〕成趣，鄰翁獨往還。野堂梅柳尚春寒，且趁華燈頻泛酒缸寬。

【箋】

乾道四年（一一六八）春，在長沙爲吳伯承生日作。

【校】

〔一〕文集、百家詞題作「贈吳伯承」，名家詞從乾道本。

〔二〕、〔四〕文集、百家詞作「元自」、「今」。

〔三〕百家詞又誤作「湖」，從文集及名家詞改「湘」。

又　仲彌性席上〔一〕

曾到蘄州否？人人説史君。史君（牙）〔才〕〔二〕具合經綸，小試邊城早晚上星辰。　佳節重陽近，清歌午夜新。舉盃相屬莫辭頻，後日相思我已是行人。

【箋】

乾道二年（一一六六）孝祥罷静江北歸，經洞庭順江東下。重九前後數日，在蘄口訪晤故舊仲彌性、袁立道等。彌性名並，江都人。紹興進士，以張浚薦爲秦檜所阻。孝宗時由光禄寺丞出知潭州。

【校】

〔一〕原失題，從文集、百家詞補。

〔二〕從文集、百家詞、名家詞改「才」。

望江南 贈談獻可〔一〕

談子醉，獨立晲東風。未試玉堂揮翰手，只今楚澤釣魚翁，萬（里）〔事〕〔二〕舉盃空。謀一笑，〔一笑〕〔三〕與君同。身老南山看射虎，眼高四海（看）〔送〕飛鴻〔四〕，赤岸晚潮通。

【箋】

乾道五年（一一六九），孝祥自荆州致仕東歸，將抵黄州，談獻可來迎，同舟至蘄陽而别。詳四月既望所撰史警序（文集卷十五），參閱年譜。

【校】

〔一〕詞題原誤作「題南（岸）〔嶽〕銓德觀」，應移置次首望江南（朝元去）下。改從文集、百家詞作「贈談獻可」。

〔二〕、〔三〕、〔四〕從文集、百家詞改「萬事」；增「一笑」；改「送飛鴻」。

又 題南（岸）〔嶽〕銓德觀〔一〕

朝元去，深殿扣瑶鐘。天近月明黄道冷，參回斗轉碧霄空，身在九光中。　風露下，環珮響丁東。玉案燒香縈翠鳳，松壇移影動蒼龍，歸（霞）〔路〕〔二〕海霞紅。

【箋】

乾道二年（一一六六），罷靜江經湖南東歸。七夕入衡陽境，月中游南嶽諸寺觀，多有詩詞。參閲年譜。

【校】

〔一〕題自前首同調「談子醉」移來。文集、百家詞俱作「南嶽銓德觀作」，從改「岸」爲「嶽」。

〔二〕文集、百家詞、名家詞皆作「歸路」。

柳梢青 蔣文粟兄趨朝，錢文如橫槎，宗文如古藤，孝祥置酒作別賦此以侑尊〔一〕

重陽時節，滿城風雨〔二〕，更催行色。隴樹寒輕，海山秋老，清愁如織。一杯莫惜留連，我亦是天涯倦客。後夜相思，水長山遠，東西南北。

【箋】

此詞係乾道元年（一一六五）孝祥在靜江餞送蔣德施、粟子求等之作。

于湖文集卷三十有邕帥蔣公墓志銘云：「乾道元年，予守桂林，初識潯州守蔣君德施，是歲君趨朝……賜對擢守邕管。（下略）」按德施名允濟，桂之興安人。紹興二年進士，歷知州縣凡四十年，乾道三年卒於邕州。

【校】

〔一〕原題有誤字。現將三「文」字改「丈」，「茹」改「如」，文義自見。百家詞作「餞別蔣德施、粟子求諸公」（「粟」原誤作「栗」）。文集題同百家詞，「粟」不誤而將「蔣」誤爲「荆」。

〔二〕詞首二句原顛倒，依調首句應起韻，從文集、百家詞理順。

又〔一〕

草底蛩吟，煙横水際，月澹松陰。荷動香濃，竹深凉早，銷盡煩襟。　髮稀渾不勝簪，更客裏吴霜暗侵。富貴功名，本來無意，何况如今！

【校】

〔一〕此首又見袁去華宣卿詞，文集、百家詞闕，名家詞入卷三。

鳳棲梧　送劉恭父〔一〕

畫戟游〔二〕閒刀入鞘，安石榴花，影落紅欄小。似勸先生須飲酎〔三〕，枕中鴻寶微傳妙。　袞袞鋒車還急詔，滿眼瀟湘，總是恩波渺。歸去槐庭思楚嶠，觚稜月曉期分照。

【箋】

乾道三年（一一六七）六月，在長沙送前任劉珙回朝。

【校】

〔一〕文集、百家詞作「蝶戀花送劉恭父」，據補題。

〔二〕、〔三〕文集及百家詞作「斿」、「酹」。

瑞鷓鴣〔一〕　雪下哦詩

香珮潛分紫繡囊，野塘波急拆鴛鴦。春風灞岸空回首，落日西陵更斷腸。　憐謝女，花間爲令勝潘郎。從今千里同明月，再約圓時拜夜香。

【校】

〔一〕文集、百家詞無此首，名家詞編入卷三。

青玉案　送頻統轄行〔一〕

相春堂上聞鶯語，正花柳芳非處。有底尊前歡且舞。滿堂賓客，紫泥丹詔，袞袞煙霄路。　君王天縱資仁武，要尺箠平驕虜。思得英雄親駕馭。將軍行矣，九重虛宁〔二〕，談笑清寰宇。

【校】

〔一〕此首文集、百家詞闕，名家詞見卷三。

〔二〕「宁」，同「佇」。時校排印文集本補遺似誤以爲「宁」係簡體而改繁體「寧」者，非是。

南鄉子　餞送朱太傅，張直閣、（刑）〔邢〕監廟〔同集〕，阻雨，賦此詞〔一〕

江上送歸船，風雨排空浪拍天。賴有清尊澆別恨，凄然，寶蠟〔二〕燒花看吸川。　楚舞趁〔三〕湘絃，煖響圍春錦帳氈。坐上定知無俗客，俱賢，便是朱張與少連少連謂(刑)〔邢〕監廟。

【箋】

乾道三年（一一六七）冬，朱熹爲衡嶽之遊，孝祥迎晤於長沙。此詞爲送行時所作。朱熹有南歌子次張安國韻云：「落日照樓船，穩過澄江一片天。珍重使君留客意，依然，風月從今別一川。　離緒悄危絃，永夜清霜透幕氈。明日回頭江樹遠，懷賢，目斷晴空雁字連。」合觀兩詞，知是日阻雨而晚晴，不僅孝祥等惜別，朱熹亦感回首懷賢也。

【校】

〔一〕原題作「刑監廟餞送朱太傅張直閣阻雨賦此詞」，不僅「邢」誤爲「刑」，且與事實不符。置酒非邢少連，張栻未離去。檢文集、百家詞題作「送朱元晦行張欽夫邢少連同集」。現參考其意，就乾道本原題增「同集」二字改順如右。

〔二〕粹編「蠟」作「燭」。

〔三〕文集、百家詞、粹編作「對」。

清平樂　殿廬有作〔一〕

光塵撲撲，宮柳低迷緑。鬭鴨闌干春詰曲，簾額微風繡蹙。　碧雲青翼無憑，困來小倚雲屏〔二〕。楚夢未禁〔三〕春晚，黄鸝猶自聲聲。

【箋】

隆興二年(一一六四)二月，孝祥自知平江赴召，再除中書舍人，直學士院(參閱年譜)。此詞可能作於其時。

【校】

〔一〕原失題，從文集、百家詞補。

〔二〕、〔三〕文集、百家詞作「銀屏」、「不禁」。

又

向來省(左)〔户〕〔一〕，謀國參伊呂。暫借良儔匪再〔二〕舉，談笑肅清三楚。　良辰上客徜徉，奏篇欲記〔三〕傳香。此日一尊相屬，它時同在巖廊。

【箋】

此詞係孝祥壽叔父張郯之作。文集、百家詞都將兩首清平樂相次，其前首(英姿慷慨)有題「壽叔父」。按乾道本原闕此首，現收入補遺。

張郯(一一〇三——一一八九)字知彦，參知政事孝伯父。爲人魁磊不凡，學問識其大者。孝宗時，知眞州、鄂州，皆有治聲。詳陸游撰墓志。

【校】

〔一〕、〔二〕、〔三〕文集、百家詞作「省户」、「良籌非再」、「猶記」。

又 詠梅〔一〕

吹香嚼蕊，獨立東風裏。欲凍〔二〕雲驕天似水，羞殺夭桃穠李。如今見說闌干，不禁月冷霜寒。嶺上〔三〕驛程人遠，城頭戍角聲乾。

【校】

〔一〕文集、百家詞題作「梅」。

〔二〕、〔三〕文集、百家詞作「玉凍」、「壠上」。

霜天曉角

柳絲無力，冉冉縈柔碧〔一〕。繫我船兒不住，楚江上，曉風〔二〕急。棹歌休怨抑，有人離恨極。說道〔三〕歸期不遠，剛不信，淚偷滴。

【校】

〔一〕、〔二〕、〔三〕文集、百家詞作「柔碧一」、「晚風」、「說與」。

歸（梧）〔字〕謡 送劉郎〔一〕

歸，拾萬人家兒樣啼。公歸去，何日是來時？

又

歸，獵獵薫風捲〔二〕繡旗。攔教住，重舉送行盃。

又

歸，數得宣麻拜相時。秋前後，公衮更萊衣。

【箋】

乾道三年（一一六七）六月，孝祥在長沙餞送前任劉珙回朝作。

【校】

〔一〕文集、百家詞調名「蒼梧謡」。按「十六字令」又名「蒼梧謡」或「歸字謡」，後者蓋即由于湖此詞得名。乾道本作「歸梧謡」已誤，目録竟更誤爲「歸自遥」，則又與「歸自謡」、「歸國遥」相混。

〔二〕「捲」，文集、百家詞作「颭」。

醜奴兒 張仲欽生日用前韻〔一〕

伯鸞德耀賢夫婦，見説宜家。見説宜家，庭砌森森長玉華。　天公遺注長生籍，服日餐霞。服日餐霞，壽紀應須海算沙。

【箋】

乾道二年（一一六六）在桂林爲張仲欽生日作。題稱「用前韻」指爲仲欽母夫人壽詞（醜奴兒「年年有箇人生日」），見本卷第一首。

【校】

〔一〕原失題，從文集、百家詞補。按此詞又見拾遺（僅「庭砌」作「庭下」），現留此删去重出。

蝶戀花　送姚主管橫州〔一〕

君泛僊（楂）〔槎〕〔二〕銀海去，後日相思，地角天涯路。草草盃盤深夜語，冥冥四月黄梅雨。　莫拾明珠並翠羽，但使斯民〔三〕，愛我如慈母。待得政成民按堵，朝天衣袂翩翩舉。

【箋】

乾道二年（一一六六）四月在桂林作。

【校】

〔一〕原失題，從文集補（百家詞「橫州」作「柳州」）。

〔二〕、〔三〕文集、百家詞作「槎」、「邦人」。

于湖先生長短句拾遺

念奴嬌〔一〕

海雲四斂，太清樓、極目一天秋色。明月飛來雲霧盡，城郭山川歷歷。良夜悠悠，西風裊裊，銀漢冰輪側。雲霓三弄，廣寒宮殿長笛。偏照紫府瑤臺，香籠玉座，翠靄迷南北。天上人間凝望處，應有乘風歸客。露滴金盤，涼生玉宇，滿地新霜白。壺中清賞，畫簷高掛虛碧。

【校】

〔一〕此詞文集、百家詞均闕，名家詞編入于湖詞卷三。

同前〔二〕

風帆更起，望一天秋色，離愁無數。明日重陽尊酒裏，誰與黃花爲主？別岸風煙，孤舟燈火，今夕知何處？不如江月，照伊清夜同去。船過采石江邊，望夫山下，酌水應懷古。德耀歸來，雖富貴、忍棄平生荆布！默想音容，遥憐兒女，獨立衡皋暮。桐鄉君子，念予憔悴如許！

【箋】

這是于湖詞集中重要的一首。筆者就是由於這首詞的啟示，結合出土的張同之夫婦墓志及其他有關資料，論證孝祥在青少年時期與情侣李氏由戀愛而同居，生了長子同之。紹興二十四年廷試第一，秦檜爲其孫被抑已怒，曹泳以請婚未答又憾之，遂誣孝祥父祁有反謀，下獄。會檜死得釋，婚姻問題不得不慎重處理。於是讓李氏回到故鄉桐城浮山隱居學道，孝祥在臨安另娶仲舅之女時氏爲妻。未幾，時氏病故。而李氏健在，孝祥直到去世前一年的冬天，猶懷念舊好，情見乎詞。

這首送别詞是記他們愛情悲劇的開始，從各本未收，僅見於乾道本尚係拾遺，可見當日諱莫如深。黄花庵以宋人選宋詞，也只能給于湖兩首木蘭花慢及雨中花慢加些什麽「離思」、「别情」、「長沙」的題目。自一九七八年我爲此詞寫了本事（拙著詞學概論餘論章曾舉此爲補擬本事的一例），遂使于湖有關懷念李氏的愛情詞，一一獲得正確的新釋，分别見各該首詞箋。

又讀此詞時有兩處不可疎忽：一是詞的長句應從文理分逗。「德耀歸來，雖富貴、忍棄平生荆布。」切不可標點爲「七、六」句式并誤以「德耀」爲普通詞語而任意曲解。其次是「望夫山下」，作者已指明地點在「采石江邊」（今采石磯和望夫磯同屬安徽馬鞍山市），不可扯到江西去。這兩句是判斷送與被送者爲夫婦的關鍵。

【校】

〔一〕此詞文集、百家詞俱闕。名家詞編入于湖詞卷三，字句同乾道本。詞作於紹興二十六年（一一五六）重九前，由於送情婦李氏及子同之自建康前往桐城浮山。

蓦山溪 春情〔一〕

雄風豪雨，時節清明近。簾幙起輕寒，煖紅爐、笑翻灰燼。陰藏遲日，欲驗幾多長，繡工慵，圍棋倦，香篆頻銷印。茂林芳徑，緑變紅添潤。桃杏意酣酣，占前頭、一番花信。華堂尊酒，但作艷陽歌，禽聲喜，流雲盡，明日春遊俊。

【箋】

此詞與會淋漓，似早年作於臨安。沈雄曰：「此調第四句作七字折腰句而平仄或異。如張于湖『煖紅爐、笑翻灰燼』、『占前頭、一番花信。』」下論此調第四句第三字俱平、俱仄、或前仄而後平，當不拘。見沈雄古今詞話詞辨卷下蓦山溪條。

【校】

〔一〕文集、百家詞俱闕此首。名家詞、于湖詞卷一録自花庵詞選，題作「春情」，今據補。

拾翠羽〔一〕

春入園林，花信揔諸遲速。聽鳴禽、稍遷喬木。(天)〔夭〕桃弄色，海棠芬馥。風雨霽，芳徑草心頻緑。　褉事纔過，相次禁煙追逐。想千歲、楚人遺俗。青旗沽酒，各家炊熟。良夜游，明月勝燒紅燭。

【箋】

據調名及「楚人遺俗」句，似乾道四年（一一六八）春日在長沙作。次春在荆州已請致仕，恐無此閒情逸致矣。

【校】

〔一〕文集及百家詞俱無此首，名家詞于湖詞收入卷三。

蝶戀花 秦樂家賞花〔一〕

爛爛明霞紅日暮，艷艷輕雲，皓月光初吐。傾國傾城恨無語，綵鸞祥鳳來還去。　愛花長爲花留駐。今歲風光，又是前春處。醉倒扶歸也休訴，習池人笑山翁語。

【校】

〔一〕文集及百家詞均無此首，名家詞于湖詞編入卷三，「駐」作「住」。

同前 懷于湖〔一〕

恰則〔二〕杏花紅一樹，撚指來時，結子青無數。漠漠春陰纏柳絮，一天風雨將春去。　春到家山須（少）〔小〕〔三〕住，芍藥櫻桃，更是尋芳處。（曉）〔繞〕〔四〕院碧蓮三百畝，留春伴我春應許。

【箋】

似作於隆興二年（一一六四）春，時以言者由中書舍人改敷文閣待制，有歸去意。

晉太康二年分丹陽地置于湖縣，故治約在今當塗與蕪湖間，後廢，宋以來已視于湖與蕪湖爲古今名。所以孝祥別號于湖居士。此詞所謂「家山」指現在的蕪湖市，「繞院碧蓮三百畝」遺址，即今鏡湖公園。

【校】

〔一〕原失題，據文集、百家詞補。

〔二〕百家詞亦作「則」，文集誤「到」。

〔三〕、〔四〕文集、百家詞作「小」、「繞」。

踏莎行

楊柳東風，海棠春雨。清愁冉冉無來處。曲徑驚飛蛺蝶叢，回塘凍濕鴛鴦侶。　　舞徹霓裳，歌殘金縷。蘼蕪白芷愁烟渚。欲識〔一〕陽臺夢裏雲，細聽〔二〕華表歸來語。

【校】

〔一〕、〔二〕文集、百家詞作「不識」、「試聽」。

漁家傲

紅白蓮不可並栽，用酒盆種之，遂皆有花，呈周倅〔一〕

紅白蓮房生一處，雪肌霞艷難爲喻。當是神仙來紫府，雙稟賦，人間相見猶相妒。　　清雨輕煙凝態度，風標公子來幽鷺。欲遣微波傳尺素，歌曲誤，醉中自有周郎顧。

【校】

〔一〕文集、百家詞均無此首，名家詞見于湖詞卷二。

夜〔蓮〕〔遊〕宫 句景亭〔一〕

聽話危亭句景，芳郊迥，草長川永。不待崇岡與峻嶺。倚欄杆，望無窮，心已領。

萬事浮雲影，最曠闊，鷺閒鷗静。好是炎天煙雨醒。柳陰濃，芰荷香，風日冷。

【校】

〔一〕調名據目録校改。此首文集、百家詞俱闕，名家詞見于湖詞卷三。

鷓鴣天

月地雲堦歡意闌，仙姿不合住人間。驂鸞已恨車塵遠，泣鳳空餘燭影殘。　情脉脉，淚珊珊，梅花音信隔關山。只應楚雨清留夢，不那吴霜緑易斑。

【箋】

此首爲懷念情婦李氏，痛悼亡妻時氏之作。「驂鸞、泣鳳」一聯，謂李氏先去浮山學道，後娶時氏旋又殁於臨安也。寫作時間、地點，可能在紹興二十九年（一一五九）冬季。是年八月爲汪徹劾罷，遂歸蕪湖，寓居對江的無爲。時距時氏去世未久，西望浮山不遠，亦音信阻隔，蓋不勝生離死别之感。

同前　詠桃花菊〔一〕

桃换肌膚菊换粧，只疑春色到重陽。偷將天上千年艷，染却人間九日黄。　新艷冶，舊風光。東籬分付武陵香。尊前醉眼空相顧，錯認陶潛是阮郎。

【校】

〔一〕文集、百家詞俱闕此首。全宋詞據乾道本補。注云：案百菊集譜拾遺引「偷將天上」二句，作康與之詞。

同前　送陳倅正字攝峽州

人物風流册府仙，誰教落魄到窮邊？獨班未引甘泉伏，三峽先尋上水船。　斟楚酒，扣湘絃，竹枝歌裏意凄然。明时合下清猿淚，閒日頻題采鳳牋。

【箋】

這首詞是孝祥帥荆州時，送峽州陳倅赴任之作。按荆湖北路安撫使知江陵府，領三府、九州、三軍，峽爲其中的一州。又文集、百家詞俱闕此詞。

菩薩蠻　西齋爲杏花寓言〔一〕

東風約略吹羅幕，一簷細雨春陰薄。試把杏花看，濕紅嬌暮寒。　佳人雙玉枕，烘醉鴛鴦錦。折得最繁枝，暖香生翠幃。

【校】

〔一〕花庵題作「杏花」，名家詞從之並加注「或作春暮」。文集、百家詞俱失題。全宋詞注：案此首別誤作辛棄疾詞，見歷代詩餘卷十。

同前〔一〕

胭脂淺染雙珠樹，春風〔二〕到處嬌無數。不語恨懨懨〔三〕，何人思故園？　故園花爛熳，笑我歸來晚。我老只思歸，故園花雨時。

【箋】

似乾道五年（一一六九）春作於荆州，其時思歸心切，與朱熹尺牘云：「自到官即請去，凡六、七。最後乞致仕，乞尋醫，且欲不俟報棄官而歸。」（文集卷四十）

【校】

〔一〕文集、百家詞俱無題。惟名家詞作「西齋爲杏花寓言。」蓋毛氏初從花庵詞選將前一首抄入卷一；後見乾道本長短句，又將次首編入卷三並移題於下。

〔二〕、〔三〕文集、百家詞作「東風」、「厭厭」。

同前　回文

落霞殘照横西閣，閣西横照殘霞落。波淺戲魚多，多魚戲淺波。　手擕行客酒，酒客行攜手。腸斷九歌長，長歌九斷腸。

同前 回文

渚蓮紅亂風翻雨，雨翻風亂紅蓮渚。深處宿幽禽，禽幽宿處深。　澹粧秋水鑑，鑑水秋粧澹。明月思人情，情人思明月。

同前 回文

晚花殘雨風簾捲，捲簾風雨殘花晚。雙燕語虛窗，窗虛語燕雙。　意愜風醒睡，睡醒風愜意。誰與語情詩，詩情語與誰？

同前 回文

白頭人笑花間客，客間花笑人頭白。年去似流川，川流似去年。　好事何羞老，老羞何事好。紅袖舞香風，風香舞袖紅。

【箋】菩薩蠻回文四首，僅見於乾道本長短句拾遺，名家詞據以編入于湖詞卷三。詞因受調的限制，其回文與詩不盡相同，有多種形式。其全首倒讀，仍可成爲合於本調格律者，如宋郭世樸（從範）的瑞鷓鴣席上，宋王文甫（齊愈）的虞美人（黄金嫩柳搖絲軟），傳詞無多。最常見的是「倒句」，東坡樂府裏有菩薩蠻回文七首。晁端禮、朱熹等亦有之，形式皆如孝祥這四首「倒句」。

「寫此種回文詞的限制是比較多的，如：①每句首末兩字必須同韻；②平仄要在倒轉時不發生障礙；③兩字構成的詞要選擇顛倒後仍能成意，如『詩情』、『情詩』（張孝祥：誰與話情詩，詩情話與誰）；或與鄰近的字結合另成新意，如『殘雨』、『殘花』（張孝祥：晚花殘雨風簾捲，捲簾風雨殘花晚）；④注意全首要成文理；⑤最好一句倒轉後，能表達另一意思，如：年去似流川，川流似去年（張孝祥詞句）是。」（摘自宛敏灝詞學概論第二章）

同前

玉龍細（默）〔點〕〔一〕三更月，庭花影下餘殘雪。寒色到書帷，有人清夢迷。　　墻西歌吹好，獨〔二〕煖香閨小。多病怯杯觴，不禁冬夜長。

【校】

〔一〕文集、百家詞、名家詞均作「點」。

〔二〕文集、百家詞作「燭」。

南歌子 過嚴關〔一〕

路盡湘江水，人行瘴霧間。昏昏西北度嚴關，天外一簪初見、嶺南山。　　北雁連書斷，秋霜點鬢斑。此行休問幾時還，唯擬桂林佳處、過春殘。

【箋】

乾道元年（一一六五）起知靜江府，廣南西路經略安撫使，七月到桂林過嚴關時作。

【校】

〔一〕文集、百家詞闕。又見何澹（豐之）樂齋詞。全宋詞兩存，但分別注明。略有異字：「西北」作「西日」，「此行」作「此時」，「唯擬」作「準擬」。

鵲橋仙 平國弟生日〔一〕

湘江東畔，去年今日，堂上簪纓羅綺。弟兄（今日）〔同〕拜〔壽〕尊前〔二〕，共一笑歡歡喜喜。渚宮風月，邊城鼓角，更好親庭一醉。醉時重唱去年詞，願來歲强如今歲！

【箋】

乾道五年（一一六九）三月致仕以前作於荆州。所謂「去年詞」指鷓鴣天（楚楚吾家千里駒），見本書卷二。

【校】

〔一〕原失題，從文集補。

〔二〕文集、百家詞作「弟兄同拜壽尊前。」

燕歸梁

風柳搖絲花纏枝，滿(日)[目]韶輝。離鴻過盡百勞飛，都不似，燕來歸。舊來王謝堂前地，情分獨依依。畫梁雕拱啓朱扉，看雙舞，羽人衣。

【箋】

詞似寫調名本意。文集、百家詞俱闕此首。名家詞編入于湖詞卷三，次句「滿日」作「滿目」，從改。

訴衷情 牡丹

亂紅深紫過群芳，初欲減春光。花王自有標格，塵外鎖韶陽。留國艷，問仙鄉，自天香。翠帷遮日，紅燭通宵，與醉千觴〔一〕。

【校】

〔一〕文集、百家詞作「場」。

浣溪沙 母氏生辰，老者同在舟中

穩泛仙舟上錦帆，桃花春浪舞清灣。壽星相伴到人間。黄石公傳三百字，西王母授九霞丹。銀潢有路接三山。

【箋】

似紹興三十一年（一一六一）在知撫州任内，父祁已罷淮南轉運判官，孝祥迎養雙親，在上水船中遇母生日所作。

同前 以貢茶、沉水爲「楊」齊伯壽〔一〕

北苑先春〔二〕小鳳團，炎州沉水勝龍涎，殷懃送與繡衣仙。　玉食向來思苦口，芳名久合上淩煙，天教富貴出長年。

【箋】

乾道五年（一一六九）春，孝祥自荆州東歸，江行阻風漢口，有呈楊齊伯五言古詩，全題云：「屢登横舟欲賦不成，阻風漢口，乃追作呈趙富文、楊齊伯。」此詞可能亦同時所作。

【校】

〔一〕、〔二〕文集、百家詞作「貢茶沉水爲楊齊伯壽」。「先春」作「春風」。

同前 發公安，風月甚佳，明日至石首，風雨驟至，留三日。同行諸公皆有詞，孝祥用韻。

方船載酒下江東，孤管横時〔一〕浪拍空，萬山紫翠晚〔二〕雲重。　擬看岳陽樓上月，不禁石首岸頭風，作牋我欲問龍公。

【箋】

【校】

乾道五年（一一六九）三月孝祥致仕自荆州東歸，阻風石首作。

〔一〕、〔二〕文集、百家詞作「簫鼓喧天」、「映」。

卜算子〔一〕

風生杜若洲，日暮垂楊浦。行到田田亂葉邊，不見凌波女。獨自倚危欄，欲向荷花語。無奈荷花不應人，背立啼紅雨。

【校】

〔一〕文集、百家詞俱闕此首，名家詞編入于湖詞卷三。又以下有醜奴兒（伯鸞德耀賢夫婦）一首，已見本書卷五，故删。

點絳唇

萱草榴花，畫堂永晝風清暑。麝團菰黍，助泛菖蒲醑。兵辟神符，命續同心縷。宜歡聚，綺筵歌舞，歲歲酬重午〔一〕。

【箋】

詞寫端陽景物及民間節日活動。

【校】

〔一〕文集、百家詞作「端午」。

同前〔一〕

秩秩賓筵，玉潭春漲波璃滿。旆霞風捲，可但長安遠。　夏木成陰，路裊薰風轉。空留戀，細吹銀管，別意隨聲緩。

【校】

〔一〕此首文集、百家詞俱闕，名家詞據乾道本編入于湖詞卷三。按本書卷五已收同調（綺燕高張）一首，從文集、百家詞補題「餞劉恭父」。兩詞首句以下大同小異，顯出自一稿。茲兩存不互出校，希參閱前箋。

西江月

風靜〔一〕灘聲未已，雨（暴）〔來〕〔二〕篷底先知。岸邊楊柳最憐伊，憶得扁舟〔三〕曾繫。　朝霧〔四〕平吞白塔，茅簷似有〔五〕青旗。三盃村酒醉如泥，天色寒呵且睡。

【箋】

似舟次溧陽丹陽湖作。湖爲宋宣城、建康間內河要道，今淤。歷陽張氏南遷居宣城者爲孝祥從伯父郯及諸兄弟，故其往返蕪湖、建康間，或沿江經過采石，或取道丹陽湖。參閱卷四同調（問訊湖邊春色）詞箋。

【校】

〔一〕、〔二〕、〔三〕、〔四〕、〔五〕文集、百家詞作「風定」、「雨來」、「船兒」、「湖霧」、「自有」。

同前 以寶鼎、隋人寫小字蓮經爲總得壽〔一〕

漢鑄九金神缶〔二〕，隋書小字蓮經。剛風劫（去）〔火〕〔三〕轉青冥，護守應煩僊聖。　昨夢傳來〔四〕帝所，今朝壽我親庭。只將此寶伴長生，談笑中原底定。

【箋】

紹興二十九年（一一五九）張祁由知固始縣調任淮南轉運判官。其生日約在春夏之交梅雨季節，孝祥撰詞以古物爲壽。末句「談笑中原底定」是預祝其將從漕運方面對抗金有所建樹。另有鷓鴣天（淮西爲老人壽）一首，似爲次年（一一六〇）所作，乾道本原闕，據文集收入輯補，希參閱該首詞箋。

【校】

〔一〕文集、百家詞題作：「以隋索靖小字法華經及古器爲老人壽」。

〔二〕、〔三〕、〔四〕文集、百家詞作「神鼎」、「劫火」、「歸來」。

同前 飲百花亭，爲武夷樞密先生作。亭望廬山雙劍峰，爲惡竹所蔽，是夕盡伐去。

落日鎔金萬頃，晴嵐洗劍雙（峰）〔鋒〕〔一〕。紫樞元是黑頭公，佳處因公愈重。　分得湖光一曲，喚回廬嶽千峰。一〔二〕尊今夜偶然同，早晚商巖有（慶）〔夢〕〔三〕。

【校】

〔一〕文集、百家詞均作「鋒」。按上稱「洗劍」，下片又押「峰」韻，作「鋒」是。

〔二〕文集、百家詞均作「濟」。
〔三〕文集、百家詞、名家詞均作「蓼」，「慶」字顯誤。

同前 爲劉樞密太夫人壽

疇昔通家事契，即〔一〕今兩鎮交承。起居樞密太夫人，綠鬢斑衣相映。乞得神仙（元）〔九〕〔二〕醞，祝教福祿千春。臺星直上壽星明，長見門闌鼎盛。

【箋】
前首武夷樞密先生及本首劉樞密均指劉珙。乾道三年（一一六七）孝祥繼劉珙帥潭州，次年調荆州。乾道五年（一一六九）三月，孝祥致仕。劉珙於四月自知隆興知荆南，至乾道六年九月丁慶國太夫人憂（見朱熹代人撰劉珙墓記）。

【校】
〔一〕文集、百家詞均作「只」。
〔二〕文集、花庵、百家詞、名家詞均作「九」。

水調歌頭 方務德生日〔一〕

紫橐論思舊，碧落拜除新。內家敕使傳詔，親付玉麒麟。千里江山增麗，是處旌旗改色，佳氣鬱輪囷。看取連（霄）〔宵〕〔二〕雪，借與萬家春。建崇牙，開盛府，是生辰。十洲三島〔三〕，都向今日祝松椿。多少活人陰德，合向無邊長壽〔四〕，惟有我知君。來歲更今日，一氣轉洪鈞。

【箋】

乾道二年（一一六六）十一月七日方滋以直敷文閣知建康府（景定建康志）。滋字務德，據韓元吉撰墓志：乾道改元，除兩浙轉運副使，充賀金正旦使。試户部侍郎，除敷文閣待制知建康府。按此年六月，孝祥罷静江府東歸，冬季在蕪湖。

【校】

〔一〕文集題作「爲方務德侍郎壽」。

〔二〕、〔三〕、〔四〕文集作「宵」、「十州老稚」、「合享無邊長算」。

同前　過岳陽樓作〔一〕

湖海倦游客，江漢有歸舟。西風千里，送我今夜岳陽樓。日落君山雲氣，春到沅湘草木，遠思渺難收。徙倚欄干久，缺月挂簾鈎。　雄三楚，吞七澤，隘九州。人間好處，何處更似此樓頭？欲弔沉纍無所，但有漁兒樵子，哀此寫離憂。回首叫虞舜，杜若滿芳洲。

【箋】

乾道五年（一一六九）三月，孝祥自荆州致仕東歸，阻風石首，有「擬看岳陽樓上月，不禁石首岸頭風」句

（浣溪沙）。此詞謂：「徙倚欄干久，缺月挂簾鈎」，時間似已在三月下旬。

湯衡序于湖詞云：「如歌頭、凱歌、登無盡藏、岳陽樓諸曲，所謂駿發踔厲，寓以詩人句法者也。」

【校】

〔一〕文集、百家詞俱無此首，名家詞編入于湖詞卷三之末。

满江紅　于湖懷古〔一〕

千古凄凉，興亡事、但悲陳蹟。迷〔二〕望眼，吴波不動，楚山叢碧。巴滇綠駿追風遠，武昌雲旆連江〔三〕赤。笑老姦遺臭到如今，留空壁。　軍書〔四〕静，煙烽〔五〕息；通軺傳，消鋒鏑。仰太平天子，坐收長策〔六〕。蹴踏〔七〕揚州開帝里，渡江天馬龍爲匹。看東南佳氣鬱葱葱，傳千億。

【箋】

元吴師道吴禮部詩話云：「于湖玩鞭亭，晉明帝覘王敦營壘處。自温庭筠賦詩後，張文潛又賦于湖曲以正湖陰之誤。詞皆奇麗警拔，膾炙人口。徐竇之、韓南澗亦發新意。張安國賦滿江紅云……雖間採温張語，而詞氣亦不在其下。嘗見安國大書此詞，後題云：『乾道元年正月十日。』」（按孝祥去冬罷歸蕪湖）

詞咏東晉在蕪湖發生的故事。太寧二年（三二四），王敦自長江上游舉兵向建康，明帝乘駿馬微行至于湖，陰察敦營壘。敦晝寢夢日繞城驚覺，遣騎追帝，帝留七寶鞭與逆旅賣食嫗，囑示追騎。五騎傳玩良久，帝得脱（見晉書明帝紀）。

據蕪湖縣志載：夢日亭在縣東王敦城，玩鞭亭在縣北二十里，皆宋僧藴湘始建，久毁。按今蕪湖市郊農民新闢汀棠公園，又重建玩鞭亭於該園。

【校】

〔一〕原失題，據文集、百家詞補。名家詞似鈔自吳禮部詩話（僅「叢碧」作「空碧」），調名下注：「玩鞭亭。乾道元年正月十日」。

〔二〕文集、百家詞、名家詞均作「凝」。

〔三〕名家詞作「連天」，百家詞作「連空」。

〔四〕、〔五〕文集、百家詞、名家詞作「邊書」、「烽煙」。

〔六〕吳禮部詩話、名家詞作「聖明無敵」。

〔七〕文集、百家詞、名家詞均作「蹴踏」。

輯補于湖詞一卷

水調歌頭 爲時傳之壽〔一〕

雲海漾空闊，風露凜高寒。仙翁鶴駕羽節，縹緲下天端。指點虛無征路，時見雙鳧飛舞，揮斥隘塵寰。吹笛向何處？海上有三山。綵衣新，魚服麗，更朱顏。蟠桃未熟千歲，容與且人間。早晚金泥封詔，歸侍玉皇香案，踵武列仙班。玉骨自難老，未用九霞丹。

【箋】

曾擇婿得張孝祥。

歷陽典録卷十二職官，引萬姓統譜及石門縣志，謂時撒字傳之，崇德人，知和州，居官廉正，惠愛辦治。

據于湖文集卷十五贈時起之略云：時氏彭城大族，渡江而南居秀之崇德者爲其外王父。伯舅諱畝，其季子三歲隨母適廬陵伍氏。孝祥守臨川，王宣子守廬陵，尋訪得之，告以家世，爲更其名曰起之。仲舅名撒，今爲朝散郎，新通判汀州，某於時氏既外諸孫，又娶仲舅之女。

按孝祥早年與情侶李氏同居生長子同之。後迫於曹泳請婚壓力，讓李氏以學道爲名歸隱浮山（具詳念奴嬌「風帆更起」等有關詞箋）而明娶時氏爲妻，約在紹興二十六年（一一五六）。其守撫州時，時氏已先歿於臨安。

此詞當以紹興三十年(一一六〇)作於臨川，其時仲舅新判汀州，適逢生日，遂以詞爲壽，上片就其遠宦閩海作頌語，下片更預祝早日還朝。據「風露高寒」句，時間當在秋冬。

【校】

〔一〕這首詞僅見於文集卷三十一樂府。

醉蓬萊　爲老人壽〔一〕

問人間榮事，海内高名，似今誰比？脱屣歸來，眇浮雲富貴。致遠鈎深，樂天知命，且從容閲世。火候周天，金文滿義，從來活計。　有酒一尊，有棋一局，少日親朋，舊家鄰里。世故紛紜，但蚊虻過耳。解愠薰風，做凉梅雨，又一般天氣。曲几蒲團，綸巾羽扇，年年如是。

【箋】

此詞下片盛稱歸休生活之樂，當係乾道五年(一一六四)自荆州致仕侍父歸蕪湖後所作。其東歸行程：四月抵黄州，八日作黄州開澳記，「既望」作史讐序。旋過九江、池州皆有詩。將至池陽呈魯使君有「緑隨秧馬稻畦新」句，顯爲初夏插秧季節，與此詞「解愠薰風，做凉梅雨」時間正合。是年夏秋間，孝祥即卒於蕪湖(詳年譜)，此蓋爲老人上壽最後一首詞矣。

【校】

〔一〕這首詞僅見於文集卷三十一樂府。

轉調二郎神〔一〕

悶來無那，暗數盡殘更不寐。念楚館香車，吳溪蘭棹，多少愁雲恨水。陣陣回風吹雪霰，更旅雁一聲沙際。想靜擁孤衾，頻挑寒灺，數行珠淚。凝睇。傍人笑我，終朝如醉。便錦織回鸞，素傳雙鯉，難寫衷腸密意。綠鬢點霜，玉肌消雪，兩地十分憔悴。爭忍見，舊時娟娟素月，照人千里。

【箋】

此詞當爲懷念情婦李氏而作。乾道三年（一一六七）冬在長沙。

這年孝祥長子同之已經二十一歲，可能奉母命隨同從叔仲子前往長沙探親。孝祥感念傷懷，寫了一首雨中花慢（一葉凌波）。仲子及同之旋於秋季北返，轉眼到了冬季，孝祥觸景生情，又寫了這首轉調二郎神。

一起極寫無聊少寐，追憶曩年楚館蘭溪，偕游之樂，都已成爲愁雲恨水。料想李氏此時也應擁衾挑燈，數行淚下。換頭雙管齊下，進一步由己及人，反覆描寫彼此相思之苦，益見相愛之深。自傷「綠鬢點霜」，亦憐「玉肌消雪」，處境不同，憔悴則一，結句尤爲凄絶。孝祥昔日送別李氏，嘗自恨「不如江月，照伊清夜同去。」（念奴嬌）至此始覺娟娟素月正是李氏化身，舊情猶在，千里相照。但我爭忍看見呢？

按孝祥次年八月赴荆州，不到周年即致仕歿於蕪湖。在現存懷念李氏詞中，這是最後一首了。

【校】

〔一〕這首詞只見於文集卷三十一樂府。

青玉案 餞別劉恭父〔一〕

紅塵冉冉長安路，看風度凝然去。唱徹陽關留不住。甘棠庭院，芰荷香渚，盡是相思處。　鼉魚從此誰爲主？好記江湖斷腸句。萬斛離愁休更訴。洞庭煙棹，楚樓風露，去作爲霖雨。

【箋】

乾道三年（一一六七）五月，孝祥起知潭州。六月到任，餞別前守劉珙回朝詞作之一。

【校】

〔一〕此詞見文集卷三十二樂府及百家詞本于湖詞卷上。

蓦山溪 和清虛先生皇甫坦韻〔一〕

清都絳闕，我自經行慣。璧月帶珠星，引鈞天、笙簫不斷。寶簪瑶珮，玉立拱清班。天一笑，物皆春，結得清虛伴。　還丹九轉，凡骨親曾換。攜劍到人間，偶相逢，依然青眼。狂歌醉舞，心事有誰知？明月下，好風前，相對綸巾岸。

【箋】

于湖文集今存雨入廬山七律（卷六）、皇甫坦所居五律（卷九）等詩，此詞當亦遊廬山時所作。

【校】

〔一〕此詞見文集卷三十二樂府及百家詞本于湖詞卷上。調名並誤作洞仙歌，今改正（百家詞又題脱「坦」字，上片結句「伴」誤爲「作」，此從文集本）。

鷓鴣天　淮西爲老人壽〔一〕

晝得游嬉夜得眠，農桑欲遍楚山川。問看百姓知公否，餘子紛紛定不然。　思主眷，酌民言，與民稱壽拜公前。只將心與天通處，合住人間五百年。

【箋】

乾道本拾遺卷有西江月（以寶鼎隋人寫小字蓮經爲總得壽）一首，係紹興二十九年（一一五九）張祁初任淮西轉運判官時作。詞末有「談笑中原底定」句。歷陽典録據和州志謂祁諜知完顏亮謀叛盟，屢聞於朝，且峙粟閲兵爲備，言者以張皇生事論罷之。明年，敵果大舉入寇。南宋淮西故治在廬州，故稱楚山川。此詞只强調百姓得安居樂業的「民言」，可見其時已知被論「張皇生事」。是年六月孝祥即赴知撫州任，因知此詞當作於紹興三十年初夏，時張祁尚未罷官。

【校】

〔一〕此詞見於文集卷三十二樂府及百家詞本于湖詞卷上。

虞美人　代季弟壽老人〔一〕

雪花一尺江南北，薪盡炊無粟。老仙活國試刀圭，十萬人家生意與春回。　天公一笑酬陰德，賜與長生籍。今朝霅霽壽尊前，看我雙親都是地行仙。

【箋】

此詞係於隆興二年（一一六四）春初，值母氏生日代季弟作。時張祁守江州，故詞中稱頌其政績，而於結句點明是慶祝雙壽。至張祁生日，從他詞得知約在初夏。

【校】

〔一〕詞見文集卷三十二樂府及百家詞本于湖詞卷上。後者詞題只有「代季」兩字，此從文集。

虞美人〔一〕

溪西竹榭溪東路，溪上山無數。小舟却在晚煙中，更看蕭蕭微雨打疎（蓬）〔篷〕。無聊情緒如中酒，此意君知否？年時曾向此中行，有箇人人相對坐調箏。

【箋】

此詞似紹興三十二年（一一六二）春自建康還宣城，暇日泛舟宛溪作。參閱卷二同調（柳梢梅蕊香全未）箋。

【校】

〔一〕詞見文集卷三十二樂府及百家詞本于湖詞上卷。

虞美人〔一〕

羅衣怯雨輕寒透，陡做傷春瘦。箇人無奈語佳期，徙倚黄昏池閣等多時。當初不似休來好，來後空煩惱。倩人傳語更商量，只得千金一笑也甘當。

【箋】

似亦隆興元年（一一六三）春在宣城訪舊未遇閒情之作。參閱卷三及本卷同調另二首箋。

【校】

〔一〕詞見文集卷三十二樂府及百家詞本于湖詞上卷。

畫堂春　上老母壽〔一〕

蟠桃一熟九千年，仙家春色無邊。畫堂日煖捲非煙，晝永風妍。　看取疎封湯沐，何妨頻棹觥舡。方瞳緑髮對儒仙，歲歲尊前。

【箋】

似乾道五年（一一六九）初春作於荆州。

【校】

〔一〕詞見文集卷三十二樂府及百家詞本于湖詞上卷。

柳梢青　元宵何高士説京師舊事〔一〕

今年元夕，探盡江梅，都無消息。草市梢頭，柳莊深處，雪花如席。　一尊鄰里相過，也隨分移時換節。玉輦端門，紅旗夜市，憑君休説。

【箋】

此詞約在紹興二十八年（一一五八）或稍前後的元宵節作於臨安。京師，謂汴都。

【校】

〔一〕見文集卷三十三樂府及百家詞本于湖詞，後者有衍文及脱誤處，此從文集。

柳稍青　探梅〔一〕

溪南溪北，玉香消盡，翠嬌無力。月淡黄昏，煙横清曉，都無消息。　　無聊更繞空枝，斷魂遠、重招怎得？驛使歸來，戍樓吹斷，空成悽惻。

【箋】

此首似亦作於臨安。兩次探梅「都無消息」，前者梅尚未開，後則梅已落盡，但未必同在一年。孝祥自紹興二十五至二十九年（一一五五——一一五九）仕於朝，春日都在臨安。

【校】

〔一〕詞見文集卷三十三及百家詞本于湖詞卷上。

踏莎行　壽黄堅叟併以送行〔一〕

時雨初晴，詔書隨至，邦人父老爲君喜。十年江海始歸來，祥曦殿裏攙班對。　　日月開明，風雲感會，切須穩上平戎計。天教慈母壽無窮，看君黄髮腰金貴。

【箋】

黃仁榮字堅叟，邵武人，曾守永嘉。據吳廷燮南宋制撫年表兩浙西路引臨安志：紹興三十年黃仁榮自兩浙轉運副使知臨安，三十一年九月三日憂去。隆興二年八月，黃仁榮自運副再知臨安。十一月二十六日罷。在此期間，張孝祥均不在臨安。因知此詞應作於紹興二十九年（一一五九）八月以前。堅叟可能奉詔入對後仍回原職，至紹興三十年七月十一日錢端禮除户部侍郎，黃仁榮始再自兩浙轉運副使知臨安。

【校】

〔一〕詞見文集卷三十三樂府及百家詞本于湖詞卷上。

醜奴兒　王公澤爲予言查山之勝，戲贈〔一〕

十年聞説查山好，何日追遊？木落霜秋，夢想雲溪不那愁。　主人好事長留客，尊酒夷猶。一笑登樓，興在西峰上上頭。

【箋】

文集卷十四有千山觀記云：「桂林山水之勝甲東南，據山水之會，盡得其勝，無如西峰。乾道丙戌，歷陽張某因超然亭故基作千山觀。」此詞結句謂「興在西峰上上頭」，疑亦乾道二年丙戌(一一六六)六月罷静江府前所作。

【校】

〔一〕詞見文集卷三十三樂府及百家詞本于湖詞卷上。

浣溪沙〔一〕

妙手何人爲寫真？只難傳處是精神。一枝占斷洛城春。　暮雨不堪巫峽夢，西風莫障庾公塵，扁舟湖海要詩人。

【校】

〔一〕詞見文集卷三十三樂府及百家詞本于湖詞卷下。其前一首浣溪沙（絶代佳人淑且真）與此同韻。

浣溪沙〔一〕

冉冉幽香解鈿囊，蘭橈煙雨暗春江，十分清瘦爲蕭郎。　遥憶牙檣收楚纜，應將玉筯點吴粧，有人縈斷九回腸。

【校】

〔一〕詞見文集卷三十三樂府及百家詞本于湖詞卷下。

浣溪沙〔一〕

樓下西流水拍隄，樓頭日日望春歸，雪晴風静燕來遲。　留得梅花供半額，要將楊葉畫新眉，莫教辜負早春時。

【校】

〔一〕詞見文集卷三十三樂府及百家詞本于湖詞卷下。

浣溪沙〔一〕

鳷鵲樓高晚雪融，鴛鴦池煖暗潮通，鬱金黄染柳絲風。油碧不來春草緑，闌干倚遍夕陽紅，江南山色有無中。

【箋】

據「鳷鵲樓」、「江南山色」等語，當作於建康。

【校】

〔一〕詞見文集卷三十三樂府及百家詞本于湖詞卷下。

浣溪沙〔一〕

妒婦灘頭十八姨，顛狂無賴占佳期，唤它滕六把春欺。僝僽鶯鶯并燕燕，悽惶柳柳與梅梅，東君獨自落便宜。

【箋】

詞似春雪後作，或有寓意。

【校】

〔一〕見文集卷三十三樂府及百家詞本于湖詞卷下。

浣溪沙 用沈約之韻〔一〕

細仗春風簇翠筵，爛銀袍拂禁爐煙，旂書名字壓宫垣。　太學諸生推獨步，玉堂學士合登僊，乃翁種德滿心田。

【箋】

沈約之名端節，吴興人，寓居溧陽，嘗令蕪湖，與孝祥交游。約之後仕至朝散大夫，江東提刑。有克齋詞一卷，孝祥和韻的浣溪沙原作已佚。

【校】

〔一〕詞見文集卷三十三樂府及百家詞本于湖詞卷下。

浣溪沙

晚雨瀟瀟急做秋，西風掠鬢已颼颼，燭花明夜酒花浮。　醉眼定知非妙賞，□詞端爲□□留，想君涇渭不同流。

【箋】

詞係同調「煙水亭蔡定夫置酒」的次首，乾道二年（一一六六）孝祥罷静江歸經九江時作。前首已箋見卷四。文集及百家詞均將二首相次，前首起寫景，此則先點明時間。脱字兩本同。

浪淘沙〔一〕

樓外捲重

琪樹間瑤林，春意深深，梅花還被曉寒禁。竹外一枝斜向我，欲訴芳心。

陰，玉界沉沉，何人低唱醉泥金？掠水飛來雙翠碧，應寄歸音。

【箋】

詞寫抑鬱心情而結以「應寄歸音」，似乾道五年(一一六九)春初在荆州已請致仕時作。

【校】

〔一〕見文集卷三十三及百家詞本于湖詞卷上。

浪淘沙〔一〕

清興滿山

溪練寫寒林，雲重煙深，樓高風惡酒難禁。徙倚闌干誰共語？江上愁心。

陰，鴻斷魚沉，一書何啻值千金？獨撫瑤徽絃欲斷，憑寄知音。

【箋】

與前首同韻，疑亦乾道五年(一一六九)春初所作。不僅思歸，亦懷友也。

【校】

〔一〕據文集卷三十三樂府。亦見百家詞本于湖詞卷上，但只存上片。

桃源憶故人 冬飲〔一〕

朔風弄月吹銀霰，簾幕低垂三面。酒入玉肌香軟，壓得寒威斂。檀槽乍撚么絲慢，彈得相思一半。不道有人腸斷，猶作聲聲顫。

【校】

〔一〕文集卷三十三及百家詞本于湖詞卷上全同。惟名家詞本卷一「撚」作「撥」，又有題「冬飲」，據增。

臨江仙〔一〕

試問梅花何處好？與君藉草攜壺。西園清夜片塵無，一天雲破碎，兩樹玉扶疏。誰擘昭華吹古怨，散花便滿衣裾。只疑幽夢在清都，星稀河影轉，霜重月華孤。

【校】

〔一〕詞見文集卷三十三樂府及百家詞本于湖詞卷上。

如夢令 木犀〔一〕

花葉相遮相映，雨過翠明金潤。折得一枝歸，滿路清香成陣。風韻，風韻，寄贈綺窗雲鬢。

【校】

〔一〕詞見文集卷三十三樂府及百家詞本于湖詞卷上。

菩薩蠻 贈箏妓〔一〕

琢成紅玉纖纖指，十三絃上調新水。一弄入雲聲，月明天更青。　匆匆鶯語囀，待寓昭君怨。寄語莫重彈，有人愁倚欄。

【校】

〔一〕詞見文集卷三十四樂府及百家詞本于湖詞卷下。

菩薩蠻 登浮玉亭〔一〕

江山佳處留行客，醉餘老眼迷空碧。獨倚最高樓，乾坤日夜浮。　微風吹笑語，白日魚龍舞。此意忽翩翩，憑虛吾欲僊。

【箋】

孝祥行踪到鎮江見於記載者，多與此詞抒寫内容不合。惟題蘇翰林詩後（文集卷二十八）自稱：「乾道丁亥三月望，張某過金山。」，其時在閒散中，頗似此詞所表達的心境。其年五月又起知潭州矣。

【校】

〔一〕詞見文集卷三十四樂府及百家詞本于湖詞卷下。

菩薩蠻〔一〕

溶溶花月天如水，闌干小倚東風裏。夜久寂無人，露濃花氣清。　悠然心獨喜，此意知何意？不似隐墻東，燭花圍坐紅。

【校】

〔一〕詞見文集卷三十四樂府及百家詞本于湖詞卷下。

菩薩蠻　夜坐清心閣〔一〕

暗潮清漲蒲塘晚，斷雲不隔東歸眼。堂上晚風涼，藕花開處香。　夜航人不渡，白鷺雙飛去。待得月華生，攜笻獨自行。

【校】

〔一〕詞見文集卷三十四樂府及百家詞本于湖詞卷下。

菩薩蠻〔一〕

縹緲飛來雙綵鳳，雨疎雲澹撩清夢。蘭薄未禁秋，月華如水流。　采香溪上路，愁滿參差樹。獨倚晚樓風，斷霞紫素空。

【校】

〔一〕詞見文集卷三十四樂府及百家詞本于湖詞卷下。

菩薩蠻 和州守胡明秀席上〔一〕

乳甁屬國歸來早，知君膽大身猶小。一節不須論，功名看致君。　鎮西樓上酒，父老爲公壽。更祝太夫人，年年對詔新。

【箋】

胡名秀名昉。于湖文集卷十四有三河記略云：「直秘閣胡昉治歷陽之明年，令行禁止，道不拾遺。於是始以民之餘力開三河，曰千秋、曰姥下、曰石跋。因民之利，不勸以從；雷動風偃，天造地設。(中略)乾道丙戌十月旦張某書於三瑞堂。」按乾道二年(一一六六)六月孝祥罷静江府，九月始歸抵蕪湖。適三河竣工，朝廷遣龍大淵「視其成」，韓元吉等「與會」，孝祥當亦被邀回鄉參加落成放水典禮。此詞作於宴客席上。鎮西，和州城門名。是日蓋宴衆賓於城樓。至「乳甁屬國歸來早」句，則指胡昉於隆興元年十一月使金被執，旋得釋歸事。

【校】

〔一〕詞見文集卷三十四樂府及百家詞本于湖詞卷下。

菩薩蠻 與同舍遊湖歸〔一〕

吴波細捲東風急，斜陽半落蒼煙濕。一棹採菱歌，倚欄人奈何？　天公憐好客，酒面風吹白。更引十玻璃，月明騎鶴歸。

【箋】

宋王明清（字仲言）玉照新誌：「紹興己卯張安國爲右史。明清與仲言兄、左鄯舉善、郭世模從範、李大正正之、李泳子永，多館於安國家。春日諸友同遊西湖，至普安寺。於窗户間得玉釵半股，青蚨半文，想是遊人歡次所授偶遺之者。各賦小闋録示安國，安國云我當爲諸公考校之。明清云『凄凉玉鈿初分際，愁絶清光欲破時。』安國云仲言宜在第一。俯仰今四十餘年矣。主賓六人俱爲泉下之塵，明清獨苟存於世，追懷如夢，黯而記之。」按孝祥於紹興二十八年戊寅（一一五八）除起居舍人，次年兼權中書舍人。此詞不必强指即本次與同舍遊湖所作，但亦不排斥可能。「採菱」雖在秋日，而採菱歌則春日未嘗不可唱。李白早有「菱歌清唱不勝春」（蘇台覽古）詩句也。

【校】

〔一〕詞見文集卷三十四樂府及百家詞本于湖詞卷下。

菩薩蠻〔一〕

冥濛秋夕溥清露，玉繩耿耿銀潢注。永夜滴銅壺，月華樓影孤。　佳人紓絶唱，翠幕叢霄上。休勸玉東西，烏鴉枝上啼。

【校】

〔一〕詞見文集卷三十四樂府及百家詞本于湖詞卷下。

減字木蘭花　江陰州治漾花池〔一〕

佳人絶妙，不惜千金頻買笑，燕姹鶯嬌，始遣清歌透碧窗。主人好事，更倒一尊留客醉。我醉思家，月滿南池欲漾花。

【箋】

孝祥於孝宗隆興元年（一一六三）起知平江，五月到任。至次年二月入對，除中書舍人。其在平江，有乞不催兩浙積欠札子，今存文集卷十七。南宋平江府及江陰軍同屬浙江西路，孝祥可能於此時前往江陰州治。

【校】

〔一〕詞見文集卷三十四樂府及百家詞本于湖詞卷下。

減字木蘭花〔一〕

愛而不見，立馬章臺空便面。想像娉婷，只恐丹青畫不成。詩人老去，恰要鶯鶯相伴住，試與平章，歲晚教人空斷腸。

【校】

〔一〕詞見文集卷三十四樂府及百家詞本于湖詞卷下。

減字木蘭花〔一〕

阿誰曾見，馬上墻陰通半面。玉立娉婷，一點靈犀寄目成。明朝重去，人在横溪溪畔住，喬木千章，摇落霜風只斷腸。

【校】

〔一〕與前首同韻，詞見亦同。

減字木蘭花

人間奇絶，只有梅花枝上雪。有箇人人，梅樣風標雪樣新。芳心不展，嫩緑陰陰愁冉冉。一笑相看，試薦冰盤一點酸。

【箋】

文集卷三十四樂府及百家詞本于湖詞卷下，三首減字木蘭花（「吹簫泛月」、「人間奇絶」、「枷花搦柳」）相次爲一組。第一首有題「贈尼師，舊角妓也」；次首寫印像，美而多情；第三首以諧語表明對陳（妙常）潘（法成）互愛的態度。詳可參閲卷四減字木蘭花（枷花搦柳）箋。

清平樂 楊侯書院聞酒所奏樂〔一〕

油幢畫戟，玉鉉調春色。動閲諸郎俱第一，風流前輩敵。玉人雙鞚華驄，翠雲深處消摇。有客留君東閣，時聞風下笙簫。

【校】

〔一〕詞見文集卷三十四樂府及百家詞本于湖詞卷下。

清平樂 壽叔父〔一〕

英姿慷慨，獨立風塵外。湖海平生豪氣在，行矣雲龍際會。充庭蘭玉森森，一觴共祝脩齡。此地去天尺五，明年持橐西清。

【箋】

叔父謂張郯，南渡遷居蕭山。其子孝伯自稱與孝祥「垂髫奉書追隨，未嘗一日相捨」（文集序）。孝仲嘗率孝祥長子同之赴潭州省親。同之青少年時代可能即育於郯處。壽詞原有兩首，乾道本失去此首，遂致無題。茲從文集樂府輯補，詳可參閱卷五清平樂（向來省戶）箋。

【校】

〔一〕詞見文集卷三十四樂府及百家詞本于湖詞卷下。

好事近 木犀〔一〕

一朵木犀花，珍重玉纖新摘。插向遠山深處，占十分秋色。滿園桃李鬧春風，漫紅紅白白。爭似淡粧嬌面，伴蓬萊仙客。

【校】

〔一〕詞見文集卷三十四樂府及百家詞本于湖詞卷下。

好事近 冰花〔一〕

萬瓦雪花浮，應是化工融結。仍看牡丹初綻，有層層千葉。　鏤冰剪水更鮮明，説道真奇絶。來報主人佳兆，慶我公還闕。

【校】

〔一〕詞見文集卷三十四樂府及百家詞本于湖詞卷下。

生查子〔一〕

遠山眉黛横，媚柳開青眼。樓閣斷霞明，簾幕春寒淺。　杯延玉漏遲，燭怕金刀剪。明月忽飛來，花影和簾捲。

【箋】

續選草堂詩餘卷上誤作秦觀詞，全宋詞已注明。

【校】

〔一〕詞見文集卷三十四樂府及百家詞本于湖詞卷下。下片起句「杯」字文集誤作「柸」，此從百家詞。

长相思〔一〕

小樓重，下簾櫳。萬點芳心緑間紅，鞦韆圖畫中。　草茸茸，柳鬆鬆。細捲玻璃水面風，春寒依舊濃。

【校】

〔一〕詞見文集卷三十四樂府及百家詞本于湖詞卷下。

以上二十二調，詞四十四首，據宋嘉泰本于湖居士文集。

錦園春

醉痕潮玉。愛柔英未吐，露花如簇。絶艷矜春，分流芳金谷。　風梳雨沐，偏只欠、夜闌清淑。杜老情疎，黄州恨冷，誰憐幽獨。

（全芳備祖前集卷七海棠門）

天仙子

三月灞橋煙共雨，拂拂依依飛到處。雪毬輕颺弄精神，撲不住，留不住。常繫柔腸千萬縷。　只恐舞風無定據，容易着人容易去。肯將心緒向才郎，待擬處，終須與，作個扶畫鷁，羅幃收拾取。

（全芳備祖前集卷十八楊花門）

鷓鴣天　春情

日日青樓醉夢中，不知樓外已春濃。杏花未遇疎疎雨，楊柳初摇短短風，　扶畫鷁，躍花驄。湧金門外小橋東。行行又入笙歌裏，人在珠簾第幾重。

【箋】

據湧金門句知此詞作於臨安。約在紹興二十八、九（一一五八——一一五九）年間，時以起居舍人兼權中書舍人。詞見花菴詞選，名家詞據以録入于湖詞卷一（第三句「未盡」作「未濕」）。全宋詞未注出處。

风入松　蠟梅

玉妃孤艷照冰霜，初試道家妝。素衣嫌怕姮娥妒，染成宫様鵝黄。宫額嬌塗飛燕，縷金愁立秋娘。　湘羅百濯蹙香囊，蜜露綴瓊芳。薔薇水蘸檀心紫，鬱金薰染濃香。萼緑輕移雲襪，華清低舞霓裳。

（永樂大典卷二千八百十一梅花韻）

南歌子

儉德仁諸族，陰功格上清。焚香掃地夜朝真，看取名花浮玉、鑑齊精。　寶篆融融滿，□流細細傾。雙親俱壽八千齡，卻捧紫皇飛詔上蓬瀛。（見詩淵第二十五册）

【箋】

據孔凡禮全宋詞補輯。原案云：「本詞詩淵謂張安國作。」又下片次句補一空格，並注：「案此處脱一字，補□。」

以上五調，詞五首，據全宋詞及全宋詞補輯。

張孝祥年譜

宛敏灝

張孝祥字安國，別號于湖。

「張孝祥字安國」（宋史卷三八九張孝祥傳）。「公諱孝祥，字安國，學者稱爲于湖先生」（涵芬樓景宋本于湖居士文集附録宣城張氏信譜傳，宋光宗紹熙五年歷陽陸世良撰）。「于湖者，公之別號也」（陶湘涉園景宋本于湖先生長短句、建安陳應行于湖先生雅詞序孝宗乾道七年撰）。以下簡稱史傳、譜傳、文集、陶本。

文集卷十五自贊：「于湖，于湖，隻眼細，隻眼粗；細眼觀天地，粗眼看凡夫。」

原籍和州歷陽郡烏江縣。

史傳：「歷陽烏江人。」譜傳：「本貫和州烏江縣。」文集卷三十七代總得居士回張推官書：「承喻宗盟，深悉雅意。某家世歷陽之東鄙，自先祖始易農爲儒。或云唐末遠祖自若湖徙家，蓋文昌之後。文昌諱籍，見於唐書，烏江人也。」

按宋和州治歷陽，烏江爲其屬縣（紹興五年廢，七年復）。今安徽和縣東北四十里有烏江鎮。據清陳廷桂歷陽典録云：「若湖在赤埭、黄埭之間」。「州東北十五里曰赤埭，更五里曰黄埭。舊時若湖浩淼，直接江濤，故築此以備水潦。云赤黄者，以土色别之也。」根據上述，孝祥籍貫原無可疑。不過宋人著述中記載已不甚一致。陸游的朝議大夫張公墓志銘和葉紹翁的四朝聞見録等都説他是烏江人，劉甲蜀人物志却謂爲温江人；王象之輿地紀勝又以爲簡州人。到了明代，楊慎詞品卷四云：「蜀之簡州人，四狀元之一也，後卜居歷陽。」毛晉跋于湖詞從其説，並謂「故陳氏（振孫）稱爲歷陽人。」兩書流傳較廣，影響很大，因而至今尚有沿襲其誤者。

寓居蕪湖。

譜傳：「紹興初年，金人寇和州，隨父渡江居蕪湖昇僊橋西。」四朝聞見録：「寓居蕪湖，捐己田百畝，匯而爲池，環種芙蕖楊柳，鷺鷗出没，煙雨變態。扁堂曰歸去來。」

按孝祥别號于湖，當即因遷居蕪湖關係。漢置蕪湖縣於春秋吴邑鳩兹（左傳杜预注）。晉太康二年分丹陽置于湖縣，其地本吴督農校尉治（宋書等）。兩縣同屬丹陽郡。晉成帝時曾分于湖境僑置當塗縣。至隋又廢于湖縣而併入當塗。于湖故城或謂在蕪湖縣東四十里的咸保圩（括地志），或謂在當塗縣南三十八里（讀史方輿紀要等）。由於諸縣幾經廢置和分屬，故僅能推知其縣治在今當塗與蕪湖之間。蕪湖縣治徙於吴黄武二年，今爲蕪湖市（縣治移灣址）。陸游入蜀記所稱者即此。其因王敦傳斷句錯誤而稱爲「湖陰」者，温庭筠已謂「樂府有湖陰曲而亡其詞」，可見前已如此。故一般久已視于湖、「湖陰」爲蕪湖的古名。

歸去來堂遺址，在今蕪湖市赭山南麓陶塘的煙雨墩。塘又名鏡湖，解放後已闢爲鏡湖公園。孝祥有蝶戀花懷于湖詞，其下片云：

春到家山須小住。芍藥櫻桃，更是尋芳處。繞院碧蓮三百畝。留春伴我春應許。

「家山」二字，説明他已把蕪湖看作故鄉。

唐詩人張籍（文昌）之後。

孝祥但自稱「文昌之後」（引見上）。而文集附録兩傳及清王善滽遊桃花塢記均誤稱孝祥爲籍七世孫。依年代推算，顯有數世失考。

孝祥俊逸，文章過人（史傳）。廷試擢進士第一，時年二十有三（譜傳）。

史傳：「讀書一過目不忘，下筆頃刻數千言。年十六領鄉書，再舉冠里選，紹興二十四年廷試第一。」

文集孝伯序：「每見於詩、於文、於四六，未嘗屬稿。和鉛舒紙，一筆寫就，心手相得，勢若風雨。孝伯從旁鈔寫，輒笑謂曰：『録此何爲？』間從手掣去。良由天才超絶，得之游戲，意若不欲專以文字爲事業者。一日謂孝伯曰：『汝作一月工夫，我祇消一日，明日便有用處。』夫所謂用者，豈章句而已哉！」

少年氣鋭，剛正不阿。議論風采，卓然絶人。

按譜傳紀其與汪徹同館職，徹畏禍務在磨棱；孝祥少年氣鋭，欲悉情狀，往往凌拂。又謂：「公性剛正不阿，秦塤同登第，官禮部侍郎，一揖之外，不交一言。」傳末説：「惟公入司帝制，出典藩翰，議論風采，文章政事，卓然絶人。」

四朝聞見録：真文正公嘗云：「于湖生平雖跌宕，至於大剛大節處，直是不放過。」

惜從政之初，見忌於秦檜；後又不悦於湯思退。雖早負才畯，莅政揚聲；而旅進旅退，終未得大用以卒。

史傳論曰：「張孝祥早負才畯，莅政揚聲。」譜傳：「奈何筮仕之初，見忌於檜；既而不悦於湯，旅進旅退……卒不能究其所施，賫志以殁。惜哉！」

按史傳言：「高宗抑秦塤而擢孝祥，秦檜已怒，既知孝祥乃祁之子，祁與胡寅厚，而檜素憾寅。」譜傳又謂：「先是岳飛卒於獄，廷臣畏禍莫敢言，孝祥方第；即上疏請表其忠義，秦相益忌之。」

又史傳：「孝祥登第出湯思退之門。思退爲相，擢孝祥甚峻……及受（張）浚薦，思退不悦……張浚主復仇，湯思退祖秦檜之説力主和；孝祥出入二人之門而兩持其説，議者惜之。」譜傳則謂：「自渡江以來，大議惟和與戰；魏公（張浚）主戰，湯相主和。公始登第，出思退之門。及魏公志在恢復，公力贊相；且與敬夫（浚子栻）志同道合，魏公屢薦公，遂不爲思退所悦。或者因公召對要先立自治之策以應之等語，謂公出入二相之門，兩持其説，豈知公者哉！」按孝祥的政治態度甚明：方第即請表岳飛忠義，與秦塤同朝而「不交一言」。當張浚罷相判福州，孝祥旋亦因之落職；這顯然由於不是出入兩相之門而兩持其説的結果。其入對謂：「靖康以來，惟和戰兩言，遺無窮禍，要先立自治之策以應之。」所謂先立自治之策，據文集卷十八論先盡自治以圖恢復札子所述主要内容是：「益務遠略，不求近功」，要「盡捨拘攣，掃除積弊，去其所以害治者而行其所當爲者……多擇將臣，激厲士卒，審度盈虛……不見小利而動，圖功於萬全。」這是針對當日金人執宋使臣，恐趙構不忍一朝之忿輕舉妄動而發的。

至於團結内部，一致對外，實孝祥的一貫主張。他不僅對張湯二相，希望他們同心戮力以成恢復之志；當宋金采石會戰以前，諸將不和，他也曾遣使致書李顯忠，除責以「不聞太尉出騎要擊」外，主要是力勸顯忠要和王權、成閔、戚方等互相團結並配合作戰。同時，他又代任信孺寫信給王權，要求權主動交歡李顯忠、成閔兩將。兩書今存文集卷二十四，讀此可見孝祥調停將帥意見之苦心。

平生忠憤激切之懷，不能自已者，往往發之於詞。

湯衡張紫微雅詞序云：「嘗獲從公游，見公平昔爲詞，未嘗着稿，筆酣興健，頃刻即成。初若不經意，反復究觀，未有一字無來處。如歌頭、凱歌、登無盡藏、岳陽樓諸曲，所謂駿發踔厲，寓以詩人句法者也。」

按文集謝堯仁序謂孝祥「雄略遠志，其欲掃開河洛之氛祲，盪洙泗之膻腥者，未嘗一日而忘胸中。」今觀孝祥存詞之抒發此種思想感情者，如：「洙泗上，絃歌地，亦膻腥」（六州歌頭）；「我欲乘風去，擊楫誓中流」（水調歌頭和龐佑父聞采石戰勝）；「休使沙場虜騎，尚餘匹馬空還」（木蘭花慢）；「君王自神武，一舉朔庭空」（水調歌頭凱歌上劉恭父）；「好把文經武略，換取碧幢紅旆，談笑掃胡塵」（同調送謝倅之臨安）；「欲吐平生孤憤，壯氣橫秋……長望東南王氣，從教西北雲浮，斷鴻萬里，不堪回首，赤縣神州」（雨中花慢）；「看東南佳氣鬱葱葱，傳千億」（滿江紅玩鞭亭）；「萬里中原烽火北，一樽濁酒戍樓東」（浣溪沙荆州約馬舉先登城樓觀塞）。凡此皆忠憤填膺，足以喚醒當時聾聵。

于湖詞尚有一部分思飄興逸之作，但時亦似有寓意者。如宋魏了翁跋其念奴嬌過洞庭真蹟云：「洞庭所賦，在集中最爲傑特。方其吸江酌斗、賓客萬象時，詎知世間有紫微青瑣哉！」似乎以爲孝祥已忘情物外。但清宋翔鳳讀此詞則別有體會。他説孝祥嘗陳靖康以來惟和戰兩言遺無窮禍，要先立自治之策以應之，可謂知恢復之本計。其念奴嬌「悠然心會，妙處難與君說」爲借朝廷難與暢陳此理（樂府餘論）。又如西江月丹陽湖云：「世路如今已慣，此心到處悠然；寒光亭下水連天，飛起沙鷗一片。」似亦托物寄情，抒寫抑鬱不平之氣。所以文集謝堯仁序說：「樂府之作雖得於一時燕笑咳唾之頃，而胸次筆力皆在焉。」

宋滕仲固跋笑笑詞云：「昔聞張于湖一傳而得吳敬齋，再傳而得郭遯齋，源深流長。故其詞或如驚濤出壑；或如縐縠紋江，或如淨練赴海。」按上述孝祥的兩類詞亦可喻以驚濤出壑及淨練赴海。其如縐縠紋江者，則有浣溪沙洞庭（行盡瀟湘到洞庭），多麗（景蕭疎）等，皆摹景融情，別有清雋自然之趣。兩首木蘭花慢等抒寫愛情悲劇，皆纏綿悱惻動人。

又工詩文，兼長書法。嘗有志於理學，蓋受交游張栻、朱熹等影響。

文集謝堯仁序：「于湖先生天人也，其文章如大海之起濤瀾，泰山之騰雲氣，倏散倏聚，倏明倏暗。雖千變萬化，未易詰其端而尋其所窮；然從其大者目之，是亦以天才勝者也。故觀先生之文者亦當取其轇轕斡旋之大用，而不在於苛責於纖末瑣碎之微。先生氣吞百代而中猶未慊，蓋尚有凌轢坡僊之意……是時先生詩文與東坡相先後者已十之六七，而樂府……今人皆以爲勝東坡。但先生當時意尚未能自肯，因又問堯仁曰：『使某更讀書十年何如？』堯仁對曰：『他人雖更讀百世書尚未必夢見東坡，但以先生來勢如此之可畏，度亦不消十年，吞此老有餘矣。」」

王質雪山集卷五于湖集序云：「歲丁丑，某始從公於臨安。間謂某曰：『吾有志於文章，將須成於子，其請爲我言之。』某謝不能，公益切。某不得已而爲之言：文章之根本皆在六經，非惟義理也，而其機杼、物采、規模、制度，無不具備者也……歲己丑，某下峽過荆州，公出其文數十篇，於是超然殆不可追躡，非漢唐諸子所能管攝也。」質序又記與安國論文於荆州之杞梓堂，安國曰：「善哉！始吾所志未爲極也。如子所言，則六經是師、三代是慕而後可也。苟未死，當無負於子。」

總觀謝王兩序，似安國初意在凌轢東坡，晚乃惑於王質摹古之説而未嘗致力。故質有「後四月而公亡……使某之言徒發而不見其驗」之歎。

四庫總目提要：「今觀集中諸作，大抵規摹蘇詩，頗具一體，而根柢稍薄，時露竭蹶之狀。堯仁所謂讀書不十年者隱寓微詞，實定論也。然其縱横兀傲，亦自不凡云。」

史傳：「尤工翰墨，嘗親書奏札，高宗見之曰，必將名世。」陸游跋張安國家問：「紫微張舍人書帖爲時所貴重，錦囊玉軸，無家無之」（渭南集）。朱熹跋張安國帖：「其作字多得古人用筆意。使其老壽，更加學力，當益奇伟」（朱子大全集）。曹勳跋張安國草書：「安國此字，尤爲清勁。如枯松折竹，架雪凌霜，超然自放於筆墨之外」（松隱集）。楊萬里跋張安國書：「張安國書甚真而放如此，然學之者皆未嘗見公之足於户下者也」（誠齋集）。按孝祥嗜書，屢見於詩。題蔡濟忠所摹御府米帖：「平生我亦有書癖」。謝劉子思送筆云：「不嫌夜艾剪銀燭，爲君一掃千兔禿。」今廬山玉淵潭有鐫石「玉淵」兩大字，其書帖亦尚有存者。

孝祥於理學無所成就。惟帥長沙時，曾與張栻等講性命之學。四朝聞見録云：「惜其資稟太高，浸淫詩酒。既與南軒、考亭爲輩行友，而不能與之相琢磨以上續伊洛之統。」按孝祥與張栻、朱熹所以深相契合，主要應緣於政治見解相同的關繫。

今存于湖居士文集四十卷。詞集之單行者有于湖先生長短句五卷，拾遺一卷。

于湖集四十卷，見書録解題。四庫著録及涵芬樓景印宋刊本卷數均合。據卷首謝堯仁及張孝伯序乃王大成所校輯，堯仁應孝伯請而爲之序。宋寧宗嘉泰元年（公元一二〇一年）刊於南昌。此本所存以詩爲最多，文次之，詞又次之，共得千篇以上（新出張孝祥文集即據此本排印）。

據王質所撰于湖集序説：「歲癸巳，公之弟王臣官大冶，道永興。某謂王臣曰：公之文當亟輯，世酣於其歌詞，而其英伟粹精之全體未著，將有以狹公者。王臣既去一年，以公之文若干篇、若干册示某。」因知此爲其從弟孝忠（王臣）輯於大冶任所者，如刊於癸巳之次年，則爲孝宗淳熙元年甲午（公元一一七四年），約早於孝伯囑王大成輯本二十餘年。此本今未見。

其更早者則有胡元功擬刻之詩集。韩元吉南澗甲乙稿卷十四張安國詩集序云：歷陽胡使君元功，集安國詩得若干篇，將刻而傳之，以慰其鄉閭之悲。又掇其歌詞以附於後，屬予序引……

乾道八年四月庚申，潁川韩某序。」所謂將刻，可能欲刊行而未果。

又明焦竑等曾輯刊張于湖集八卷。其書不僅搜羅未備，分類亦有欠妥處。如卷三於樂府外別立歌詞一目，録有所謂「長淮歌詞」，實即六州歌頭。

今傳文集四十卷本，其中卷三十一至三十四爲樂府。吳昌綬雙照樓景印宋本于湖居士樂府四卷即自此出。陶湘涉園景印宋單行本于湖先生長短句五卷、拾遺一卷，卷端有湯衡及陳應行序，目録下並各注宫調，蓋出乾道間刻本。較全集本少四十四首。南京圖書館藏李子僊影宋鈔本張于湖雅詞與此本同，但鈔寫時有訛舛。兩宋本互有短長，然俱較宋六十名家詞本于湖詞三卷爲勝。因毛晉初僅就花菴詞選等輯刊一卷，以備一家。後見乾道單行本，又取其不重復者另編兩卷以續之。唐圭璋輯全宋詞初以陶刻一百七十四首爲主，而另據文集及花庵詞選、永樂大典、校輯宋金元人詞等校補，共得二百二十三首。其混入或僞託者皆删去而别爲附録。現行標點本則改以文集樂府爲主，蓋以存詞較陶本爲多。

宋高宗（趙構）紹興二年壬子——公元一一三二年　一歲

譜傳：「紹興甲戌，廷試擢進士第一，時年二十有三。」依此推算當生於本年。

出生地點，據宋寶慶四明志謂在鄞縣方廣院之僧房（其後延祐志但云生於雷峰）。

先是，建炎三年九月伯父張邵使金，父祁及叔父郯皆補官，仍添差祁明州觀察推官，奉母以居（宋名臣言行録續集）。

父祁本年三十五歲（姑據乾道三年辭免知潭州奏狀：「伏念臣父母年七十」一語推算）。母時氏，按張祁三娶——孫氏、時氏、李氏，孝祥分别稱爲「皇妣」、「所生母」、「繼母」，又張同之墓志稱皇妣孫氏、李氏恭人、時氏碩人。宋制碩人高於恭人兩級，顯因孝祥官階高時所贈。

紹興四年甲寅——公元一一三四年　三歲

妹法善生。

韓元吉南澗甲乙稿卷二十二安人張氏墓志銘：「夫人張姓，諱法善，世爲和州清曠人……父祁……妣李氏……夫人生二十四年，爲右朝請郎直祕閣今寧國府長史韓君元龍繼室，年三十九，乾道八年九月二十四日歿於寧國官舍」（據此，祁娶李氏爲繼室應早於本年）。

紹興七年丁巳——公元一一三七年　六歲

從弟孝伯生。

孝伯，郯子。其張于湖先生集序云：「于湖先生長孝伯五歲。」

紹興十一年辛酉——公元一一四一年　十歲

隨父渡江居蕪湖。

譜傳：「紹興初年，金人寇和州，隨父渡江居蕪湖昇僊橋西。時公甫數歲。」

按金兵南侵稍緩時，張祁可能携孝祥自四明一度回原籍。但紹興十一年正月乙卯，金兀朮又犯壽春（今安徽壽縣）進陷廬州（今安徽合肥市），並遣兵入無爲軍（今安徽無爲縣）、和州（今安徽和縣）剽掠。淮南之人皆避亂過江。丁卯，劉錡趨東關（今屬安徽含山縣，在淮南鐵路綫上），依山據水以遏金人之衝，江南稍安。二月，兀朮自廬趨和，游騎至江。癸酉，王德自采石鎮（今屬馬鞍山市）渡江克復和州，兀朮退昭關（今屬安徽含山縣）。乙亥，金人復來争和州，張俊敗之。癸未，王德等得含山及昭關。丁亥，劉錡等大敗兀朮軍於柘皋鎮（今屬安徽巢縣），乘勝收復廬州（參考建炎以來繫年要録卷一三九及宋史紀事本末卷七十一）。據此孝祥隨父渡江當在本年正月。

是年十二月，岳飛父子遇害。

紹興十三年癸亥——公元一一四三年　十二歲

伯父邵自金歸。

邵以建炎三年使金，被囚不屈。至是以和議成始得南歸，蓋拘留幽燕凡十五年。事具宋史本傳。紹興十四年丁母憂，見宋名臣言行録續集。

紹興十七年丁卯——公元一一四七年　十六歲

領鄉書。

史傳：「年十六領鄉書。」譜傳同。

長子同之生。

據一九七一年三月二十九日江蘇江浦縣出土的宋故運直閣寺丞張公埋銘（見文物一九七三年四期），同之以慶元二年（公元一一九六年）三月卒，終年五十。上推知生於本年。是孝祥與同之生母李氏同居至遲在今年春季，或在去年。餘詳附録三。

紹興十九年己巳——公元一一四九年　十八歲

居建康，師同鄉蔡清宇。

文集卷二十九汪文舉墓志銘：「予年十八時居建康，從鄉先生蔡君清宇爲學。」

伯父邵以敷文閣待制提舉江州太平興國宫（宋史張邵傳）。

紹興二十年庚午——公元一一五〇年　十九歲

作壽芝頌。

文集卷一壽芝頌代總得居士上鄭漕並序，原注時年十九作。

紹興二十三年癸酉——公元一一五三年　二十二歲

再舉冠里選，會於臨安。

史傳：「再舉冠里選。」譜傳同。孝伯序文集云：「垂髫奉書追隨，未嘗一日相捨。別去餘十年，先生再冠賢書，會於臨安，時紹興癸酉也」。

紹興二十四年甲戌——公元一一五四年　二十三歲

廷試擢進士第一。

史傳：「紹興二十四年，廷試第一。」譜傳：「紹興甲戌，廷試擢進士第一。」虞允文、楊萬里、范成大俱同榜進士。

上疏請表岳飛忠義。

譜傳：「先是岳飛卒於獄，時廷臣畏禍莫敢有言者。公方第，即上疏言岳飛忠勇，天下共聞，一朝被謗，不旬日而亡，則敵國慶幸而將士解體，非國家之福也。」又云：「今朝廷寃之，天下寃之，陛下所不知也。當亟復其爵，厚恤其家，表其忠義，播告中外。俾忠魂瞑目於九原、公道昭明於天下。帝特優容之。時公猶在期集所，猶未官也，秦相益忌之。」

補承事郎，簽書鎮東軍節度判官（史傳）。

文集附録初補承事郎授鎮東簽判誥：「茲親策多士於庭，爾以正對發明師友淵源之義，深契朕心。擢冠群英，僉言惟允。授爾京秩，贊劃輔藩，此我朝待掄魁彝典也……可補承事郎，特差簽書鎮東軍節度判官廳公事……紹興二十四年十一月十日。」

紹興二十五年乙亥——公元一一五五年　二十四歲

轉祕書省正字。召對，乞總攬權綱，改正遷謫士大夫罪名。

譜傳：「轉祕書省正字。故事，殿試第一人次舉始召，公第甫一年，得召對。勸帝總攬權綱，以盡更化之美。又言官吏忤故相意，並緣文致，有司觀望鍛煉而成罪，乞令有司即改正之。」

按論總攬權綱以盡更化及乞改遷謫士大夫罪名二札子見文集卷十六。

父祁被誣繫獄，會檜死得釋。

史傳：「考官已定（秦）塤冠多士，孝祥次之，曹冠又次之。高宗讀塤策皆秦檜語，於是擢孝祥第一而塤第三……先是上之抑塤而擢孝祥也，秦檜已怒。既知孝祥乃祁之子，祁與胡寅厚，檜素憾寅。且唱第後曹泳揖孝祥於殿廷以請婚爲言，孝祥不答，泳憾之。於是風言者誣祁有反謀，詔繫獄。會檜死，上郊祀之二日，魏良臣密奏散獄釋罪。」

按文集卷二十一上洪帥魏參政啓：「某鄉持末學，輒冒首科。觸宰路之虞羅，陷親庭於狴犴。飄回霧塞，方蔽群憸；地闢天開，俄登衆輔。乃聖主類郊之二日，辱明公造膝之一言。可但釋纍於詔獄之寃，且復育材於儒館之邃。」所述與史傳符合。又宋史高宗本紀八亦載二十五年「冬十月乙酉命大理鞫張祁附麗胡寅獄」，「十一月乙丑釋張祁獄」。惟齊東野語謂因邵懼禍佯狂，妄言其妻死於非命，於是逮祁鞫殺嫂事。其年十月檜死，逼歲，安國叫閽，始得釋去。

作廣招後序（文集卷十五）。

後序略謂：「廣招，吾友郭從範爲丞相趙公作也。丞相没南荒，不及見紹興乙亥冬致事，天下哀之。故從範作此文以慰九原之思。」

伯父邵起知池州（宋史張邵傳）。旋卒。

據宋名臣言行録續集謂：「復請祠道由廣德軍。以六月生朝卒，年六十一。」

紹興二十六年丙子——公元一一五六年　二十五歲

遷校書郎，兼國史實録院校勘。

史傳僅稱遷校書郎，譜傳並載兼國史實録院校勘，俱無年月。按紹興二十七年正月二十日轉宣教郎誥（文集附録），誥首已作「勑承事郎守祕書省校書郎兼國史實録院校勘」，故推斷俱在本年。校書郎賜對日有請删定列聖圖書及乞不施行官員限三年起離僧寺寄居兩札子，今存文集卷十六。

芝生太廟楹，百官表賀，獨上原芝以諷。

史傳：「芝生太廟，孝祥獻文曰原芝，以大本未立爲言。且言芝在仁宗、英宗之室，天意可知，乞早定大計。」譜傳：「會連歲芝生太廟楹，百官表賀。時儲位尚虛，公獨上原芝篇以諷之」。按高宗本紀：紹興二十五年五月太廟仁宗室柱生芝九莖。又二十七年二月壬寅太廟仁宗、英宗兩室柱芝草生。惟文集卷十三所載原芝首稱紹興二十四年芝產於太廟楹，既二年復生其處，校書郎張某作原芝云云，與此相差一年。兹從原芝。

娶妻時氏。先是曾從建康送同之生母李氏往浮山學道。

本年重九前一日，在建康送同之生母李氏往桐城。後在臨安娶仲舅之女時氏（仲舅名檄，

朝散郎通判汀州，見集十五贈時起之）。送李氏離建康和別後曾作念奴嬌（風帆更起）及木蘭花
慢（送歸雲去雁、紫簫吹散後），辨詳本譜附録三。

作朱安之墓志銘（文集卷三十）。

紹興二十七年丁丑——公元一一五七年　二十六歲

轉宣教郎，尋除祕書郎。

轉宣教郎及除祕書郎兩誥並載文集附録。轉宣教郎係正月二十日，授祕書郎係三月十六
日。其除祕書郎誥末謂「可依前奉議郎特授祕書郎兼國史實録院校勘」，知前此又曾除奉議

父祁知山陽。

文集卷二十一有代總得居士上宰相啓，略謂：「會上聖權綱之獨攬，貰下臣纍紲之非辜……
何負薪之疾未瘳，而剖竹之符狎至。洊拜西州之繁使，適當北鄙之多虞……周旋兩稔，辛苦百
爲。」西州借指山陽（參閱紹興二十九年譜）。

妹法善適韓元龍（子雲）爲繼室。

韓元吉安人張氏墓志銘：「江州（指祁）擇其婿甚艱……舍人（指孝祥）獨與某議，以夫人

歸吾家」(參閱紹興四年譜)。

王質始從游。

王質撰于湖集序云：「歲丁丑，其始從公於臨安。」宋史卷三九五質傳云：「博通經史，善屬文。游太學，與九江王阮齊名。」又謂：「與張孝祥父子游，深見器重。孝祥爲中書舍人，將薦質舉制科，會去國不果。」按質字景文，其雪山集有四庫輯本，猶存與孝祥父子唱和之作。王阮爲雪山集撰序，亦稱：「中書舍人張公孝祥使備制舉策略，並論歷代君臣治亂，蓋將舉焉。會去國不果上。」

紹興二十八年戊寅——公元一一五八年　二十七歲

除起居舍人。

文集卷十八辭免除起居舍人奏狀云：「今月六日准尚書省札子奉聖旨除臣起居舍人，日下供職。臣聞命震驚，罔知所措……實以臣齒少人微，塵竊科第，甫及五年。備數南宫，已懼顛躋。」據塵竊科第甫及五年一語，除起居舍人當在本年。

又史、譜兩傳俱稱：「遷尚書禮部員外郎，尋爲起居舍人。」其除禮部尚書郎誥云：可依前朝請郎特授禮部尚書員外郎。是除起居舍人前曾除朝請郎及禮部尚書郎。又文集附録有除著作郎誥僅存「勑朝奉郎張孝祥，承明、金馬，漢家著作之所也」數語，按其除朝奉郎又著作郎或亦在此時。

建議取已修日歷，詳審是正。

史傳：「又言王安石作日録，一時政事美則歸己。故相信任之專，非特安石。臣懼其作時政記亦如安石專用己意。乞取已修日歷，詳審是正，黜私説以垂無窮，從之。」按乞修日歷札子見文集卷十六，注係「起居舍人兼修玉牒實録院檢討官日」作。

作遊無窮齋記、跋周德友所藏後湖帖。

兩文分別見文集卷十三及卷二十八，俱本年三月作。

王十朋（龜齡）舉進士第一，時年四十七。

紹興二十九年己卯——公元一一五九年　二十八歲

權中書舍人。

按史、譜兩傳俱載權中書舍人，未及年月。依其叙述次第，約在除起居舍人以後，提舉江州太平興國宫以前。其殿廬偶成（文集卷十）有「宫花春盡翠陰濃」及「日長禁直文書静」等句，似作於此年春日。查文集卷十九有沈該落職制，該於本年六月己酉以貪冒罷，見高宗本紀及宰輔表。故推知其權中書舍人約在本年以前，罷官在本年六月以後。又四明有宏智禪師妙光塔碑周葵撰文，張孝祥書丹，紹興二十九年七月望日立石。其署銜爲：「左宣教郎試起居舍人兼玉牒所檢討官兼權中（書）舍人歷陽孝祥書」尤足證明。

春日，與王明清等遊西湖至普安寺。

王明清玉照新誌：「紹興己卯，張安國爲右史，明清與仲信兄、左鄯舉善、郭世模從範、李大正正之、李泳子永，多館於安國家。春日諸友同遊西湖，至普安寺。」

作論王公衮復仇議（文集卷十六）。

原注：「兼權中書舍人日」。按公衮字吉老，王佐宣子之弟。

爲汪徹劾罷，提舉江州太平興國宮。

譜傳：「初，公與汪徹同館職，修先朝實録。徹老成畏禍，務在磨棱；公少年氣鋭，欲悉情狀，往往凌拂。徹謂曰：『蔡中郎失身於董卓，故不爲君子所與。』公曰：顧自立如何耳。思退聞之，不悦於徹之言。至是，徹爲御史中丞，乃首劾公等奸不在盧杞下，遂罷。提舉江州太平興國宮祀」（史傳謂「思退素不喜汪徹，」餘與譜傳基本相同）。

按建炎以來繫年要録在紹興二十九年八月壬子下，記載殿中侍御史汪徹彈劾孝祥經過較詳。不實之辭，兹不贅引。其結果詔孝祥爲外任，並累及一些交游。於是孝祥乞宫觀，提舉江州太平興國宫。

秋，自臨安歸蕪湖省親。旋至對江濡須寓居。

將抵蕪湖時，作多麗詞，有「景蕭疎，楚江那更高秋」、「去國雖遥，寧親漸近，數峰青處是吾州」等句。又與楊抑之書云：「隆寬貰其九死，猶得奉祠。既至濡須，静掃一室，終日危坐，以省昔愆，他無可言者。」（文集卷四十）濡須今無爲縣。

父祁，知固始縣，尋任淮南轉運判官。

文集卷三十五有代總得居士上相府略云：「去歲一拜光範，披露愚衷。即蒙某官特達恩遇，付以郡守。闕期甫及，某敢以病自列，亟請祠禄。屬者又蒙相公起之閒散，復畀守符……昨者山陽之命，雖爲佳郡，然空道從出，使傳往來。其憂患薰心，難堪委寄；而松楸姻戚，又有淮東西之岨焉。今兹寢丘，在他人得之或以爲遠，特與某鄉黨氣俗相去甚近。頃伯氏初登科第，靖康俶擾，攝尉期思。某也今懷太守章臨之，豈不甚寵！」按自熙寧五年起分淮南爲東西兩路。山陽縣屬淮南東路楚州，建炎間没於金，紹興元年收復。寢丘、期思皆固始縣古名，縣屬淮南西路光州，與張祁原籍和州歷陽爲近。書中所謂「伯氏……攝尉期思」，係指張邵登第後初除官。書末又云：「某之子孝祥，伏蒙相公矜憐成就，擢侍殿坳，復承闕員，暫兼書命。」據此知祁守固始時孝祥已兼權中書舍人。

又據文集卷二十九汪文舉墓志銘：「余年十八時，居建康從鄉先生蔡君清宇爲學。清宇之門人以百數，有汪氏子膠者小於余兩歲。修謹敏鋭，獨異流輩，余亦敬而友之也……後十年，家君奉使淮南，膠之父處仁，官舒之桐城，亦以才辦治，家君薦之……」依「後十年」一語推算，是祁爲淮南轉運判官起於本年。

紹興三十年庚辰——公元一一六〇年　二十九歲

初春，在宣城。尋仍返無爲寓所，有詞懷李氏。

文集卷六有在臨川追懷昭亭昔遊詩，全題云：去歲正月三日雪霽入昭亭訪應菴如菴二老今在臨川追懷昔遊用寄凸菴韻，因知此年春初，在宣城。尋返無爲寓所，自此沿江北西去浮山不甚遠，有虞美人無爲作懷念李氏。

庚辰二月夜雪，詩見文集卷五。

除知撫州，夏日取道南陵、鄱陽、餘干赴任。

史傳：「尋除知撫州，年未三十。」

文集卷二一：月之四日至南陵大雨江邊之圩已有没者入鄱陽境中山田乃以無雨爲病偶成一章呈王龜齡（文集卷五、卷七尚存有在鄱陽唱和詩多首）。經餘干時，曾作登清音堂其下琵琶洲也，有「曉到餘干月滿川」句，見文集卷七。

莅事精確，老於州縣者所不及。

以上二語見史傳。譜傳曾舉事例云：「臨川詰卒趣刼庫兵，一時鼎沸，官吏屏蹟。公單騎馳赴軍中，喻列校曰：『汝曹必欲爲亂，請先殺太守。』僉曰：『不敢，惟所給未敷耳。』公即手喻衆卒聽命者待以不死，隨取金帛以次支給。發數卒，叱之曰：『倡亂者罔赦，立命斬之。』衆校俯伏不敢仰視，闔城晏然。事聞，帝極嘉奬」（按致亂原因爲「所給未敷」，不宜以此爲「莅事精確」例證）。

撫州有賣假藥者，出榜禁戒。事見袁氏世範、文集節附。

父祁龍淮南轉運判官。

祁傳見於志書者甚簡略。陳廷珪歷陽典録列採摭書目至五百餘種，對張祁亦僅據和州志，謂：「累遷直秘閣爲淮南轉運通判（據宋史職官志應作判官），諜知敵亮謀叛盟，祁屢以聞於朝。且峙粟閲兵爲備甚密，言者以張皇生事論罷之，明年，敵果大舉入寇。」據此，其罷官當在本年。

孝祥有鷓鴣天淮西爲老人壽（盡得遊嬉夜得眠），據他詞知祁生日約在初夏，是此時尚在轉運任。又宋稗類鈔云：「張安國守撫州時，年未三十。其父總得老人在官。一日，老人於齋中索紙墨發書，有二吏人來聲喏拱立。總得遣之去，卻呼安國來。」據上述兩事推斷，孝祥赴撫州任在張祁生日之後，祁到撫州時當已罷轉運判官。

王質（景文）、沈瀛（子壽）舉進士。

王質，參閲紹興二十七年譜。沈瀛，歸安人，著有竹齋詞。乾道元年春，沈爲太平州教授（見太平州學記，文集卷十五）。文集卷二有和沈教授子壽賦雪詩三首。

紹興三十一年辛巳——公元一一六一年　三十歲

春，在臨川。

文集卷二十八：題龔深之侍郎太常奏稿後末署「辛巳春正月上吉」。

六月，在臨川，阻風吴城。

文集卷七：去臨川書西津漁家詩云：「作客臨川又一年，卻尋歸路淺灘船，宦遊到處真聊爾，别恨何須更黯然」。文集卷二：吴城阻風詩云：「吴城山頭三日風，白浪如屋雲埋空……我船政爾不得去，蹋促沙岸如鳧翁。長年三老屢彈指，六月何曾北風起」。知孝祥此行係取道鄱陽湖沿江東下。

秋冬，往來宣城、蕪湖間。

文集卷十三：宣州新建御書閣記略謂：「臣前年客宛陵（按指紹興二十九年爲汪徹劾罷還鄉），間出城東門，望喬林中有屋餘百楹，問知其爲學宫也。即其後有出於衆屋之上，欲傾支柱若樓觀云者，御書閣也……今年秋，臣自撫來吴，舟行過江上，解后宣之士大夫，則已雄誇其鄉之所謂御書閣者，謂江而南環數十州莫若吾州之閣麗且壯……冬十一月宣之守集英殿修撰臣許尹以書謂臣使記其成……」又文集卷十五：龍舒淨土文序略謂：「友人龍舒王虚中……紹興辛巳秋，過君家於宣城，留兩月，始見其淨土文……是歲十月旦歷陽張某序。」

聞采石戰勝，喜賦詩詞。

宋史高宗本紀：「紹興三十一年十一月，虞允文督建康諸軍以舟師拒金主亮於東采石，戰勝卻之。」

孝祥有辛巳冬聞德音（文集卷六），次首云：「韃靼奚家款附多，王師直入白溝河……小儒不得參戎事，剩賦新詩續雅歌。」又文集卷三十一，水調歌頭和龐佑父（雪洗虜塵靜），孝祥以周瑜和謝玄來比擬虞允文，詞的下片說：「憶當年，周與謝，富春秋。小喬初嫁，香囊未解，勳業故優游。赤壁磯頭落照，肥水橋邊衰草，渺渺喚人愁。我欲乘風去，擊楫誓中流！」詩與詞的結句都表達了作者的願望和激情。

紹興三十二年壬午——公元一一六二年　三十一歲

春初，在宣城。

文集卷六有奉陪宣守任史君謁昭亭神祠二首，其第一首云：「緩驅千騎出朝京（原注門名），喚得春回眼界青……慚愧去年冬十月，軍書徹夜聽鳴鈴。」又其任守作醮爲民祈福先期而雪是日開霽有「清塵已作連宵雪，不夜潛回萬屋春」句，與前詩「馬蹄山雪過昭亭」及「雪盡春從草際青」等語符合，似同時所作。

赴建康，在建康留守席上賦六州歌頭，張浚爲罷席而入。

據續資治通鑑記載：紹興三十一年十一月，張浚以觀文殿大學士新判潭州，改判建康府兼行宮留守（旋又以湯思退充留守，蓋因張浚尚在途中）。至三十二年正月高宗到建康府，詔浚仍書兼行宫留守。孝祥前往建康，可能即在此時。

關於孝祥在建康留守席上賦六州歌頭，歌闋，魏公（張浚）爲罷席而入事，見説郛本朝野遺記。此詞自「長淮望斷，關塞莽然平」至「笳鼓悲鳴，遣人驚」，痛陳戰争並未結束，而偷安江左的南宋王朝已經「静烽燧，且休兵；冠蓋使，紛馳騖」了。史載此年正月，金主雍遣書來聘，二月，宋亦遣洪邁使金。「若爲情」一語，可見孝祥對此是多麽憤恨。從「念腰間箭」到「心徒壯，歲將零」一段，訴説自己在閒散中徒有報國雄心。「聞道中原遺老，常南望翠葆霓旌」，與其交游范成大「忍淚失聲詢使者，幾時真有六軍來」及陸游「遺民淚盡胡塵裏，南望王師又一年」等詩句，同深感慨。主張積極抗戰的張浚聽到這樣歌聲，怎能不感動罷席呢！

旋還宣城，經丹陽湖作西江月詞。三月，撰宣州修城記。

文集卷二十八：題王朝英梅溪竹院略云：「朝英童子時與余同師，已而同登名天府，不見十年。壬午春余自建康還宣城，道過朝英所居，爲留一昔……閏月既望張某安國題」。

西江月詞（問訊湖邊春色），文集卷三十四失題。花菴詞選誤作洞庭，陶本及絶妙好詞均作丹陽湖。按丹陽湖在宋代爲建康、宣城間内河交通必經之道。景定建康志載此詞爲題溧陽三塔寺，岳珂玉楮集亦謂溧陽三塔寺寒光亭柱上刻有這首詞。孝祥自紹興二十九年爲汪徹劾罷後，可能曾經此湖，所以説「重來又是三年」。「東風吹我過湖船」顯然是在歸途中。「世路如今已慣，此心到處悠然」，也與作者當時的情緒符合。

宣州修城記見文集卷十三。

孝宗（趙昚）隆興元年癸未——公元一一六三年　三十二歲

轉朝散大夫，復集英殿修撰，知平江府。

文集附録有轉朝散大夫誥，係隆興元年三月一日下。誥首稱「勅朝奉大夫新除儀司郎官張孝祥」，當是孝宗新即位時（按孝宗去年六月丙子即位）所除官。又史傳：「孝宗即位，復集英殿修撰，知平江」。譜傳稍詳：「知平江軍府事，提舉學事，賜紫金魚袋。」按此應在轉朝散大夫後（朝散大夫從六品，集英殿修撰正六品），故誥首未及。至其知平江軍府事確切年月，係以隆興元年五月到，二年二月赴召，見范成大吳郡志卷十一。

治平江有善政，上疏請不催兩浙積欠。

史傳：「知平江，府事繁劇，孝祥剖決，庭無滯訟。屬邑大姓並海囊橐爲奸利，孝祥捕治籍其家，得穀粟數萬。明年吳中大饑，乞賴以濟。」譜傳：「平江乃臨安藩屏，寄任匪輕，公扶植善類，抑强暴。」

乞不催兩浙積欠札子，見文集卷十七。注云作於「知平江府日。」

韓元吉南澗甲乙稿卷七，有臨江僊寄張安國詞云：「自古文章賢太守，江南祇屬蘇州，而今太守更風流，薰香開畫閣，迎月上西樓……」按孝祥於明年春召赴行在，二月初入對，此詞似本年所寄。

文集卷三十一，水調歌頭爲總得居士壽换頭云：「忽扁舟，凝駭浪，到三吴。」知張祁在本年生日前曾就養平江。

又文集卷十五有送王壽朋歸雲川序，撰於本年六月二十五日；文集卷十三有樂齋記，撰於八月二十六日。

父祁知江州。

文集卷六和曾袠父韻送老人赴鎮九江詩：「邊箭收聲江不波，廬山高處與天摩。向來祇作青鞋計，此去無如紫詔何……」

四庫全書輯本王質雪山集有張江州謝到任表（卷四）及代張守謝張都督啓（卷九）注謂係紹興三十年及隆興二年代張孝祥作，顯誤。孝祥未曾守江州。據韓元吉南澗甲乙稿卷二十二安人張氏墓志銘：「父祁，歷官淮南轉運，知江州」，並稱「江州擇其婿甚艱」，因知此「江州」及「守」係張祁無疑。孝宗隆興元年正月以張浚爲樞密使都督江淮東西路軍馬，開府建康。謝啓所謂「兼收羣才，共集大事」，當在此時。表、啓篇首相似，均謂轉運論罷而復起爲州，可見係同時所作。又據上引水調歌頭爲總得居士壽詞中有「此興渺江湖」等語。説明就養平江到生辰尚未除官，從他詞知祁生日在梅雨季節，故其起知江州當在初夏以後。

從弟孝忠、孝伯及王阮（南卿）舉進士。

阮，宋史卷三九五有傳。岳珂桯史云：「德安王阮仕至撫州守，嘗從張紫微學詩」。阮著有義豐集，四庫著録。

孝忠（邵子）、孝伯（郯子）參閲附録三。

隆興二年甲申——公元一一六四年　三十三歲

以張浚薦召赴行在，入對。除中書舍人，直學士院。

史傳：「張浚自蜀還朝，薦孝祥召赴行在。孝祥既素爲湯思退所知，及受浚薦，思退不悦。孝祥入對，乃陳二相當同心戮力，以副恢復之志。且靖康以來，惟和戰兩言，遺無窮禍，要先立自治之策以應之。復言用才之路太狹，乞博採度外之士以備緩急之用。上嘉之。除中書舍人，尋除直學士院。」

按譜傳但言「張魏公還朝」，史傳作「自蜀」誤。浚自紹興三十一年調回建康後，即往來沿江及兩淮措置軍事，未嘗至蜀。所謂「還朝」，當指隆興元年十二月乙丑張浚入見，孝宗以浚爲尚書右僕射同中書門下平章事兼樞密使仍都督江淮東西路軍馬。又文集卷二十有中書舍人直學士院謝表，附録陞中書舍人直學士院誥亦云：「可依前朝奉大夫陞中書舍人直學士院」。足證史傳所稱「尋除」亦誤。

譜傳記入對稍詳，謂：「勸帝辨邪正，審是非，崇根本，壯士氣，因痛陳國家委靡之弊。」今文集卷十七猶存論治體札子，注明甲申二月九日。内容正「痛陳國家委靡之弊。」論用才之路欲廣札子亦見文集卷十八。根據以上資料可推知孝祥再除中書舍人當在隆興二年二月。

文集卷十七繳駁成閔按劾部將奏及卷六同胡邦衡夜直詩，當作於直學士院期間。詩有「先生義與雲天薄，老去心如鐵石堅。夢了瓊崖身益壯，煙銷金塢臭空傳」等句，當指胡銓於紹興十八年被竄海南事。銓以隆興元年冬兼權中書舍人同修國史，時孝祥尚在平江，同直當在本年春。

兼都督府參贊軍事，領建康留守。

史傳：「兼都督府參贊軍事，俄兼領建康留守。」譜傳亦云：「俄兼都督府參贊軍事。時魏公欲請帝幸建康以圖進兵，復薦公領建康留守」。按辭免參贊軍事兼知建康府奏狀見文集卷十八，應是同時所除官職。「俄兼領」及「復薦」均誤。

史載本年三月丙戌朔詔張浚視師江淮，孝祥當即以此時參贊軍事。其赴建康劃一利害奏狀，首稱將先往鎮江府措置事宜，然後赴建康就職；將來若有邊事，亦許往來措置。即此可見其贊襄備戰甚力。不過，到四月丁丑張浚已罷判福州了。

改除敷文閣待制，留守如舊。

史傳：「以言者改除敷文閣待制，留守如舊。」譜傳謂言者爲湯思退。思退主和，故諷尹穡論浚並及其督府官員。孝祥雖未遽罷，但中書舍人改敷文閣待制，已由正四品降爲從四品了。

文集卷十八：論蕭琦第宅及水災賑濟札子，注明「知建康府日」。篇首有「六月二十二日准御寶封送下御筆付臣及蕭琦第宅圖」等語，似爲改待制後事。

多景樓重修落成，爲題樓匾並書陸游詞刻石。

文集卷二十八有題陸務觀多景樓長短句。據陸游慶元五年（一一九九）跋張安國家問有「某自浮玉別紫微，三十六年之間，摧頹抵此」等語，知係隆興二年（一一六四）秋方滋知鎮江時事。重修多景樓成，陸游賦詞，孝祥書而刻於崖石。

又癸辛雜誌云：「張于湖知京口，王宣子代之。多景樓落成，于湖大書樓匾。」（下述卻潤筆銀，但需紅羅百匹大宴合樂）按孝祥未嘗知京口，係方滋（務得）之誤。地方志有沿襲引用未加說明者，不可從。

被劾落職，歸蕪湖。

史傳：「會金再犯邊，孝祥陳金之勢不過欲要盟。宣諭使劾孝祥落職罷」。譜傳：「及魏公罷判福州，宣諭劾公爲黨落職」。按：主和對主戰派勢不兩立，張浚既罷，勢必影響到孝祥，但時間並非緊接在一起。據文集卷二十八題單傳閣記後，此年九月尚在建康府任，其時張浚已於八月先卒。至「金再犯邊」係指冬十月辛巳。金兵復渡淮，實由於思退陰遣孫造諭敵以重兵脅和，孝祥「要盟」的判斷是正確的。湯黨懼事敗露，必然要將孝祥劾罷。故史傳所載較爲得實。隆興二年四月，召浚還而以錢端禮、王之望宣諭兩淮，劾孝祥者當即彼輩。

孝祥罷歸蕪湖，曾爲吴波亭書額，見蕪湖縣志卷三十六。

乾道元年乙酉——公元一一六五年　三十四歲

春夏在蕪湖。正月十日，書滿江紅于湖懷古。

吴禮部詩話：「于湖玩鞭亭，晉明帝覘王敦營壘處。自温庭筠賦詩後，張文潛又賦于湖曲以正『湖陰』之誤。詞皆奇麗警拔，膾炙人口。徐寶之、韓南澗亦間發新意。張安國賦滿江紅云：千古淒涼，興亡事，但悲陳跡(中略)看東南佳氣鬱葱葱，傳千億！雖間採温張語而詞氣亦不在其下。嘗見張安國大書此詞，後題乾道元年正月十日，筆勢奇偉可愛。」

文集卷十三：太平州學記，末署「夏四月既望歷陽張某記」。又有隱靜修造記，見同卷。

復集英殿修撰，知靜江府，廣南西路經略安撫使。

以上從史傳。據文集附録除祕撰改知潭州權荆南提刑誥內稱此時全銜爲：「左朝奉大夫充集英殿修撰知靜江軍府事提舉學事廣南西路兵馬都鈐轄兼本路經略安撫」。譜傳謂「思退竄，仍復集英殿修撰」。按思退以隆興二年十一月辛卯罷，落職永州居住，行至信州憂悸而死。與孝祥復官相距約半年。

宋靜江府治在桂林，孝祥所撰邕帥蔣公墓志銘云：「乾道元年，余守桂林。」（文集卷三十）又辭免靜江府奏狀（文集卷十八）會以「郴賀之間，俶有兵事；靖治之略，必惟其人。」請求「收還成命，别畀通材」。

六月，由蕪湖取道今江西、湖南赴任。

根據文集現存詩詞，得知其赴任路綫大略如下：

自蕪湖出發至青陽，有水龍吟望九華山作：「竹輿曉入青陽，細風凉月天如水……恨世緣未了，忽忽又去。空凝佇，烟霄裏。」昔年赴撫州任時，「客行半月未當晴」，（見文集卷五喜雨次王龜齡韻）此次則「細風凉月天如水」。「忽忽又去」，說明只路過遥望而已。

經餘干到臨川，故舊重逢，作浣溪沙過臨川席上賦。其一云：「我是臨川舊使君，而今欲作嶺南人……去路政長仍酷暑，主公交契更情親……」，次首云：「康樂亭前種此君，重來風月苦留人，兒童竹馬笑談新……」。其在餘干作品有賦餘干趙公頤養正堂，據稱堂爲魏公所題並作銘。按張浚加少傅魏國公係孝宗即位後事。知此詩非紹興三十年孝祥赴撫州過餘干作。

前進過豐城、清江、萍鄉皆有詩，如：豐城一山宛如鷄籠福地感之賦詩（文集卷七）；豐城觀音院觀胡明仲諸公題字（文集卷十）；入清江界地名九段田沃壤百里黄雲際天他處未有也（文集卷七）；萍鄉境上有驛旁有老杉餘百本余過而愛之驛無名余名之曰愛直（文集卷五）。

入湖南境，至衡山縣。乘舟遡湘江。文集卷十一早發衡山有「美滿風帆真快哉」及「後日南山山下過」等句。又賦衡山張氏米帖、借魏元理畫兩詩亦作於衡山。

文集卷二七夕詩云：「去年永州逢七夕。」按此詩係乾道二年北歸經衡州時作，故去年即指今年。

七月，經永州至桂林。

文集卷十四仰山廟記：「乾道元年張某來守桂林……其七月，某至郡」。

陶本于湖先生長短句拾遺有南歌子過嚴關詞云：「路盡湘江水，人行瘴霧間……天外一簪初見嶺南山……此行休問幾時還，準擬桂林佳處過春殘。」（按又見向滈樂齋詞，待考）。

文集卷十入桂林歇滑石驛題碧玉泉有句云：「須君淨洗南來眼，此去山川勝北州」。

治有聲績。公暇與交游時相唱和。

史傳：「治有聲績」。

文集卷三十一水調歌頭桂林中秋略云：「今夕復何夕，此地過中秋。賞心亭上喚客，追憶去年遊……馭風去，忽吹到，嶺邊州……老子興不淺，聊復此淹留。」另有水調歌頭桂林集句，見同卷。

文集卷三十三柳梢青餞別蔣德施粟子求諸公(重陽時節)，據卷三十邕帥蔣公墓志銘：「乾道元年，余守桂林，初識潯州守蔣君德施。是歲君趨朝……賜對，擢守邕管。」詞有「海山秋老，清愁如織」及「一杯莫惜留連，我亦是天涯倦客」等句。

文集卷三十二滿江紅思歸寄柳州林守(秋滿灕源)，「林守」二字據陶本增。此詞主要寫歸思，上遍云：「動遠思，空江小艇，高丘喬木……試側身回首望京華，迷南北。」下遍進一步寫故鄉風物之可念：「想一年好處，砌紅堆緑。羅帕分柑霜落齒，冰盤剥芡珠盈掬……」

文集卷三十一念奴嬌張仲欽提刑行邊(弓刀陌上)，陶本題作「仲欽提刑仲冬行邊漫呈小詞以備鼓吹之闕。」知此詞作於仲冬。又念奴嬌再和(繡衣使者)下遍云：「還記嶺海相從，長松千丈，映我秋竿節。忍凍推敲清興滿，風裏烏巾獵獵。只要東歸，歸心入夢，夢泛寒江月。不因蕭騷，白頭親望真切。」

與以上兩首用韻全同者，又有念奴嬌欲雪呈朱漕元順（朔風吹雨）。其下遍云：「家在楚尾吳頭，歸期猶未，對此驚時節。憶得年時貂帽暖，鐵馬千羣觀獵。狐兔成車，笙歌隱地，歸踏層城月。持杯且醉，不須北望淒切。」

文集卷三十三定風波（鈴索聲乾）有句云：「莫道嶺南冬更暖，君看：梅花如雪月如霜。」其他作品今存者，如：送吳教授序，略謂「（吳鎰）分教郴州學，以余之素也，來廣西從余歷三時而後之官」。（文集卷十五）卷二十八題真山觀云：「張安國設道供於真山觀，飯已……煮茗於超然亭。北風欲雪，諸峰獻狀，景物之勝，不知身之在嶺表也。乾道元年十一月七日。」

乾道二年丙戌——公元一一六六年　三十五歲

春行廣右道中；與張仲欽等游朝陽巖；作千山觀於桂林西峰並題記。

文集卷十一廣右道中詩：「參天古木緑陰合，峻極層巒瀑布長。啼鳥一聲家百里，依然無語對斜陽。」次首云：「觸鼻野花香泛泛，勸歸啼鳥意諄諄。嶺南三月已煩暑，猶向江頭細問津。」仍流露思歸情緒。

文集卷十四游朝陽巖記：「丙戌上巳，余與張仲欽、朱元順來游水月洞。仲欽酷愛山水之勝，至晚不能去。僧了元識公意，即其上爲亭……五月晦，余復偕兩賢與郭道深來……仲欽忻然舉酒屬余曰：茲亭由我而發，盍以名之？余與仲欽頃同官建康，盖嘗名其亭曰朝陽……今亭適東向，敢獻亭之名亦以朝陽，以巖曰朝陽之巖，洞曰朝陽之洞……」。

同卷有棠陰閣記，歷叙與張維（仲欽）交往。前年知建康，仲欽適通判府事，會檄仲欽攝當塗守。去年來桂林，仲欽提點廣西獄事。所至有遺愛，因名仲欽之閣曰棠陰。閣前有榕木交陰，仲欽之所遊息。乾道丙戌五月朔日記。

又千山觀記略謂：桂林山水之勝無如西峰，「乾道丙戌歷陽張某因超然亭故基作千山觀……觀成而余去，乃書記其極。」另有遊千山觀詩見文集卷五。

六月，罷靜江府。代之者張維仲欽。

史傳：「復以言者罷」。

文集卷三十邕帥蔣公墓志銘：「其明年余免歸江東，君（蔣德施）與邦人送余於興安，置酒擊鮮乳洞之下。時方六月，洞中極寒。」

文集卷七有張仲欽朝陽亭七律一首，原注：「亭在建康」。又次韻二首，序云：「明年余爲桂州，仲欽以常參官十六人薦爲廣西提點刑獄公事。又明年余罷去，仲欽直祕閣實代余……乃賡建康之詩，以記余與仲欽事契如此。」詩雖一時酬應之作，然孝祥有「伏櫪壯心猶未巳，須君爲我請長纓」等語，亦可見其懷抱。至張維次韻建康朝陽亭詩，宋詩紀事曾據景定建康志輯録。

文集卷八罷歸云：「親老難爲住，恩深許放歸……遥知六七月，喜氣滿庭闈。」詩中有「北行湘水闊」句。同卷罷歸呈同官云：「去年秋七月，我犯瘴烟來。」故知均去靜江時所作。至若踏莎行五月十三日月甚佳有「榕陰庭院」句，浣溪沙坐上十八客有「更將荔子薦新圓」句，皆可肯定作於罷官前，不備舉。

泛湘江北歸，遊浯溪。

孝祥約在六月下旬離開桂林。以半日過靈川，三日過興安，均有詩寄張仲欽。文集卷三十一水調歌頭泛湘江上片云：「濯足夜灘急，晞髮北風涼。吴山楚澤行遍，只欠到瀟湘。買得扁舟歸去，此事天公付我，六月下滄浪，蟬蜕塵埃外，蝶夢水雲鄉。」同卷水龍吟過浯溪上片云：「平生只説浯溪，斜陽唤我歸船繫。月華未吐，波光不動，新涼如水。長嘯一聲，山鳴谷應，棲禽驚起。問元顔去後，水流花謝，當年事，憑誰記？」文集卷三題朱元順浯溪圖云：「去年（按指乾道元年）過浯溪，王事有期程。夜半渡湘水，但見天上星。平生中興碑，夢入紫翠屏。已辦北歸時，十日窮攀登。」又文集卷四與張文伯同登禪智寺有「自我來浯溪，奔走巳旬浹。」

七夕，抵衡陽；十五日登祝融峰。

文集卷二七夕云：「今年衡州逢七夕」又卷四丙戌七夕入衡陽境獨遊岸傍小寺詩云：「七年暑中行，道路萬里賒；今夕巳七夕，我猶在天涯」。同卷上封寺詩云：「七月十五夜，我在祝融峰」。文集卷五南臺又云：「我遊衡嶽巔，路半此歇脚」。其他如：文集卷四福巖自註「丙戌七月」，卷八有丙戌七月望日自南臺遊福巖書留山中、和萬老、再和等詩，當皆遊衡嶽時作。

此外詞有望江南南嶽銓德觀作；文有衡州新學記，據稱提點刑獄王彥洪等「皆以乾道乙酉至官下……居無何而學成……明年八月旦歷陽張某」。

自長沙經湘陰，以中秋夜過洞庭。

文集卷三十一念奴嬌上闋云：「星沙初下，望重湖遠水，長雲漠漠。一葉扁舟，誰念我今日天涯飄泊？平楚南來，大江東去，處處風波惡。吳中何地，滿懷俱是離索。」蝶戀花行湘陰見卷三十三，下闋云：「落日閑雲歸意促，小倚篷窗，寫作思家曲。過盡碧灣三十六，扁舟只在灘頭宿。」又卷九贈別詩僧萬致一略謂：「過湘中得詩僧萬致一……余欲與俱還吳中，而萬家浯溪，將結草菴其上，送余至湘陰復歸。」

文集卷十四觀月記：「余以八月之望過洞庭。天無纖雲，月白如晝……沙（按指金沙堆）當洞庭、青草之中……余繫船其下，盡卻童隸而登焉」。其他尚有金沙堆賦（卷一）：「洞庭之野，吞楚七澤，乘秋而霽，天水一色。」又同卷祭金沙堆廟：「偕九秋之半兮，絶洞庭予將歸」。卷二金沙堆七古：「秋光淨洗八百里，亭午投君廟前泊。」及卷三金沙堆屈大夫廟五古等，皆同時所作，而以念奴嬌過洞庭一詞最爲後世傳誦。按孝祥自來靜江，思歸之情時見於文字。但「以言者罷」似猶未能釋然。故此詞换頭有「應念嶺海經年，孤光自照，肝肺皆冰雪」等語。

經黄州，作水調歌頭等。

文集卷三十一水調歌頭汪德邵無盡藏：「淮楚襟帶地，雲夢澤南州。滄江翠壁佳處，突兀起紅樓。憑仗使君胸次，與問老仙何在，長嘯俯清秋。」又卷九有五律二首，東坡云：「繫船着西日，曳杖過（一作到）東坡。暗井蛙成部，荒祠鳥作窠」。黄州云：「平生聞赤壁，今日到黄州。古戍參差月，空江浩蕩秋。艱難念時事，留滯豈身謀！」

九日，在蘄州；旋過江州東下。

文集卷五書懷：「七夕在衡陽，九日在蘄州；秋風浩如海，我行尚扁舟。」文集卷三十四點絳唇贈袁立道：「四到蘄州，今年更是逢重九。」同卷南歌子仲彌性席上：「曾到蘄州不？人人説使君。」下遍云：「佳節重陽近，清歌午夜新；舉杯相屬莫辭頻！後日相思，我已是行人」。其他贈和之作尚有次仲彌性烟扉韻二首（見卷七）；謝蘄州仲寺丞（見卷九）。

後者序云：「過蘄口，六奉寺丞仲（文）〔丈〕親帖之貺……所以招迎之意甚厚」。

文集卷三十四減字木蘭花琵琶亭林守王倅送别：「江頭送客，楓葉荻花秋（索索）〔瑟瑟〕。絃索休彈，清淚無多怕濕衫。」卷七有庾樓和林黄中韻及高遠亭和林黄中韻七律詩各一首。前者云：「九月扁舟下水風，一尊佳處與君同……樓頭今古無窮事，醉倚胡床月滿空。」

又文集卷三十三有浣溪沙烟水亭蔡定夫置酒：「瀲瀲湖光緑一圍，修林斷處白鷗飛。」按烟水亭在九江市甘棠湖，建於北宋熙寧年間，明末曾移址改建。此詞首二句正寫湖景。其次首上片云：「晚雨瀟瀟急做秋，西風掠鬢已颼颼，燭花明夜酒花浮。」則指置酒夜飲。

十月，爲歷陽守胡昉撰三河記。

記見文集卷十四，略謂：「直祕閣胡昉治歷陽之明年，令行禁止，道不拾遺。於是始以民之餘力開三河：曰千秋，曰姥下，曰石跋……乾道丙戌十月旦張某書於三瑞堂。」詞有菩薩蠻和州守胡明秀席上見卷三十四。

蔡勘（定夫）舉進士。

蔡勘，莆田人。據于湖文集謝堯仁序云：「天下刊先生文集者有數處。豫章爲四通五達之衢，先是先生之子同之將漕於此，蓋其責也。時侍郎莆陽蔡公屢勸之而竟不果，信知斯文通塞亦自有時。」

乾道三年丁亥——公元一一六七年　三十六歲

三月望日，過金山。

文集卷廿八題蘇翰林詩後：「乾道丁亥三月望，張某過金山。長老寶印作堂上方，請名於某。敬取公詩中語名之曰玉鑑，而書其詩使刻山石。」

五月，起知潭州，權荆湖南路提點刑獄公事。

史傳「俄起知潭州」。譜傳多「權荆湖南路提點刑獄公事」一語。按除祕撰改知潭州權荆南提刑誥今載文集附録。又卷十八有辭免知潭州奏狀，略謂：「父母年七十，氣血素弱，近復多病。頃赴廣西，不曾迎侍……今兹新任，復隔重湖，垂白之親，又難遠涉。進退皇惑，莫知所措。」因此要求「於江淮間易一小郡，父獲就養，不違定省」。

赴任經彭澤故縣；過江州，與王質遊廬山；旋過鄂州。

文集卷四留題彭澤故縣修真觀云：「五月問修途，今日一百里，暮投彭澤縣，愧此邑中士」。

王質雪山集卷五于湖集序云：「歲丁亥，追遊廬山之間。」

文集卷十一有舟中熱甚從鄂守李壽翁乞冰雪櫻桃及夜半走筆酬壽翁七絶三首。

六月，到潭州；餞送前任劉珙（恭父），今存致語及詞多首。

文集卷十五送野堂老人序：「乾道丁亥六月，余來長沙。」（作於十二月六日）

湖南宴交代劉舍人致語見文集卷二十七。其他有水調歌頭送劉恭父趨朝、青玉案餞別劉恭父、蝶戀花送劉恭父、鷓鴣天餞劉恭父（浴殿西頭）、鷓鴣天餞劉恭父（割鐙難留）、點絳脣餞劉恭父、蒼梧謡餞劉恭父三首等詞。

至若鵲橋仙一調，有：邢少連送末利，以酒果爲黄子默壽（陶本題作上主管壽送南康酒北梨）、戲贈吴伯承侍兒等，據詞意似均本年夏秋間作。

爲政簡易，時以威濟之，湖南遂以無事。

上據史傳原句。譜傳此處僅異一二字，緊接舉事例云：「有婦不宜於夫。夫商而歸，婦爲具食，食已即死。其舅姑以爲婦殺之無疑，涉三獄而婦不伏。公親鞫之，婦泣曰：實無此志。顧食有魚肉，以鋏承之，鋏固在也。公命取鋏復魚肉以飼犬，犬斃。因詢土人，謂湖外有蜈蚣盈尺，一遇食即殺之。公命索婦所，果得蜈蚣盈尺，仍復取魚肉飼犬，復斃。事立爲之平反，婦奮祝髮以報。衆大悅服。」

長子同之隨從叔來長沙探望，感念李氏作詞。

到職後所撰詩文，時間可確定在秋季者，如：文集卷二十八題陳擇之克齋銘云：「陳琦擇之名其齋曰克，張敬夫爲之銘……乾道丁亥七月張某識。」卷九送仲子弟用同之韻云：「惜別湘江夜，歸程楚甸秋。極知違定省，不敢更淹留。」（又送謝夢得歸昭武云：「國步艱難日，人間浩蕩秋」，用韻與前首全同。）張郯次子孝仲字仲子；同之，李氏出。

從詩題得知他們同來，同之有詩。時同之已二十一歲，可能奉母命探父。孝祥感念前塵，作雨中花慢（一葉凌波）。花菴詞選在調名下注「長沙二字。詞用游仙手法寫夢境，以抒發其迷離恍惚的情思。他們去後轉眼冬季，孝祥觸景生情，又寫了一首轉調二郎神。

孟冬，築敬簡堂。朱熹、張栻各爲詩文以記。

譜傳：「會敬夫、定夫扶魏公柩至州境，不能入蜀，公爲營葬於屬縣寧鄉之西。遂與敬夫講性命之學，日久不輟。築敬簡堂以爲論道之所，而四方之學者至焉。公自篆顏淵問仁章於中屏，晦菴、南軒各爲詩文以記之」。

張栻敬簡堂記云：「歷陽張侯安國治長沙既踰時，獄市清淨，庭無留滯。以其閒暇闢堂爲燕息之所而名之以敬簡。」朱熹曾爲書此記，孝祥與熹書云：「敬簡堂記遂煩揮翰，真可以託不朽。」

朱熹作敬簡堂詩云：「煌煌定方中，農隙孟冬月。君侯敞齋屛，華榜新未揭」。

朱熹爲衡嶽之遊，邀晤于長沙。

文集卷四十有與朱編修書七，其一云：「知且爲衡嶽之遊，儻遂獲奉從容，何喜如之！不勝朝夕之望。」次書略謂：「某昨日方從欽夫約遣人逆行李，奉告乃承已至近境，欣慰可量！」其第三書云：「風雨留人，尊候復何如？登臺詩强勉不工，出師表同上。老兄遊山亦須待稍晴，未可以遽。」文集卷九酬朱元晦登定王臺之作後半云：「日月何曾蔽，風雲亦有開；登臨一杯酒，莫作楚囚哀。」

朱熹旋離長沙，孝祥有南鄉子送朱元晦行張欽夫邢少連同集詞云：「江上送歸船，風雨排空浪拍天……坐上定知無俗客，俱賢，便是朱張與少連。」按朱亦次韻一首，有「珍重使君留客意」、「明日回頭江樹遠」等語。别後孝祥又有復熹書云：「懷親遽歸，苟留不得，至今慊然。」

撰萬卷堂記、汪文舉墓志銘、壽芝堂記等。

文集卷十四萬卷堂記："歐陽文忠公之諸孫曰槩字晉臣者，居廬陵之安成。築屋其居之東偏，藏書萬卷，扁之曰萬卷堂。乾道丁亥冬，晉臣自廬陵冒大雪過余於長沙"。文集卷二十九汪文舉墓志銘，據云卒于丁亥二月戊子，葬以十一月乙酉。文集卷十四壽芝堂記，記爲祕閣修撰襄邑鄭子禮撰。子禮時築新堂於衡州，孝祥與鄭曾同官廣西、湖南，因書扁爲記。篇末署乾道丁亥十二月望歷陽張某記。

沈端節（約之）任蕪湖丞。

據蕪湖縣志名宦，沈端節於本年任蕪湖丞，加意民瘼，後除知縣。端節吳興人，著有克齋詞一卷。孝祥有與蕪湖沈知縣書及浣溪沙用沈約之韻（分別見文集卷二十三及三十三）。

朱翌、龐謙孺卒。

朱翌字新仲，卒年七十。龐謙孺字祐甫，卒年五十一。

乾道四年戊子——公元一一六八年　三十七歲

春夏在長沙。出郊勸農，與老稚會飲；並時與交游唱酬。

文集卷三十二鷓鴣天上元設醮二首，有「三湘五筦同民樂」句。卷九出郊云：「楚霧侵衣潤，湘江到眼明，春連嶽麓寺，花滿定王城」。卷五勸農分韻得干字：「積雨已連月，長沙尚春寒……勸農有故事，般樂非所安。薄晚會春園，老稚隨馬鞍。彘肩侑尊酒，呼喚來同盤。從容及鄙事，爾汝開心肝。我是耕田夫，偶然此爲官。飽不知稼穡，愧汝催租瘢」。

上詩繫以「湘波不動楚山碧，花壓闌干春晝長」分韻，可見一時賓從之盛。其他與交游唱酬之作，如：卷五有元宵同張欽夫邵懷英分韻得紅旗字、送張定叟（戊子歲二月，定叟如南山）卷三十四南歌子贈吳伯承（有「野堂梅柳尚春寒」）句，卷九吳伯承生孫分韻得啼定字（有「天星恰照奎」句，似爲仲春作），卷三十三臨江仙帥長沙寄靜江三故人張仲欽朱漕滕憲（題從陶本，上片云：「問訊宜樓樓下竹，年來應長新篁。使君五嶺又三湘，舊遊知好在，熟處更難忘」），卷十二有從吳伯承乞茶、和伯承送茶韻、和伯承惠筍，卷五有從張欽夫求筍脯並方、張欽夫送筍脯與方俱來復作、張欽夫和答再詩爲謝、次吳伯承送苦筍消梅韻二首，卷十二次韻南軒喜雨四首，有「但得湖南今歲熟，我亦腰鐮歸故山」句。其他不一一列舉。

復待制，徙知荆南湖北路安撫使。

上據史傳。按孝祥在長沙時已數請免，當徙知荆南曾再辭。文集卷十八有辭免知荆南奏狀略謂：「頃緣親疾，屢丐免歸。」對於「上游重鎮」，希望「別選名臣，使當一面；遂臣之私，賦以祠禄。」

去潭州，張栻贈序勉以講學。

張栻送張荆州序：「客有問於某曰：張荆州之行，子將何以告之？某應之曰：吾將告之以講學。客笑曰：若是哉，吾子之迂也。荆州早歲發策大廷，天子親擢爲第一，盛名滿天下。入司帝制，出典藩翰，議論風采，文章政事，卓然絶人。上流重地，暫兹住牧，所以寄任之意甚重。而天下士亦莫不引領以當世功名屬於公也。夫以位達而名章，任重而望隆，吾子顧以講學告之，不亦迂乎！（下略）」按文集附録誤作張南軒贈學士安國公歸蕪湖序，顯與「上流重地，暫兹住牧」等語不符。

秋八月到荆州，與前任方滋交接。

孝祥以八月到任，集中凡數見，如：卷十四金陵記謂「乾道四年……秋八月，某自長沙來」卷三十邕帥蔣公墓志云，「乾道元年，余守桂林……其明年余免歸江東……又明年余帥長沙……明年八月，余帥荆州。」文集卷三十三浣溪沙洞庭：「行盡瀟湘到洞庭，楚天闊處數峰青，旗梢不動晚波平。紅蓼一灣紋纈亂，白魚雙尾玉刀明，夜涼船影浸疎星。」詞句清雋，不似乾道二年罷靜江經洞庭時情緒，當本年途中作。

荆南宴交代方閣學致語，見文集卷二十七。閣學指方滋，據南澗甲乙稿卷十九李公（文淵字道深）墓碑，方滋爲其長壻，張柢爲其次壻。滋與孝祥數次交承，故致語中有「譽兩世無窮之契，侈一時創見之榮」及「九門置鑰，已慚糠粃之前；五嶺建旄，未覺規模之遠。畫如今日，復接後塵」等語。「九門」句謂建康留守張在方前；「五嶺」句指帥靜江方前張後。

築金隄，置萬盈倉。

史傳：「築守金隄，自是荆州無水患。置萬盈倉以儲諸漕之運。」譜傳：「荆州當虜騎之衝，自建炎以來，歲無寧日。公內修外攘，百廢俱興。雖羽檄旁午，民得休息。築寸金隄以防水患，置萬盈倉以儲漕運，爲國爲民計也」（按兩傳「金隄」前「守、寸」二字皆衍，蓋涉築體築字下半而誤）。

金隄記及荆南重建萬盈倉記均撰於明年三月。今存文集卷十四。

約馬舉先登城樓觀塞，賦浣溪沙。

文集卷三十三載此詞失題。上闋以「淡烟衰草有無中」寫遠望邊塞荒涼景象。下闋云：

「萬里中原烽火北，一尊濁酒戍樓東，酒闌揮淚向悲風。」孝祥念念不忘萬里中原，但與「我欲乘風去，擊楫誓中流」及「悲憤氣填膺」等句相較，語氣就顯得衰颯消極。

題楊夢錫客亭類稿後。

文集卷二十八載此文。略謂：「余官荆南，夢錫自交廣以客亭類稿來，精深雄健，視昔又過數驛。讀之終篇，使人首益俯焉。」文當作於本年秋後或明年初。冠卿字夢錫，紹興九年生，江陵人。四庫全書著録的客亭類稿，係輯自永樂大典。存有菩薩蠻春日呈安國舍人及水調歌頭歸自浮羅舟過于湖哭張安國各一首。

乾道五年己丑——公元一一六九年　三十八歲

春日與客過天慶觀，發碑砆得唐道德經殘碑。

文集卷二十八跋道德經碑略謂：「荆州開元觀……祥符八年更爲天慶觀。紹興五年……舊觀廢。乾道五年春某與客過焉……草中小碑高三尺，即初建天慶觀記。去草見碑砆隱隱有字，洗刮久之可讀，蓋唐明皇所註道德經……經文行草，註楷法，行間茂密。唐經生固多善書，然此或非經生所能辦也……發地出砆，合八方得三千餘字。剥缺斷續，益奇古。」

其他如卷五有贈盧司法，卷九有詩送荆州進士入都，卷十二有懷長沙知識呈欽夫兄弟五首等，據詩意知爲今春作。

請祠侍親。三月，進顯謨閣直學士致仕。

文集卷三十三踏莎行荊南作云：「旋葺荒園，初開小徑，物華還與東風競……柳色金寒，梅花雪靜，道人隨處成幽興。一杯不惜小淹留，歸期已理滄浪艇。」看來孝祥春初便已請祠致仕。

文集附録陞顯謨閣直學勅黄云：「尚書省牒朝議大夫敷文閣待制荊南荊湖北路安撫司張孝祥牒，奉勅依前朝議大夫陞顯謨閣直學士致仕。牒至准勅。乾道五年三月三日。」

史傳：「請祠，以疾卒，孝宗有用才不盡之嘆。進顯謨閣直學士致仕，年三十八。」

按文集附録張安國傳，似爲史傳所本。篇末云：「請祠，會以疾終卒，孝宗惜之，有用才不盡之嘆。進顯謨〔閣〕直學士致仕，年三十八。」文字大同小異。無論「請祠，以疾卒」或「請祠，會以疾終卒」，都可看出二者時間相距很近。但撰寫或修改譜傳者，因此段文字次序没有寫清楚，便武斷分作兩年事。略云：「乾道五年己丑，偶不豫，遂力請祠侍親。疏凡數上，帝深惜之。進顯謨閣直學士致仕」。中間插敘數事，有兩件顯然錯誤，其一「南軒（張栻）爲文以餞之」是在去年離長沙時；其次「邵宏淵擁兵還鎮」與史實不符。邵早於孝宗隆興二年五月責授靖州團練副使，南安軍安置。譜傳以下接着説：「庚寅冬（即乾道六年）疾復作，遂卒……

帝聞之，惜其有用才不盡之嘆。」

孝祥在請祠侍親時曾作有懷云：「故人春夢誰復見，故園梨花二月天，丁祝主人時醉賞，荆州寒食又經年。」當請祠獲准後，他很高興地寫了請説歸休好二首和喜歸作。有「請説歸休好，扶行白髮親……短長無不可，且得是閑身」，「竹繞披風樹，蘆藏釣月灣，田間四時景，何處不開顔」，「酒爲春主掌，貧是老生涯，湖海扁舟去，江淮到處家」等句。以上有懷見卷十一，餘見卷九。

去荆州。

文集卷三十二鷓鴣天荆州別同官上遍云：「又向荆州住半年，西風催放五湖船。來時露菊團金顆，去日池荷疊緑錢。」結句爲「後夜相思月滿川」，似以隔日首途。按詞言「去日池荷疊緑錢」，下引阻風石首詩又有「近人積水春全緑」句，可見去荆州的時間約在三月下旬。

阻風石首，賦詩寄荆州僚舊，旋過岳陽樓。

風雨石首呈同行寄荆州僚舊（文集卷七）云：「昨日離筵酒未醒，今朝風雨暗江亭……寬程且作三旬約，要看廬山紫翠屏」。江行再用前韻云：「澤畔行吟我獨醒，歸程不計短長亭。西風送浪頭頭白，芳草隨人段段青。昨夜疎篷猶瘖雨，今朝嚴鼓欲侵星」。

浣溪沙去荆州（文集卷三十三）云：「方船載酒下江東，簫鼓喧天浪拍空……擬看岳陽樓上月，不禁石首岸頭風。」又同調有次韻戲馬夢山與妓作別，及夢山未釋然再作二首，用韻全同，似亦同時所作。

水調歌頭（湖海倦遊客）見陶本拾遺。按孝祥多次經岳陽，據詞意惟此行方向、時間均合。

阻風漢口，賦古意贈别王弱翁及登横舟呈趙富文楊齊伯。

贈王詩全題爲王弱翁與余相遇漢口賦古意贈别，詩云：「我船行荆江，厭此江水渾。北風知人意，引着清漢濱。漢濱有佳人，心與漢水白。」呈趙楊詩全題爲屢登横州欲賦不成阻風漢口乃追作寄趙富文楊齊伯，詩云：「已過漢陽岸，卻望横舟山，秀色挹不盡，西風將夢還。」又卷十二有奉題富文横舟七絶一首。

四月，抵黄州，談獻可來迎；旋至蘄口。

文集卷十五史警序：「余自荆州得請還湖陰，未至黄州二十里。扁舟溯浪來迎者，故人談獻可也……同舟至蘄陽而别……獻可蘄水人，獻可名也，字亦云。乾道己丑四月既望。」又卷十四有黄州開澳記，作於本年四月八日。卷三十三有望江南贈談獻可（談子醉）。浣溪沙親舊蘄口相訪：「六客西來共一舟……略須停棹晚風頭，從前五度到蘄州」。次首云：「已是人間不繫舟……卧看駭浪與天浮……暝烟多處是神州」。

偕王阮遊廬山，題詩萬杉寺。繼東下過池州。

岳珂桯史：「紫微罷荆州，侍總得翁以歸。偕〔王〕阮遊廬山，暇日出詩卷相與商榷，自謂有得。山南有萬杉寺，寺本仁皇所建，奎章在焉。紫微大書二章，其一曰：老幹參天一萬株，廬山佳處著浮圖；只因買斷山中景，破費神龍百斛珠。其二曰：莊田本（文集作總）是昭陵賜，更著官船載御書；今日山（集作殘）僧無飯吃，卻催官（集作積）欠意何如！阮得詩獨憮然不滿曰：先生氣吐虹霓，今獨稍卑之何也？紫微不復言。送之江津，別去才兩旬（按「旬」字可能是「月」字之誤）而得湖陰之訃，紫微蓋於此絕筆云」。阮字南卿，德安人。隆興元年進士。仕至撫州守，後歸隱廬山。

文集卷四有黃子餘自海昏見予于九江欲行爲賦此詩云：「昔我初識君，乃在潯陽城。卻數已十年，此地還見君……我行不可留，明復與君別」。又文集卷七有次韻黃子餘七律一首。將至池陽呈魯使君見文集卷十。詩云：「珍重池陽魯使君，忘年交契獨情親。江山佳處公開府，風雨來時我問津。翠逼筍輿松徑合，綠隨秧馬稻畦新。東歸賸作登臨好，病怯詩腸故惱人。」據秧馬、東歸等語知爲初夏過池州所作，而桯史所謂「蓋於此絕筆」之說不確。

歸蕪湖，徜徉山水，關懷地方人民疾苦。

譜傳：「既歸蕪湖，凡縉紳之士，莫不晉接。宗戚渡江而貧窘者公輒賑之。新觀瀾亭以集同志，講論之餘，徜徉山水。寺觀台榭，吟詠殆遍，而悉爲之題識。蕪湖都水陸之衝，舟車輻輳，民甚苦之，屢藉公爲之庇。」（以下舉邵宏淵擁兵還鎭例，與史實不符，或由他事誤傳。）

文集卷三十一有醉蓬萊爲老人壽（問人間榮事），據詞中「少日親朋，舊家鄰里」及「解慍薰風，做凉梅雨」等句，似爲初夏歸蕪湖後作。

張栻撰于湖畫像贊。

贊云：「是于湖君，英邁偉特。遇事耆然，如箭破的。談笑翰墨，如風無跡。惟其胸中，無有畛域。故所發施，橫達四出。雖然，此固衆人之所識也。今方袖手于湖之上，盡心以事其親，而益究所未及，則其所至又孰知其紀極者耶！己丑夏廣漢張某書于湘中館。」（綿竹南軒祠清重刊本南軒文集卷三十六，叢書集成排印本張南軒先生文集卷七）

按譜傳謂：「進顯謨閣直學士致仕，南軒爲文以餞之。荆南士民哭送登舟，仍（給）（繪）小像于湘中驛，南軒爲之贊。」此段文字頗有舛誤：（一）張栻和張荆州所寄詩云：「共父（劉珙）安國曾欲相招，未能往也。」詩中有「敬簡堂前楊柳春」、「壯歲寧容便乞身」等句（孝祥和張欽夫尋梅云：「挐舟許過我，此約不可違」見文集卷四）。當係乾道五年春寄自長沙，其時已知孝祥請祠。似此當無在荆州餞送事。〔二〕繪小像祀於湘中驛者，應是潭州而非荆州士民。〔三〕據像贊「今方袖手于湖之上」語，應作於孝祥歸抵蕪湖以後，即己丑夏日。

夏秋之間以疾卒。

關於孝祥去世年月以及致疾原因，合觀王質及周密等的記載，可得一個較爲完整的材料。孝宗淳熙元年甲午（公元一一七四年），孝祥從弟孝忠曾爲編印文集於大冶。此本今佚，惟王質所撰于湖集序尚存輯本雪山集（叢書集成本）卷五。序說：「歲己丑，某下峽過荆州，公出其文數十篇……是歲，公殁于當塗之蕪湖。」又謂「往會於荆州之杞梓堂……後四月而公亡。」孝祥於三月下旬離荆州，據此應卒于七月。周密齊東野語說：「以當暑送虞雍公（允文）飲蕪湖舟中，中暑卒，年才三十餘（涵芬樓本齊東野語卷十三張才彥條）。七月秋暑猶盛，時間亦大致相合。南澗甲乙稿卷十八祭張舍人文云：「觸炎歊而遘疾，卧空舟而倏逝」。韓元吉與孝祥交游並有親戚關係，足證周密之說不虚。

但譜傳明明說：「庚寅冬，疾復作，遂卒。」由於撰者陸世良自稱以「予嘗得侍公，且生則同鄉，徙則同邑，知公之深也。」這些話很能迷惑人。其實此傳篇末已非原稿本來面目。錯亂甚多，顯然曾經後人妄改。如：〔一〕所稱孝祥致仕，張栻爲文以餞之，荆南士民哭送登舟，繪小像於湘中驛，南軒爲贊等等，是把長沙、荆州兩地和今去兩年的事牽合在一起。〔二〕孝伯參知政事在寧宗嘉泰四年（公元一二〇四年），陸世良作傳於光宗紹熙五年（公元一一九四年），何能預知十年以後的事而謂「世稱賢相」？〔三〕邵宏淵在孝宗隆興二年五月，即已責授靖州團練副使，南安軍安置。乾道五年不可能有擁兵還鎮過蕪湖的事。〔四〕傳中隻字未提及張同之，事實上同之曾以孝祥「致仕恩授承務郎」，其妻章氏後亦「終于蕪湖里第」（均見埋銘）。似宣城張氏纂修家譜者偏向太平，有意不提及同之與孝祥關係（就陸傳「知公之深」等語揣測，有可能原稿曾提及而被抹去。陸傳作於公元一一九四年，同之卒于公元一一九六年，歷官已久，不會不知道）。大約宣城張氏譜修於公元一二〇四年孝伯兼參知政事以後，而今存南昌本于湖居士文集早刊於一二〇一年，原無此一部分。後來有人又據家譜採入文集作附録。今文集卷末與附録之間插入「禁榜」一頁，註有「增」字，其字體、款式與附録一致，皆與本集有别。讀者不察，輒易爲其所誤。餘詳本年譜附録一。

張栻、韓元吉等爲文以祭。

蕪湖知縣沈端節輓之以詩，王十朋、王質、王阮等亦有輓章，不備録。

葬建康鍾山。

韓元吉南澗甲乙稿卷十八祭張舍人文云：「望孤墳於鍾山」。又景定建康志載董道輔紹熙庚戌中秋後三日拜于湖先生墓云：「曉出白門下，疲馬踏秋色。鍾山度蒼翠，慰我遠行客。暮投清泉寺，花草獻幽寂。長廊静無人，落日照東壁。平生張于湖，萬里去一息。翩然九州外，汗漫跨鯨脊。乾坤能幾時，安用較顔跖。文章失津梁，所念斯道厄。夜闌耿不寐，搔首賦蕭索，懷人感西風，翁仲守孤陌。」歷陽典録卷三十二録此詩並附註云：「董，武陵人，于湖門人。文集附録題作弔于湖墓在秣陵，作者失注。

附録

(一)卒年考略

爲了確定孝祥卒於乾道五年(公元一一六九年)，除上擧王質，周密及岳珂等有關記載外，不惜辭費，更擧一些可互相證明的材料：

(一)張栻祭張舍人安國云：「去年此時，送公湘濱；豈意今兹，哭公失聲」。孝祥以乾道四年八月離開長沙，「豈意今兹」明明指的是乾道五年八月致祭的日子。聞耗尚須一段時間，則其病卒應更稍早。再祭說：「方自荆州歸，某以書抵君……孰謂曾未數月，乃有此聞」。據「方自荆州歸」及「曾未數月」，時間也極明確。

(二)謝堯仁張于湖先生集序：「公自江陵得祠東下……未幾，則已聞爲馭風騎氣之擧矣。」孝祥以五年三月獲准致仕，「未幾」當指本年。

(三)王十朋跋孫尚書張紫微帖云：「孫公尚書四朝文傑，張公紫微當代才子……張帥長沙，某移書求貢院字，筆畫雄健，用於湖泉二州，觀者壯之……明年二公皆在鬼録……乾道六年三月庚午書於泉南郡齋。」按孫覿卒於乾道五年(公元一一六九年)。據跋末年月及明年

「皆在鬼録」一語，孝祥亦應卒於乾道五年。王十朋梅溪集爲其子聞禮所編印，詩按寫作年代爲序，其後集卷十七起戊子八月二日得泉州（戊子爲乾道四年，即公元一一六八年）終於次年五月晦日。卷十八起自六月，有悼張舍人安國五律一首，次於九、十月的作品間，據此孝祥可能卒於七、八月而消息此時才傳到泉州。

（四）孝祥妹法善，適韓元吉兄元龍（子雲）。元吉有安人張氏墓志銘謂法善生二十四年爲韓元龍繼室，年三十九，乾道八年九月二十四日歿。法善「既嫁而奉太夫人謹甚……後數年……太夫人得偏痹之疾，夫人扶掖起居……如是踰一紀。太夫人既棄諸孤，未終喪，而夫人遂哭其兄與其女弟，又重罹江州之戚，期功衰斬，殆不堪其憂，由是亦得疾病」。根據墓志所述推算：〔一〕一紀十二年，逾一紀可以十三年計，恰爲乾道五年（公元一一六九年）。參考元吉祭張舍人文「我方銜憂……公訃奄至。」韓母、孝祥及其適李瞻之妹蓋同卒於此年。〔二〕「又重罹江州之戚」，江州謂張祁，「重罹」指時間較近，則祁卒非乾道五年即六年。墓志中所述法善催韓元龍「爲其子婚而嫁其長女」當爲乾道六、七兩年中事，至八年而法善卒。

與以上推斷孝祥卒年有抵觸者，尚有數事宜加説明：首先是永樂大典卷一四〇四六祭字韻載洪文安公小隱集祭張安國舍人文云：「維乾道六年，歲次庚寅，七月丁未朔，十七日癸亥，具官某謹以清酌庶羞之奠致祭于故經略徽學直院舍人張公之靈」。這不正與譜傳「庚寅冬，疾復作，遂卒」年相符合嗎？看來這可能是周年祭，日期也不一定就在去年病卒之日（張栻有兩篇祭安國舍人文，一是率官就長沙城北的祓禊亭爲位以祭，一是「遣致一奠」。）韓元吉祭張舍人文是在孝祥葬後才「寓斗酒而往酹」的。洪遵祭文篇末云：「姑致生芻之奠」。陸士良撰譜傳時已在孝祥卒後二十五年，改傳者提及孝伯「賢相」，就更遲十年，是否即誤據家藏此祭文撰寫或修改的呢？當然這種推測是無據的。

其次是王質于湖集序所稱己丑在荆州會晤一點尚有疑問。雪山集卷十四又有余過荆州張安國已請祠先行七律一首，詩裏說：「元戎十乘公先啓，野渡孤舟我自横。」又説：「儻能黄鶴樓頭見，安得春江尾柁行」。這明明説未及在荆州晤面。據同集卷五西征叢紀序自述，這年他循水路東下只一次，「自利至興國」，「日計自正月之二十至四月之十」，孝祥請祠獲准在三月間，四月初便已到達黄州，在時間上與詩題所謂「已請祠先行」正相符合。看來他們没有晤面是事實，寫序的時候爲着行文方便，姑説曾面談文章而已。

(二)卒後有關事跡

乾道七年辛卯——公元一一七一年　孝祥卒後二年

建安劉温父爲編詞集，湯衡、陳應行先後撰序。

乾道八年壬辰——公元一一七二年　孝祥卒後三年

歷陽守胡元功爲編詩集附詞，韓元吉于四月庚申爲撰序（南澗甲乙稿卷十四）。

淳熙元年甲午——公元一一七四年　孝祥卒後五年

從弟孝忠爲編印文集於大冶。

淳熙十六年己酉——公元一一八九年　孝祥卒後二十年

長子同之四十三歲，知滁州。（據埋銘以太上（按指光宗）登極恩遷通直郎，遷司農寺丞，擢知滁州」。清修滁州志職官志表列「宋刺史……張同之淳熙十六年以奉議郎知」，而名宦則稱「淳熙十九年秋九月以奉議郎知州事」。按淳熙無十九年，當從前者。陸游送張野夫寺丞牧滁州詩，有「金印斗大誰作州，公子玉面蒼髯虬；賦詩健筆挾風雨，論兵辯舌森戈矛」等句。

光宗（趙惇）紹熙元年庚戌——公元一一九〇年　孝祥卒後二十一年

子太平例授登仕郎（譜傳）。董道輔於中秋後三日拜墓作詩。

紹熙五年甲寅——公元一一九四年　孝祥卒後二十五年

陸世良爲孝祥撰譜傳。

寧宗（趙擴）慶元元年乙卯——公元一一九五年，孝祥卒後二十六年蔡勘帥豫章。同之亦於此年七月除直祕閣，移江南西路轉運判官，但明年三月即以疾卒。故蔡雖屢勸同之刊于湖文集而竟不果。

嘉泰元年辛酉——公元一二〇一年　孝祥卒後三十二年。

從弟孝伯再爲編于湖居士文集四十卷於南昌，清四庫著録即此本。商務印書館收入四部叢刊，據説明係「涵芬樓借慈谿李氏藏宋刊本景印」，（一九八〇年六月上海古籍出版社曾據此排印單行本）。

至於明清兩代，蕪湖地方紀念孝祥者有以下數事：

（一）明嘉靖二十二年癸卯（公元一五四三年）

榷使許用中重修蕪湖狀元祠。按祠在今蕪湖市狀元坊巷内。門首曩有「狀元第」及「張氏總祠」題額。

（二）清乾隆五十五年庚戌（公元一七九〇年）

蕪湖知縣陳聖修因邑人黄鉞（左田）之請，重立于湖祠於來佛亭傍，並題歸去來堂額。今皆無存。

（三）道光八年戊子（公元一八二八年）

五月十八日，觀察謝崧（駿生）移祀孝祥於赭山之滴翠軒。軒在今蕪湖市赭山南麗廣濟寺西，傳爲黄山谷讀書處。舊名檜軒。

（四）道光十二年壬辰（公元一八三二年）蕪湖趙竹軒重修滴翠軒，謝崧録戊子舊作移祀張于湖於檜軒詩以代記。按軒曾幾度重建。此詩石刻仍存壁間，至「文革」中始被毁。

（三）张氏世系表及说明

年譜附錄

- 籍（始遷和州，妻胡氏）—闇……延慶—補—幾（妻馮氏）
  - 邵（始遷四明，妻李氏）
    - 孝覽（妻沈氏）
    - 孝曾
    - 孝忠
  - □（孝祥二伯父，行二十九）
    - 女（適嚴陵朱氏）
  - □（孝祥三伯父）
  - 祁（始遷蕪湖，妻孫氏、時氏〔孝祥生母〕、李氏〔父文淵〕）
    - 孝祥（妻李氏，同之生母；正室時氏，後娶早卒；再娶未詳）
      - 同之（妻韓氏、章氏）
        - 億
        - 俁（夭）
        - 俌
        - 女（適董鑑）
      - 太平（徙宣城）—永通
      - 女
    - 孝章（疑早卒）
    - 孝直
    - 女法善（李氏出，適韓元龍爲繼室）
    - 女六二（早卒）
    - 女（適李瞻）
  - 邴（莆田丞）—孝嚴
  - 郯（寓家蕭山，妻余氏〔父芾〕）
    - 孝伯（妻汪氏）
    - 孝仲
    - 孝叔（早卒）
    - 孝季（早卒）
    - 孝穉
    - 季聞
    - 女（適高得中）
    - 女（適王孝友）
    - 女（其二早卒）
    - 〔孝伯、季聞之子〕守之、宜之、約之、及之、即之、能之

（一）張籍、閶

籍，唐書無傳，事跡附載韓愈傳中。元辛文房唐才子傳卷五：「籍字文昌，和州烏江人也。」

按韓愈張中丞傳後序前稱吴郡張籍而後謂籍大歷中於和州烏江縣見于嵩。蓋原爲吴籍而遷居和州，其遺跡在和者方志等多有記載。籍有弟蕭遠，元和間進士，見計敏夫唐詩紀事卷四十一及張爲主客圖。籍亦有送弟蕭遠及弟蕭遠雪夜同宿詩。疑未同時遷和州。

妻胡氏，貝州宗城縣胡珣女（據韓愈撰胡公墓神道碑）。子閶，見和州志張籍傳。

（二）延慶、補、幾

閶與延慶不可能是父子關係。張籍生卒待考，惟知其以唐德宗貞元十五年（七九九）登進士，而孝祥登第則在宋高宗紹興二十四年（一一五四），前後相距三百五十餘年之久。勢不可能如譜傳所云爲其七世孫，中間必有多世失考。

陸游渭南集卷三十七張鄉墓志云：「曾大父諱延慶，大父諱補……父諱幾。」于湖集卷三十七有代父回張推官書言「自先祖始易農爲儒」先祖謂補。又卷三十有代諸父祭伯父文云：「擢第以歸，謂當榮親；陟岵告凶，銜哀茹辛」。邵登宣和三年進士，知幾卒于宣和間，幾妻馮氏（于湖集卷三十五與嚴守朱新仲書稱「大母馮夫人」，其他稱「王母馮夫人」尚有數處）。據祭文後就養於浙，至邵使金歸國後始卒。

(三)張邵、孝覽、孝曾、孝忠

邵(公元一〇九六——一一五六年)字才彦，安國大伯父。高宗建炎三年(公元一一二九年)使金，被拘留幽燕凡十五年。歸國後又因忤秦檜乃居四明，杜門絶交，佯狂不出，檜死始起知池州。宋史及和州等志俱有傳。妻李氏(據齊東野語卷十三張才彦條)。

孝覽，于湖集卷二十八六二弟定沈氏書(代父作)有「某姪孝覽，秉性寒苦，頗讀父書」等語。曾通判平江府(江浦埤乘卷二十三張邵傳)。

孝曾，淳熙中知鄂州，後亦以出使歿於金。著有富水志十卷。

孝忠字王臣，書録解題誤作正臣，(于湖集卷二十八有題所贈王臣弟字軸後。王質雪山集卷五于湖集序：「歲癸巳，公之弟王臣官大冶」)。著有野逸堂詞一卷，今佚。全宋詞輯存八首。據江浦埤乘張邵傳：「孝忠登隆興元年第，官至直寶謨閣知金州事兼制司參議」。

(四)孝祥二、三伯父

名字俱未詳。于湖集卷三十五與嚴守朱新仲書云：「某伯父凡三人，長尚書(指邵)，次嘗得官矣。建炎俶擾，尚書奉大母馮夫人渡江，諸弟悉從。次伯父既娶，獨顧松楸不忍去以死。惟餘一女，于某姊也。馮夫人以其無父母，愛異他孫。嫁嚴陵朱氏，有子曰俊乂。馮夫人屬纊時謂尚書曰：吾憐二十九無孫，汝異時能官其外孫，吾不恨矣！二十九蓋次伯父行也」。

(五)張祁及其妻

祁字晉彥，晚號總得翁（或稱總得居士、總得老人）。負氣尚義，爲趙鼎、張浚等所器重。生平出處，已舉要繫於本譜。祁工詩文，有文集若干卷，今佚。

妻孫氏，葬四明西山；時氏，生孝祥後旋歿（于湖集卷十五贈時起之云：「某於時氏既外諸孫，又娶仲舅之女」。卷二十五設九幽醮薦所生母有：「終身之恨，弗逮於慈容」語）。李氏，右朝請大夫李文淵次女（據韓元吉撰李公墓碑）。檢孝祥文集中對三人稱謂分别爲皇妣、所生母及母或母氏。又據張同之墓志，孫氏、李氏恭人，獨時氏碩人，孝祥妻時氏亦碩人。按宋自政和改定母妻封贈爲：夫人、淑人、碩人、令人、恭人……八等，兩時氏皆碩人，當以孝祥官階較高關係。紹興二十九年，孝祥曾以乞封繼母恭人爲汪徹所劾（詳建炎以來繫年要録卷一八一）。

（六）孝祥妻、弟、妹等

譜傳：「公甫數歲，豫章王德機一見而奇之，遂許以女焉。」又宋史喻樗傳略謂有女擇壻，及見張孝祥曰，佳婿也，遂妻之。皆記載失實。孝祥妻明白見於文集者惟時氏。據亡妻時氏宿告文及葬有「將殯竇林之佛寺」及「吾王母馮夫人，皇妣孫夫人實葬四明，吾父母之命將以汝從之。吾官於朝，未能持汝喪以往也，是以卜葬於此……使汝依佛以居，吾又時節視汝惟謹」等語。似在高宗紹興二十九年（一一五九年）以前歿於臨安（孝宗隆興二年入對除中書舍人，至赴建康留守任在臨安時間很短）。

一九七一年三月二十九日江蘇江浦縣東方紅公社朝陽大隊在黄悦嶺發現南宋張同之夫婦墓（詳見文物一九七三年四期五十九頁），其中宋故運判直閣寺丞張公埋銘云：「公諱同之，字野夫，世爲和州烏江人，蓋唐司業籍之後。曾祖幾……妣馮氏……祖祁……妣孫氏、李氏恭人，時氏碩人。父孝祥……妣時氏碩人。公以顯學致仕恩授承務郎（歷官略）遷朝奉郎，復遷一官。言於朝，願回授本生母李氏，朝廷許之」。

據碑，同之以「慶元元年七月，除直祕閣，江南西路轉運判官，明年（寧宗慶元二年丙辰，即公元一一九六年）遇疾卒於官舍，享年五十。」則其生當在高宗紹興十七年丁卯（一一四七年）。時孝祥十六歲，史傳稱其「領鄉書」。意在此年左右與李氏同居而生同之。孝祥自稱「余年十八時居建康，從鄉先生蔡君清宇爲學」（于湖集卷二十九汪文舉墓志銘），李氏可能隨在建康。其娶時氏爲正室當在紹興二十四年（一一五四年）廷試第一以後，尤其在秦檜死，張祁於十一月被釋的次年，即紹興二十六年（一一五六年）。景宋本于湖先生長短句拾遺有念奴嬌一首，玩索詞意，似爲此年重陽前一日，送李氏沿長江西上而作。據「船過采石江邊，望夫山下」及「桐鄉君子」等句，疑自建康出發，遡江至桐城。可能爲李氏母家所在，該縣有浮山，和州志人物志隱逸載：「宋張同之字野夫，孝祥諸子行，爲宋部使者，嘗乘傳至浮山，遊而樂之，闢一巖，遂棄官辭家隱於其中……桐城龔惟慕題爲張公巖」出土墓碑明言卒于官舍，志書所載失實。殆由於同之幼年或省親，嘗遊浮山，好事者遂加以傅會。孝祥此詞中有：「不如江月，照伊清夜同去」，「雖富貴，忍棄平生荆布，默想音容，遥憐兒女」諸語。至時氏殁後，孝祥何時娶繼室及太平本生母姓氏俱未詳。

孝章疑早卒。文集卷六有過昭亭哭二弟墓詩，似紹興三十二年（一一六二年）在宣城作。

孝直字平國（？）于湖集卷二十五載代總得居士保安第三弟設醮青詞（有「第三男臣孝直尠於福植，幼也多艱」等語），卷二十六有總得居士命作平國弟度僧疏，卷三十二有平國弟生日詞二首（鷓鴣天、鵲橋仙），又同卷有虞美人代季弟壽老人，卷三十四有西江月代五三弟爲老母壽，似皆在長沙時代孝直作。

法善（公元一一三四——一一七二年），李氏出。二十四歲時，以兄孝祥與韓元吉議歸元吉兄元龍（子雲）爲繼室。乾道八年九月二十四日殁，年三十九。葬於宣城鳳凰山（詳韓元吉南澗甲乙稿卷二十二安人張氏墓志銘）。

又一女適歷陽李良弼（巖老）長子瞻，時間在孝祥守撫州以前。瞻嘗爲滁州來安縣尉。詳南澗甲乙稿卷二十一承事郎致仕李君（巖老）墓志銘。

（七）同之、太平等及其後裔

于湖集謝堯仁序有：「先生之子同之」一語，和州志又云：「宋張同之野夫，孝祥諸子行」。在于湖集中也只送仲子弟用同之韻五律一首。自一九七一年同之夫婦墓碑在江浦縣黄悦嶺出土，始明確同之與孝祥的關係。宋故運判直閣寺丞張公埋銘據稱係由其子億等執筆（沈作乂墳諱），略云：「公諱同之，字野夫，世爲和州烏江人……父孝祥，顯謨閣直學士……妣時氏碩人。公以顯學致仕恩授承務郎。（以下歷官略）遷朝奉郎，復遷一官。言於朝願回授本生母李氏……慶元元年七月除直祕閣，移江南西路轉運判官，明年，遇疾卒于官舍，享年五十，時三月二十二日也。娶韓氏，朝奉郎晝之女，先公十八年卒。繼章氏，今中散大夫冲之女，子男三人：億，將仕郎；俁，先公數月而夭；偁，將以公致仕恩任之。女一人適修職郎寧國府南陵縣尉董鑑。明年諸孤卜地……黄葉嶺之陽，以三月丙申奉公以葬」。

宋故夫人章氏祔葬埋銘亦爲億所撰，載明：一、夫人是張同之妻。二、高祖建是浦城丞相申公（按即章惇）……父冲，提舉建寧府武夷山冲佑觀。三、妣葉氏，左丞石林先生（按即葉夢得）之女。四、夫人生於外氏，冲亦築居弁山，故爲吴興人。五、慶元乙卯春同之卒，後五年二月乙酉，夫人以疾終於于湖里第，春秋四十有七（按慶元元年乙卯七月，同之移江南西路轉運判官，明年三月卒。應從本人埋銘卒于二年丙辰。蓋其時億雖年輕，而章氏尚在，不應有誤。但計算「後五年」仍應自乙卯起，即嘉泰元年辛酉，因知章氏生於紹興二十五年乙亥。所謂「于湖里第」，當即孝祥舊居）。六、年二十三而來歸。據推算應爲淳熙四年丁酉（一一七七年）。同之前妻韓氏亦即卒于此年，兩碑中所謂「先公十八年卒」及「後五年」均作中隔十八年及五年解，否則稱章氏爲「繼室」不可通。七、章氏以既卒次年三月壬申祔葬於張同之墓，其時子億偁皆將仕郎，董鑑義烏縣丞。

又譜傳云：「子太平，公易簀時方髫年，從諸父徙宣城……孫永通」。太平未知所出（疑即在長沙作鷓鴣天爲老母壽時所謂「同犬子，祝龜齡」者）。沈端節挽詩有：「但餘息女類文姬」句，按文集卷九有吴伯承生孫分韻得啼定字詩三首，據第一首詩意吴得孫在乾道四年仲春。次首有「我女才三歲」句，則此年爲四歲。

（八）張祁、孝嚴

宋名臣言行録續集卷五載張邵於建炎三年（一一二九年）九月使金，「二弟祁、郯皆補官，仍差祁明州觀察推官，奉母以居」。

于湖集卷三十五有與明守趙敷文書云：「王母馮夫人殁葬西山，皇妣孫夫人以婦從姑，而世父待制公（邵）季父莆田丞公以子從母，皆葬其下，故家視四明猶鄉里」。此季父應即郯而非鄰，因鄰殁於孝祥後。又陸游張鄰墓志云：「初，待制公治命以遺恩官諸姪。兄祕閣公祁辭不取，以予公之子，初不告也。公聞亦固辭而乞官孤姪孝嚴」。按于湖集同卷又有與嚴守朱新仲書云：「某伯父凡三人，次嘗得官矣」。未提三伯父曾否得官，且似無後。而此季父則稱莆田丞，故孝嚴當爲郯之子。

（九）張鄰、孝伯，即之等

表中所列關於張鄰一支世系主要據陸游渭南集卷三十七朝議大夫張公墓志銘。孝伯字伯子宋史無傳。惟宰輔表載其以寧宗嘉泰三年（一二〇三年）自華文閣學士知鎮江府，召除同知樞密院事，次年四月兼參知政事，八月罷。寧宗紀同。又嘉泰元年（一二〇一年）孝伯爲于湖文集作序，時知隆興府充江南西路安撫使。

孝仲字仲子，嘉泰三年十二月以安撫司幹辦除成州，見劉時舉續宋編年資治通鑑。

即之字温夫，號樗寮，孝伯子。傳見宋史文苑七，謂「以能書聞天下，金人尤寶其翰墨」。

按即之幼學伯父孝祥書，世稱能傳其家學。

一九八〇年十二月重寫九一年六月修訂

於蕪湖赭山安徽師大

（四）讀蕪南行春張氏信譜札記

一年以前，偶因閲稿得知蕪南行春張氏信譜也載有陸世良所撰張孝祥傳。陸傳見于湖居士文集附録，題作宣城張氏信譜傳。我在三十年前已寫文論證其曾經纂譜者修改。現此稿引用與宣城譜傳文字有出入，似蕪南修譜者又有所改動。其時我正箋校乾道本于湖長短句，擬與舊撰張孝祥年譜合刊。渴望參考這一資料，把年譜修訂得更爲正確翔實。

經多方求助，終於在一九九一年八月二十五日承胡仲英、徐大本兩同志冒暑過訪並假得蕪南行春張氏信譜第三，四兩册見示。「蕪南」，謂蕪湖南鄉，「行春」係圩名。這是歷陽張氏家族的張鄖，於宋南渡時遷居宣城北鄉，後來其四世孫永高遷蕪湖白馬山，傳至十世桂馨已是元末，又改遷行春圩定居。子孫蕃衍，這就是他們的支譜。我原以爲或可能從中得知孝祥嫡後太平、永通以及同之的兒子億脩等下落，至此始知一無所獲。但陸傳有個別字句不同，可作校勘之用；尤其對張祁、張鄖、孝才等叙述較詳，亦可補他書所不及。特摘要札記備參考。

（一）

此譜第三册包括卷二十九至三十一，二十九全爲列傳。第四册卷三十二爲撰述紀及修譜後跋七篇等。綜合各傳記載，知道位遷宣一世祖張鄖：「字(國)〔邦〕彦，初號龍山主人，南渡更號北叟誌不忘故也。東漢南陽張堪之後，唐司業張籍六世孫（按此沿陸撰孝祥傳之誤）。」「痛父早逝，有弟邵祁二人，邵方弱冠，祁僅髫年，公擇師友教之。既而不吝千里(資)〔恣〕所從遊並以文章節義聞於世。」「十年庚申，金大舉寇屠宿州城，兵次昭關（按宋史高宗紀，金屠宿州在紹興十年八月，宋金爭昭關是十一年春事。宿州遠在淮北，昭關屬含山，始與和州相近。此傳混爲一談，誤），州民奔走。處士時年已七十，同季弟祁舉家渡江，抵蕪湖。同日而濟者七十餘人，流寓宋南諸州。處士念祖宗故土不忍遠去，卜宅蕪之昇僊橋西。」「紹興末年，金主敗盟，蹂踐江淮……蕪湖、采石尤爲要衝……處士始絶故土之念而欲遠舉……謂其弟曰：擇里而不能遠害可乎？時渡江親友多聚宣城，因託友生羅仲良置別業於宣北，受什一於陶黄邨……宣北之有張氏蓋自處士始也……宋咸淳六年庚午……邑人……貢士濬撰。」

自張鄖以下凡十傳至桂馨，自蕪湖白馬山又遷行春圩，是爲此支之始祖。兹將其間十代系列於下：

一世張鄖，字邦彦。二世孝才，字經國。以張浚薦爲平江學正。三世太安，字静之。嘉定間授興元府判。四世永高，字天哲，静之子。遷蕪南白馬山，將舊有別墅葺而新之，自號天城釣叟。五世用，永高兄次子。六世承胤。七世慶來，字德夫。「曾祖永高知邵武軍，祖用録雷州事，父承胤，舉鄉貢。」「文天祥起兵……合衆往應之……參贊軍務兼崖州司户……幼帝墜水而宋亡，公亦與太后同日溺水，妻王氏亦自殺。」八世祜，字應善，元監察御史。九世英，字本儁。登元賢良方正科，亦擢御史。十世桂馨，字天香，號月窟。「以『惺惺』署其齋，學者尊之，皆以『惺惺翁』稱焉。」「棄白馬山改遷行春圩。」

有關修譜後記凡八篇，其最後一篇爲清嘉慶十八年癸酉桂月張珂所撰重修宗譜跋。略謂：「我支宗譜元至正年間始創於宣北博士禮公……至乾隆戊辰六有公詳加考訂，梓以傳宗，家置一册。」（按此次重修印數爲六十部）同年又有光裕跋次於此篇前，自稱「議修譜諜，以總局委裕。」跋説：「我族當宋末自和遷蕪遷宣，斷以鄖公爲一世祖。迄我桂馨公由白馬山遷居行春圩已十世矣。故以遷宣言則鄖公爲三支一世祖，而以遷行春言則桂馨公爲本支一世祖，此删書斷自唐虞之義也。」其他各篇叙事與傳有出入或可互相補充者，摘備參考：

①重修家譜後跋：「吾族居(河)〔和〕州烏江縣之鷄籠山……宋高宗建炎二年金寇猖狂，始渡江而南（按據張鄖傳此年「金兀朮寇烏江，流言欲取邵家屬以還……會統制岳飛欽依恤

命，衛入蕪江。及還，兵燹之餘，廬空煨燼。」下述偕祁及七十餘人渡江爲紹興十年事。）「其時七十餘人，大約蕪宣爲多。如我祖邦彦公偕弟才彦公寓蕪城昇僊橋西。既徙宣北陶黄邨。四傳至天哲公復歸於蕪，徙居白馬山之麓，與天城湖濱。復因湖水泛濫，元末兵（變）〔燹〕，月窟公甫遷行春，計傳六世矣。」（明正德五年辛未三月總修嗣孫漠……同修嗣孫雲）

②重修家譜後跋：「夏按本族家譜，定遠祖於東漢漁陽公君游、唐司業文昌及宋邦彦、晉彦、才彦三公。遞元應善、本儁二公，而宣北福五公始有三支總譜之撰。迄明而月窟公斷緒益廣，延蔓更多。五世而時昭公始取元至正譜以作其本，採明初父老文獻以覈其實，而乃有明正德續譜之成。」（嘉靖三十七年戊午春二月十五世總修元孫大夏）

綜觀以上資料，這是一部以元末明初張桂馨爲一世祖的支譜。重修於清嘉慶十八年（一八一三）。

（二）

宋顯謨閣直學士張于湖先生傳次於張郞、張邵、張祁傳後，並附張南軒先生湘中驛畫像贊。其後注云：「三宗總譜亦援以校定。」我理解此注是説：郞、邵、祁三宗總譜爲宣城福五公所修，已俱載郞等四公傳（似誤將張南軒寫的于湖贊也算一公的傳），故正德本支老譜亦據此收入。因而我們知道此譜的陸世良撰于湖傳是依據宣城三宗總譜原文而非録自嘉泰本于湖文集附録。按該集所附宣城張氏信譜傳云：「有于湖集四十卷」而「蕪南行春譜」作「有于湖集行於世」。看來「行於世」是陸傳原文而「四十卷」則文集採作附録時所改。「蕪譜傳」與「集譜傳」僅若干字句不同，我前懷疑其又有改動是由於文稿撰者寫作態度欠嚴肅所致，他不僅在引號内寫入自己的文字，甚至有想像之辭而未注明依據者。現比較兩本異同，「蕪譜傳」有一條明顯勝於「集譜傳」。

集譜傳：領太平州事王侯秬更爲建狀元第，慶雲接，日者見之，謂將不利於金人，至是果符其言。（上海古籍校點排印本未出校，只標點如上）

蕪譜傳：領太平〔府〕〔州〕事王侯〔耜〕〔秬〕更爲建狀元第、慶雲樓，〔目〕〔日〕者見之，〔爲〕〔謂〕將不利於舍人，至是果符其言。（出校及標點爲筆者所加）

前者「慶雲接」意義不明；後者誤字較多，但「接」作「樓」、「金人」作「舍人」皆確切不移。樓名遥與篇首「人咸謂慶雲爲公之先兆」句相應。「舍人」則緊接上文「及魏公罷判福州，宣諭劾公爲黨落職」而來。「不利」指孝祥落職（以曾任職官的簡稱指代本人）。否則爲私人建第作樓，如何能「不利」於敵國？雖可認爲日者之言本多妄誕，其如作「金人」則此段文字費解何！

其他有出入字句校録於次：

①集譜傳「唐司業張籍七世孫」（蕪譜傳無張籍二字）。以下括號内外從上例。②「邵之從子」（「子」下有「也」字）③「復自裁擇」（「擇」作「抑」）④「穿岸騰空」（「岸」

作「崖」）⑤「風雷夐異」（「夐」作「變」）⑥「當亟復其爵」（「亟」誤作「思」）⑦「俾忠魂瞑目於九原」（「暝」作「瞑」是，「原」作「淵」）⑧「秦相益忌之」（「相」作「檜」）⑨「並緣父致……而成罪」（「父」作「文」是，「成」下脱「罪」字）⑩「……亦如安石」（「如」下有「王」字）⑪「靡克寧響」（「響」作「饗」是）⑫「尺意可見」（「尺」作「天」是）⑬「往往凌佛」（「佛」作「拂」）⑭「臨川詰卒」（「詰」作「黠」）⑮「請先殺太守」（「請」作「宜」）⑯「乞博採度外之士」（「度」誤「庭」）⑰「湯思退言」（「言」作「言之」）⑱「宣諭勠公……」（「勠」誤作「刻」）⑲「知静江府」（「静」作「靖」）⑳「有婦不宜於夫」（「於」作「其」）㉑「因詢士人」（「士」作「土」）㉒「尋復待制」（「待」誤「侍」）㉓「築寸金隄」（「隄」誤「提」）㉔「乾道五年己丑」（無「五年」二字）㉕「遂力清祠侍親」（作「力請辭侍親」，「清」顯爲「請」之誤，「請祠」與「請辭」含義有别）㉖「荆南士民」（「南」作「州」）㉗「仍給小像」（「給」作「繪」是）㉘「令邵宏淵擁兵還鎮」（無「令」字，按「令」或「會」之訛）㉙「與淵有識公作書以逆之」（「識」作「舊」，無「公」字，「逆」作「迎」）㉚「衆得餉……指日誇艷」（「衆」誤作「象」，「日」應作「目」，兩本皆誤）㉛「公性剛正不阿」（無「性」字）㉜「見忘於檜」（「忘」作「忌」，是）㉝「旅進旅退」（誤作「旃進」）㉞「得召行道」（「召」作「君」）㉟「孝才、孝章以文學著」（「學」作「章」）㊱「始得蒙例遥授」（「遥」作「遷」）㊲「孫永通今授□□即

委予以傳」（□□即作登仕郎）㊳「蕪湖介清堂」（「湖」下有「之」字）

（三）

宋直祕閣淮南轉〔運〕判官張公傳，這是一篇較詳且有撰者的張祁傳，全文録後：

公諱祁，字晉彦，和州烏江縣人。少負義氣，工詩文，清麗和雅，有劉白風格。所交盡一時名士，故相趙公鼎、張公浚及胡公寅皆器遇之。建炎初年，兄邵使虜，忠義不屈，與洪皓齊名。因推恩於公，得補承事郎。紹興十年，同伯兄鄖避兵渡江，依蕪湖令宋好古寓居蕪之昇仙橋西，久之。宅後有池，公遍蒔荷芰，旁植花柳，結茅觴咏其間，初不計其爲流寓所也。二十四年，子孝祥舉進士第一。初，考官已定秦塤冠多士而孝祥次之。高宗親擇，抑塤而擢孝祥。秦檜心已不平。既而知孝祥乃公之子，公與胡寅最厚，秦檜素憾寅，且唱第後曹（咏）〔泳〕揖孝祥於殿廷，以請婚爲言，孝祥不答，憾之。因與秦構諷言誣公等有異謀，羅織成獄，併胡公寅、張公浚等五十餘人，逮繫廷尉，禁錮嚴苛。親舊畏禍及己，莫敢與通，求爲橐饘費者不可得。建寧崇安翁蒙之素與公厚，罄家資得白金百兩貽之。後公父子顯達，以此德翁君，終其身不能忘，其人兩賢之。適秦檜死，帝郊祀之二日魏良臣密奏散獄釋罪，遂獲免。進勅承議郎屢官直祕閣，淮南轉運判官，諜知虜亮謀叛盟，屢以聞於朝，宜峙粟兩淮，閱兵諸鎮，以備不虞。言者以爲張皇生事論罷之。時紹興庚辰，明年虜果大入寇，人咸服其機識。復召，公以子祥仕寖顯，不復干進。歸蕪湖，始築第宅，扁其堂曰歸去來堂，有詩以紀之。歲時出遊郊外，老稺揖拜於道，公咸携之行。暇日徧遊鄰邑山川勝處，多見之題詠。江氏别墅鄰公宅右，即詩爲券，舉以讓焉。公亦以詩酬之，有「我已閉門爲獨樂，君能讓畔喜雙清」之句。公爲人脱磊謙恕無他腸，居官廉静有守。晚嗜禪學，遂於宅右築室以祀浮屠，俾老尼司香於内，自號總得翁。嘗與虚中子王日休過宣城羅氏與輿菴，同修淨土，見其鄉之山水佳麗，且偏在一隅，遂營别業於彼。其後子孫遷宣，皆公貽謀之宿志云。冢嗣孝祥，官學士，先公卒。公感成疾，越歲亦以壽終。仲子孝章，蔭補迪功郎，兹授簡委余以傳，余姻末不敢固辭，因叙其履歷以爲之傳。宋淳熙十三年丙午衛經榜進士寓蕪湖豫章王秬拜撰。

卷三十二撰述紀「宋祕閣公祁詩稿」三首：

歸去來堂

蕪湖還似鑑湖春，我亦歸來賀季真。作賦叨陪招隱士，耦耕長俟問（經）〔津〕人。襟懷處處樽前好，花柳番番雨後新。誰道只憑詩遣興，却因雕琢費精神。

酬江氏

不應無酒飲公樂，且與園花作證明。我已閉門爲獨樂，君能讓畔作雙清。莫教佛法無多子，却怕詩人太瘦生。好是柳條饒意態，故垂濃緑着嚶嚶。

渡湘江詩

春過瀟湘渡，真觀八景圖。雲藏岳麓寺，江入洞庭湖。晴日花争發，豐年酒易沽。長沙千萬户，遊女似京都。（按：長沙句「千」應作「十」）

此傳肯定祁淮南轉運判官「時紹興庚辰」（一一六〇），並説：「諜知虜亮謀叛盟，屢以聞於朝，宜峙粟兩淮，閲兵諸鎮以備不虞。」因知其他志書作「且峙粟閲兵爲備甚密」，「且」字係「宜」字之誤。祁只能建議朝廷「宜」如何爲備，無權自行「峙粟閲兵」也。又志書或稱：「有江氏者築別墅與祁鄰，祁即詩爲券，舉以讓焉。」若祁將所置園或隙地即詩爲券讓給鄰家。讀此傳及詩，乃知是江氏將別墅即詩爲券相贈，祁亦以詩酬之。至於渡江寓居蕪湖時間，陸撰孝祥傳但云：「紹興初年，金人寇和州。」曩作孝祥年譜，參考史實，金人在紹興十一年正月乙卯犯壽春，進陷廬州。二月，兀朮自廬趨和。故定孝祥隨父渡江在此年（一一四一）正月。祁傳謂爲「紹興十年」，仍是張鄖傳的説法。該傳把「屠宿州城，兵次昭關」，兩次時空不同的戰役扯到一起，前面已指出其誤。當時宋金交戰互有勝負，戰場尚遠在淮北，謂沿江北岸居民便聞風逃避，未免過早。他若老學庵筆記謂：祁急於進取，方孝祥在西掖時，祁猶未老，每見湯思退自薦，思退戲之曰：「太師尚書令，是公合作的官職……」蓋輔臣贈父官也……祁終身以爲憾。而此傳則稱「公以子孝祥寖顯，不復干進，歸蕪湖。」看來是撰傳者曲筆。尤其紹興三十二年（一一六二）祁又起知江州，傳謂止於運判，實大疏漏。

（四）

家譜，作爲參考資料來使用，既可信亦不可盡信。一般是與纂修時間較近的多确切，上溯愈遠愈不可靠。因爲修譜者也是參考文獻而來，倘條件不比今天優越，又限於其人文化水平，則所知未必超過後人。即如此譜將張鄎、張邵、張祁説成三弟兄，事實上張鄎和邵、祁最親也是同祖父的弟兄（就名字右邊都從「阝」看，很可能是張補之孫，其父與張幾爲兄弟）。却把張邴、張郯、張孝伯、張即之等都丢掉，可見其連陸游渭南集（有張郯墓志）、宋名臣言行録續集（有關於邵使金，邴祁補官奉母居四明的記載）、宋史（邵、孝祥、即之各有傳，孝伯見宰輔表）等甚至四十卷本的于湖文集都未寓目或細讀，更不談其它了。譜中諸傳時見「學士公」（指孝祥）「從兄」、「從姪」、「五世從孫」等句，而孝祥子孫太平、永通的後嗣，從無一語提及。耐人尋味的是：張鄎傳裏説，「乾道七年，值弟姪大故（按指乾道五年孝祥卒，越歲張祁亦卒），會歷陽有新城之役，然土著之民逃竄十九，諸路安撫使〔秦〕〔奏〕請劄行諸州，凡各州内流民，悉令復業。宦家名著者嚴移勾致。於是絜家復謀徙宣城，隨〔巳〕〔已〕占籍，子孫遂世其家。」（傳稱鄎庚申渡江年七十，則爲祁處理後事時已逾百歲）張祁傳又説：「嘗與虚中子王日休過宣城羅氏……見其鄉之山水佳麗……遂營別業於彼，其後子孫遷宣，皆公貽謀之宿志。」前者説：張鄎爲他們能隨已占籍，後者説是張祁預定的計謀。二者無大抵觸，主要用意，似在暗示祁、孝祥之後融合於遷宣一支之中。因而理解所謂「三宗總譜」與蕪湖張宅曾有氏總祠」之稱，提法是一致的。

有些問題還疑莫能明。如：王秬所撰張祁傳説：「仲子孝章蔭補迪功郎，兹授簡委余以傳，余姻末不敢固辭。」而陸撰孝祥傳云：「孝才、孝章以文章著，公之諸兄弟也。」今知孝才爲鄖子，孝章疑爲邵子孝忠（字王臣）之誤。又孝章疑早卒，孝祥代其弟撰詞壽父母，所有稱季弟、五三弟、平國弟疑均指孝直（很難以「平章」爲一詞語遽斷定「平國」爲孝章之字）。至於祁傳撰者署名王耜，陸撰孝祥傳稱嘗爲建狀元第及慶雲樓之王秬，蕪譜亦誤「秬」爲「耜」。近人撰稿可能見祁傳有「余姻末」一語，竟謂「孝祥岳父王耜字德機……爲孝祥在蕪湖建狀元第、慶雲樓」。按孝祥有太平州學記云：「甲申秋直祕閣王侯秬來領太守事」，甲申爲隆興二年（一一六四），是秋孝祥尚在建康留守任内，太平州當塗爲建康屬縣，他們可能以這方面關係爲建第、樓。「許以女」和「字以女」有别，把幾個姓王的隨意定名、字，派任務有何依據呢？像這些疑問都應留待續考，不宜武斷貽誤讀者。

總之，讀此支譜的較大收獲是：①得知宣城張氏信譜是以張堪爲遠祖，張鄖爲一世祖，孝才爲二世…… ②張祁遷蕪湖與張鄖同時，鄖旋又遷宣城。祁則置别業於其地，至孝祥没後其子亦徙宣。③所謂三宗總譜，實際只詳於張鄖的一支（邵建炎初即奉母偕弟祁等遷四明，祁後雖同遷蕪宣，但此譜連其季子孝直也未説明下落，太平、永通亦僅名見孝祥傳而已）。④孝祥長子同之的繼配章氏在寧宗嘉泰元年（一二〇一）卒於「蕪湖里第」，其子億俌不知去向（此譜對同之未留一點痕跡），可能三宗總譜的後裔從此接管所謂張氏總祠。⑤鄖二世孝才資料稍詳，摘録於次：「公諱孝才，字經國……淳厚篤實，博學洽聞……嘗隨白水先生、南軒先生共談理學淵源……遂爲通儒……以張魏公薦爲平江學正。董教有法，造士多方……既而乞歸……悠游山水，次享遐年，子孫至今仰其遺風。」

至於撰述紀所録孝祥詩三首、詞一首，除滿江紅、玩鞭亭及遊赭山寺（即「赭山分韻，得成、葉字」第一首，昨日一尺雪……）已見文集外，餘二首録次：

烏江史氏讀書堂

漫有五車書不讀，豈似一編勤過目。癡兒礱肆蠹魚書，巨富牙籤塵滿屋。市南水竹一畝空，平生腹笥史長公。閉户歸去得真樂，冥搜萬古窺鴻蒙。淹留歲時亦何有？策勳兹事要持久。吾家文昌讀書處，好在溪山落君手。上方治定登文儒，東觀石渠森寶書，望公起直承明廬。從來海内知名士，須讀人間未見書。（按歷陽典録載文昌讀書堂在烏江東一里，附録此詩有序云：「讀書堂在烏江，即唐文昌公讀書處，自五代至今皆世守之，渡江後爲史氏之所有」。）

甯淵觀

極目洪波渺，矗矗浪接天。江心分殿宇，敕賜號甯淵。日照山如畫，雲濃水似烟。休尋蓬島地，只此水中仙。（按甯淵觀遺跡在蕪湖）

傳序輯存

今傳張孝祥傳有三：其一爲宋紹熙五年(一一九四)陸世良撰。見影宋本于湖居士文集附録，題宣城張氏信譜傳。其二亦見同書附録，題張安國傳。其三爲宋史列傳第一百四十八，與尤袤等七人合傳。三傳詳略互異，事實亦有出入，並鈔於次。至於方志所載，多僅據史傳增損，兹概不録。

一九七一年，南京張同之夫婦墓在江蘇江浦縣黄悦嶺發現。其出土文物由南京市博物館收藏，墓志載於一九七三年四期文物。以其爲研究張孝祥重要資料而流傳不廣，特亦附鈔俾便衆覽。

于湖詞、詩、文集，除兩宋本湯衡、陳應行、謝堯仁、張孝伯先後爲撰序外，其集佚而序猶存者，如韓元吉、王質皆于湖平生交游，特亦從撰者本集鈔存於此。

(一) 宋史张孝祥傳

張孝祥字安國，歷陽烏江人。讀書一過目不忘，下筆頃刻數千言。年十六領鄉書，再舉冠里選。紹興二十四年廷試第一。時策問師友淵源，秦塤與曹冠皆力攻程氏專門之學，孝祥獨不攻。考官已定塤冠多士，孝祥次之，曹冠又次之。高宗讀塤策皆秦檜語，於是擢孝祥第一而塤第三。授承事郎簽書鎮東軍節度判官。諭宰相曰：「張孝祥詞翰俱美。」

先是，上之抑塤而擢孝祥也，秦檜已怒；既知孝祥乃祁之子，祁與胡寅厚，檜素憾寅。且唱第後曹泳揖孝祥於殿庭，以請婚爲言，孝祥不答，泳憾之。於是風言者誣祁有反謀，詔繫獄。秦檜死，上郊祀之二日，魏良臣密奏散獄釋罪，遂以孝祥爲祕書省正字。故事，殿試第一人，次舉始召，孝祥第甫一年得召由此。

初對，首言乞總攬朝綱，以盡更化之美。又言官吏忤故相意並緣文致，有司觀望鍛鍊而成罪，乞令有司即改正。又言王安石作日録，一時政事美則歸己。故相信任之專，非特安石，臣懼其作時政記亦如安石專用己意，乞取已修日歷詳審是正，黜私説，以垂無窮，從之。遷校書郎。芝生太廟，孝祥獻文曰原芝，以大本未立爲言，且言芝在仁宗、英宗之室，天意可見，乞早定大計。

遷尚書禮部員外郎，尋爲起居舍人，權中書舍人。初，孝祥登第，出湯思退之門，思退爲相，擢孝祥甚峻。而思退素不喜汪徹，孝祥與徹同爲館職，徹老成重厚，而孝祥年少氣鋭，往往凌拂之。至是徹爲御史中丞，首劾孝祥姦不在盧杞下，孝祥遂罷，提舉江州太平興國宫。於是湯思退之客稍稍被逐。尋除知撫州，年未三十，涖事精確，老於州縣者所不及。

孝宗即位，復集英殿修撰，知平江。府事繁劇，孝祥剖決，庭無滯訟。屬邑大姓並海囊橐爲姦利，孝祥捕治籍其家，得穀粟數萬。明年，吴中大饑，乞賴以濟。張浚自蜀還朝，薦孝祥，召赴行在。孝祥既素爲湯思退所知，及受浚薦，思退不悦。孝祥入對，乃陳二相當同心戮力以副陛下恢復之志。且靖康以來，惟和戰兩言遺無窮禍，要先立自治之策以應之。復言用才之路太狹，乞博采度外之士以備緩急之用。上嘉之。

除中書舍人，尋除直學士院，兼都督府參贊軍事。俄兼領建康留守。以言者改除敷文閣待制，留守如舊。會金再犯邊，孝祥陳金之勢不過欲要盟，宣諭使劾孝祥落職罷。復集英殿修撰，知靜江府，廣南西路經略安撫使，治有聲績，復以言者罷。俄起知潭州，爲政簡易，時以威濟之，湖南遂以無事。復待制，徙知荆南荆湖北路安撫使。築守金隄，自是荆州無水患，置萬盈倉以儲諸漕之運。請祠，以疾卒。孝宗惜之，有用才不盡之嘆。進顯謨閣直學士致仕，年三十八。

孝祥俊逸，文章過人，尤工翰墨。嘗親書奏劄，高宗見之曰：「必將名世。」但渡江初大議惟和戰，張浚主復仇，湯思退祖秦檜之說力主和，孝祥出入二人之門而兩持其說，議者惜之。

論曰：……張孝祥蚤負才畯，涖政揚聲，迨其兩持和戰，君子每歎息焉。

（二）文集張安國傳

孝祥字安國，歷陽烏江人。籍之七代孫，邵之從子也。讀書一過目不忘，下筆頃刻數千言。年十六領鄉書，再舉冠里選。紹興二十四年廷試第一。策問師學淵源，秦熺之子塤與曹冠皆力攻程氏專門之學，孝祥獨不攻。考官魏師遜已定塤冠多士，孝祥次之，曹冠又次之。高宗讀策皆檜熺語，於是擢孝祥第一而塤第三。御筆批云：「議論確正，詞翰爽美，宜以爲第一。」在廷百官，莫不歎羡。都人士爭録其策而求識面。授承事郎簽書鎮東軍節度判官。

先是，上之抑塤而擢孝祥也，秦檜已怒，既知孝祥乃祁之子，祁與胡寅厚，檜數憾寅。且唱第後曹泳揖孝祥於殿廷以請婚，孝祥不答，泳憾之。於是風言者誣祁有反謀，詔繫獄。會檜死，上郊祀之二日，魏良臣密奏散獄釋罪。遂以孝祥爲祕書省正字。故事，殿試第一人次舉始召，孝祥第甫一年，得召由此。初對，(百)〔首〕言乞總覽權綱，以盡更化之美。又言官吏忤故相意，並緣文致，有司觀望鍛鍊而成罪，乞令有司即改正。又言王安石作日録，一時政事美則歸己。故相信任之專非特安石，臣懼其作時政記亦如安石專用己意，乞取已修日曆詳審定正，黜私説，以垂無窮。從之。

遷校書郎。會芝生太廟楹，百官賀畢，或獻賦頌，孝祥獨上原芝一篇以諷之。時儲位尚虛，以大本未立爲言。具言芝在仁宗、英宗之室，天意可見，乞早定大計，高宗首肯。遷尚書禮部員外郎，尋爲起居舍人，權中書舍人。初，孝祥登第出湯思退之門，思退爲相，擢孝祥甚峻，而思退素不喜汪徹。孝祥與徹同爲館職，徹老成重厚，而孝祥年少氣鋭，往往凌轢之。至是徹爲御史中丞，首劾孝祥奸不在盧杞下。孝祥遂罷，提舉江州太平興國宮。於是湯思退之客稍稍被逐。尋除知撫州，年未三十，涖事精確，老於州縣者所不及。

孝宗即位，復集英殿修撰，知平江。府事繁劇，孝祥剖决，庭無滯訟。屬邑大姓並海囊橐爲奸利，孝祥捕治籍其家，得穀粟數萬。明年吴中大饑，乞賴以濟。張浚自蜀還朝，薦孝祥，召赴行在。孝祥既素爲湯思退(在)〔所〕知，及受浚薦，思退不悦。孝祥入對，乃陳二相當同心戮力以副陛下恢復之志。且靖康以來，惟和战兩言遺無窮禍，要先立自治之策以應之。復言用才之路太狹，乞博採度外之士以備緩急之用。上嘉之。

除中書舍人。尋除直學士院兼都督府參贊軍事，俄兼領建康留守。言者，改敷文閣待制，留守如舊。會金再犯邊，孝祥陳金之勢不過欲要盟，宣諭使劾孝祥落職罷。復集英殿修撰，知靜江府廣南西路經略安撫使，治有聲績，復以言者罷。俄起知潭州，爲政簡易，時以威濟之，湖南遂以無事。復待制，徙知荆南湖北路安撫使，築寸金隄，自是荆州無水患；置萬盈倉以儲諸漕之運，民德之，請祠，會以疾終卒。孝宗惜之，有用才不盡之嘆，進顯謨閣直學士致仕，年三十八。

孝祥俊逸，文章過人，尤工翰墨，嘗親書奏劄，高宗見之曰：「必當名世。」

（三）　文集宣城張氏信譜傳

公諱孝祥，字安國，學者稱爲于湖先生。本貫和州烏江縣。唐司業張籍七世孫，祕閣修撰金國通問使邵之從子。父祁，任直祕閣淮南轉運判官。紹興初年，金人寇和州，隨父渡江居昇仙橋西。時公甫數歲，豫章王德機一見而奇之，遂許以女焉。幼敏悟，書再閱成誦。文章俊逸，頃刻千言，出人意表。轉運公嘗面池築室爲讀書所，池故多蛙，公以硯擲之，聲遂永息，人咸異之。既貴，即以禁蛙名其池。

年十六，領鄉書，再舉冠里選。紹興甲戌廷試擢進士第一，時年二十有三。策問師友淵源，秦塤、曹冠皆力攻程氏專門之學，公獨以程氏得孔孟之緒。先，知貢舉湯思退已定塤魁多士，帝讀其策皆檜語，復自裁擇，乃首擢公，親灑宸翰：「議論堅正，詞翰俱美。」先，蕪湖東境有龍穿岸騰空，風雷夐異，須臾，雲霓五彩，光燭百里，江山掩映如錦。及捷聞，人咸謂慶雲爲公之先兆云。

先是，岳飛卒於獄時，廷臣畏禍，莫敢有言者。公方第，即上疏言：「岳飛忠勇天下共聞，一朝被謗，不旬日而亡。則敵國慶幸，而將士解體，非國家之福也。」又云：「今朝廷冤之，天下冤之，陛下所不知也。當亟復其爵，厚恤其家，表其忠義，播告中外，俾忠魂瞑目於九原，公道昭明於天下。」帝特優容之。時公尚在期集所，猶未官也，秦相益忌之。

初，授簽書鎮東節度判官廳公事，轉祕書省正字。故事，殿試第一人次舉始召，公第甫一年得召對，勸帝總攬朝綱，以盡更化之美。又言官吏忤故相意，並緣文致，有司觀望鍛鍊而成罪，乞令有司即改正之。復言王安石作日録，一時政事美則歸己。故相信任之專非特安石，臣懼其作時政記者亦如安石專用己意，乞取已修日歷詳審是非，正黜私説，以垂無窮，從之。

遷校書郎，兼國史實録院校勘。會連歲芝生太廟楹，百官表賀。時儲位尚虛，公獨上原芝篇以諷之。其略曰：惟大本未立，社稷宗廟亦靡克寧（響）〔饗〕。」又曰：「在仁宗、英宗之室，（尺）〔天〕意可見。乞早定大計。」高宗覽之，首肯再三，舉朝稱頌。

遷尚書禮部員外郎，尋爲起居舍人。初，公與汪徹同館職，修先朝實録。徹老成畏禍，務在磨稜，公少年氣鋭，欲悉情狀，往往凌拂。徹謂曰：「蔡中郎失身於董卓，故不爲君子所與。」公曰：「顧自立何如。」思退聞之，不悦於徹之言。至是徹爲御史中丞，乃首劾公等奸不在盧杞下，遂罷，提舉江州太平興國宮祀。

尋除知撫州事，臨川詰卒趨刼庫兵，一時鼎沸，官吏屏跡。公單騎馳赴軍中，喻列校曰：「汝曹必欲爲亂，請先殺太守。」僉曰：「不敢，惟所給未敷耳。」公即手喻衆卒，聽命者待以不死。隨取金帛以次支給，摘發數卒，叱之曰：「倡亂者罔赦！」立命斬之。衆校俯伏不敢仰視，闔城宴然。事聞，帝極嘉獎。時年未三十，涖事精確，雖老於州縣者所不逮也。

孝宗即位，除集英殿修撰，知平江軍府事，提舉學事，賜紫金魚袋。平江乃臨安藩屏，寄任匪輕。公扶植善類，鋤抑强暴。裁決如流，庭無滯獄。屬邑有大姓煮海囊橐爲姦利，怙勢作威，禍延郡邑。公捕治籍其家，得粟數萬斛。明年，吳中饑，乞賴以濟。

張魏公還朝，乃首薦公，召赴行在。入對，勸帝辨邪正，審是非，崇根本，壯士氣，因痛陳國家委靡之弊。且靖康以來，惟和戰兩言遺無窮禍，要先立自治之策以應之。復陳用人之路太狹，乞博採度外之士以備緩急之用。上嘉之。除中書舍人，遷直學士院，俄兼都督府參贊軍事。時魏公欲請帝幸建康以圖進兵，復薦公兼領建康留守。湯思退言改敷文閣待制，留守如舊。及魏公罷判福州，宣諭劾公爲黨落職。

初，轉運公築歸去來堂，領太平州事王侯秬更爲建狀元第、慶雲（接）〔樓〕，日者見之，謂將不利於（金）〔舍〕人，至是果符其言。且自渡江以來，大議惟和與戰，魏公主戰，湯相主和。公始登第出思退之門，及魏公志在恢復，公力贊相，且與敬夫志同道合，故魏公屢薦公，遂不爲思退所悦。

或者因公召對要先立自治之策以應之等語，謂公出入二相之門，兩持其說，豈知公者哉！

思退竄，仍復集英殿修撰，知静江府，廣南西路經略安撫使，治有聲。俄改知潭州，權荆湖南路提點刑獄公事。爲政簡易，時濟之以威，湖南遂得以無事。有婦不宜於夫，(之)〔夫〕商而歸，婦爲具食，食已即死。其舅姑以爲婦殺之無疑，涉三獄而婦不伏。公親鞫之，婦泣曰：「實無此志。顧有魚肉，以鋏承之，鋏固在也。」公命取鋏，復魚肉以飼犬，犬斃。因詢(士)〔土〕人，謂湖外有蜈蚣盈尺，一遇食即殺之。公命索婦所，果得蜈蚣盈尺，仍取魚肉飼犬，復斃，事立爲之平反。婦誓祝髮以報，衆大悦服。會敬夫、定夫扶魏公柩至州境，不能入蜀，公爲營葬於屬縣寧鄉之西。遂與敬夫講性命之學，日夕不輟，築敬簡堂以爲論道之所，而四方之學者至焉。公自篆「顔淵問仁」章於中屏，晦菴、南軒各爲詩文以記之。

尋復待制，徙知荆南荆湖北路安撫使。荆州當虜騎之衝，自建炎以來，歲無寧日。公内修外攘，百廢俱興。雖羽檄旁午，民得休息。築寸金隄以免水患，置萬盈倉以儲漕運，爲國爲民計也。乾道五年己丑，偶不豫，遂力請祠侍親。疏凡數上，帝深惜之，進顯謨閣直學士致仕。南軒爲文以餞之。荆南士民哭送登舟。仍(給)〔繪〕小像祀於湘中驛，南軒爲之贊。

既歸蕪湖，凡縉紳之士，莫不晉接。宗戚渡江而貧窶者，公輒賑之。新觀瀾亭以集同志，講論之餘，徜徉山水，寺觀臺樹，吟詠殆徧，而悉爲之題識。蕪湖都水陸之衝，舟車輻輳，民甚苦之，屢(籍)〔藉〕公爲之庇。(令)〔會〕邵宏淵擁兵還鎮，所過市肆皆空，蕪民甚恐。轉運公與淵有識，公作書以逆之，至則自糴米數百斛，父子着紫衣乘使者車犒師江上，衆得餉，揚帆而去，遂秋毫無犯。丞袁益之迎至江滸，士民夾道指〔日〕〔目〕誇艷。

庚寅冬，疾復作，遂卒。卒之日，商賈爲之罷市，兩河之民，惶惶如失所恃。帝聞之，惜其有用才不盡之歎。公性剛正不阿，秦塤同登第，官禮部侍郎，一揖之外，不交一言。尤工翰墨，嘗親書奏劄，高宗見之曰：「必將名世。」詩詞雄麗，尤工古調，有于湖集四十卷。

嗟乎！惟公起布衣，被簡遇，入司帝制，出典藩翰。議論風采，文章政事，卓然絶人。歷事中外，士師其道，吏畏其威，民懷其德，所至有聲。奈何筮仕之初，見〔忘〕〔忌〕於檜，既而不悦於湯，旅進旅退。向使得召行道，天錫永年，斯世斯道之寄，經天緯地之才，當必有大過人者。卒不能究其所施，齎志以没，惜哉！

參知政事孝伯世稱賢相，孝曾以節義聞，孝才、孝章以文學著，公之諸兄弟也。賢才萃於一門，公實有以啟之。子太平，公易簀時方髫年，從諸父徙宣城。既而從事素書，合門蔭不克磨勘者二十年，今皇帝登極建元，始得蒙例遥授登仕郎。孫永通，今授□□，即委予以傳，以予嘗得侍公，且生則同鄉，徙則同邑，知公之深也。義不忍辭，因摭實所聞而次序之，以備觀風者之採云。

紹熙五年甲寅，歷陽居士陸世良書於蕪湖介清堂。

（四）張同之夫婦墓志〔一〕

〔一〕宋故運判直閣寺丞張公埋銘

公諱同之，字野夫，世爲和州烏江人，蓋唐司業籍之後。曾祖幾，累贈金紫光禄大夫；妣馮氏安定郡夫人。祖祁，朝請大夫，直祕閣；妣孫氏、李氏恭人、時氏碩人。父孝祥，顯謨閣直學士、朝奉郎，贈朝散大夫，累贈通議大夫；妣時氏碩人。公以顯學致仕，恩授承務郎、監平江府糧科院、兩浙轉運司提轄催促綱運官，遷承奉郎、福建路轉運司主管文字，遷承事郎、宣義郎，用薦者入爲提轄文思院、提轄雜買務雜賣場，遷宣教郎，除將作監主簿，改太府寺丞。以太上登極，恩遷通直郎，遷司農寺丞，擢知滁州，遷奉議郎。創繕戍兵營寨賞，特授承議郎，知舒州，除淮西提舉兼權轉運判官，提點刑獄兼提點江淮湖北鐵冶鑄錢公事，遷朝奉郎，復遷一官。言於朝，願回授本生母李氏，朝廷許之。尋以今上登極，恩遷朝散郎。於是歲大饑，淮西尤甚，公賑荒盡力，民賴以安。上嘉其勞，賜詔褒寵，特授朝請郎，再任。慶元元年七月，除直祕閣，移江南西路轉運判官。明年，遇疾卒於官舍，享年五十，時三月二十二日也。娶韓氏，朝奉郎晝之女，先公十八年卒。繼章氏，今中散大夫冲之女。子男三人：億，將仕郎；俁，先公數月而夭；俌，將以公致仕恩任之。女一人，適修職郎寧國府南陵縣尉董鑒。明年，諸孤卜地復得吉於祖域之旁、黄葉嶺之陽。以三月丙申奉公以葬。惟億等不孝，罹此鉅酷，泣血巃壙，痛慕號殞，謹忍死執筆，記始終大略刻而藏諸幽云。

朝散郎新通判均州軍州兼管内勸農營田事賜緋魚袋沈作乂填諱。

（二）　宋故夫人章氏祔葬埋銘

夫人嫁張氏爲朝請郎直祕閣江南西路轉運判官諱同之之妻。姓章氏，其先建之浦城丞相申公，其高祖也。曾祖授，故左朝請大夫，知海州，累贈通奉大夫。祖僅，故朝請郎，知徽州，累贈特進。父冲，見任中散大夫、提舉建寧府武夷山冲佑觀。妣葉氏，贈令人，左丞石林先生之女。夫人生於外氏，而中散亦築居弁山，故爲吴興人。慶元乙卯春，直閣卒官舍。後五年三月乙酉，夫人以疾終於于湖里第，春秋四十有七。年二十三而來歸，以夫陞朝恩封孺人，以今上登極恩封安人。子億俑皆將仕郎。女適從政郎、新婺州義烏縣丞董鑒。夫人既卒之明年三月壬申，葬和州烏江縣黄葉嶺之陽祔直閣之兆。於葬也，孤億泣血書之石，鑱而納諸幽宫。

朝奉大夫新權發遣施州軍州兼管内勸農事沿邊溪洞都巡檢使借紫沈作乂填諱。

【注释】

〔一〕見南京市博物館撰江浦縣黄悦嶺南宋張同之夫婦墓，載文物一九七三年第四期。文中側重出土文物的叙述，對于同之身世未深考。從所附圖片看，同之墓志碑文已模糊，章氏的甚清晰。

（五）乾道本于湖先生長短句序

（一）湯衡撰張紫微雅詞序

（二）陳應行撰于湖先生雅詞序

（右兩序已見本書卷首）

（六） 嘉泰本于湖先生文集序

（一） 謝堯仁撰張于湖先生集序

文章有以天才勝，有以人力勝；出於人者可勉也，出於天者不可强也。今觀賈誼、司馬遷、李太白、韓文公、蘇東坡，此數人皆以天才勝，如神龍之夭矯，天馬之奔軼，得躡其踪而追其駕。惟其才力難局於小用，是以亦時有疏略簡易之處，然善觀其文者，舉其大而遺其細可也。若乃柳子厚專下刻深工夫，黄山谷、陳後山專寓深遠趣味，以至唐末諸詩人，雕肝琢肺，求工於一言一字間，在於人力固可以無恨，而概之前數公縱横馳騁之才，則又有間矣。故曰人可勉也，天不可强也。

于湖先生，天人也。其文章如大海之起濤瀾，泰山之騰雲氣，倏散倏聚，倏明倏暗，雖千變萬化，未易詰其端而尋其所窮。然從其大者目之，是亦以天才勝者也。故觀先生之文者，亦但當取其轇轕斡旋之大用，而不在於苛責於纖末瑣碎之微。先生氣吞百代而中猶未慊，蓋尚有凌轢坡僊之意。其帥長沙也，一日有送至水車詩石本，掛在書室，特携堯仁就觀，因問曰：「此詩可及何人？不得佞我。」堯仁時窘於急卒，不容有不盡，因直告曰：「此活脱是東坡詩，力亦真與相輒。但蘇家父子更有畫佛入滅、次韻水官、贈眼醫、韓幹畫馬等數篇，此詩相去却尚有一二分之劣爾。」先生大然堯仁之言。是時，先生詩文與東坡相先後者已十之六七，而樂府之作，雖但得於一時燕笑咳唾之頃，而先生之胸次筆力皆在焉。今人皆以爲勝東坡，但先生當時意尚未能自肯，因又問堯仁曰：「使某更讀書十年如何？」堯仁對曰：「他人雖更讀百世書，尚未必夢見東坡，但以先生來勢如此之可畏，度亦不消十年，吞此老有餘矣。」次年，公自江陵得祠東下，方欲踐此言，未幾則已聞爲馭風騎氣之舉矣。嗚呼！天不竟英雄之志，尚留莒墨兩城與太原餘蘗，至今江流尚覺有不平，其以此歟！

天下刊先生文集者有數處，豫章爲四通五達之衝，先是先生之子同之將漕於此，蓋其責也。時侍郎莆陽蔡公屢勸之而竟不果，信知斯文通塞亦自有時。今閣學尚書公自其開府以來，即曉夕在念，而尚乃遲遲至於今者，豈不以先公後私，於事自有次第。而不知此事亦公也。蓋四方學者渴見斯文，以增壯筆端，方皆以先覩爲快。使公肯爲是舉，正是嘉惠學者之意，豈必獨認以爲激乎鴒原之情而足以有歎哉！

自渡江以來將近百年，唯先生文章翰墨爲當代獨步，而此猶先生之餘事也。蓋先生之雄略遠志，其欲掃開河洛之氛祲，蕩洙泗之膻腥者，未嘗一日而忘胸中。使其得在經綸之地，驅馳之役，則周公瑾、謝幼度之風流，其尚可挹於千載之上也，而門下之鯫生何足容議論之喙哉！

嘉泰改元之中秋，門下士昭武謝堯仁序。

（二） 張孝伯撰張于湖先生集序

于湖先生長孝伯五歲，垂髫奉書追隨，未嘗一日相捨。別去餘十年，先生再冠賢書，會於臨安，時紹興癸酉也。明年魁多士，又明年入館，寖登清華。孝伯亦入太學爲諸生，無時不在左右。每見於詩，於文，於四六，未嘗屬稿，和鉛舒紙，一筆寫就，心手相得，勢若風雨。孝伯從旁抄寫，輒笑謂曰：「録此何爲？」（問）〔間〕從手掣去。良由天才超絶，得之游戲，意若不欲專以文字爲事業者。一日，謂孝伯曰「汝作一月工夫，我只消一日，明日便有用處。」夫所謂用者，豈章句而已哉。惜乎，天奪之速，不容究其才於用大，僅能遺愛於六州。恭聞孝宗皇帝玉音，嘗興用才不盡之嘆。使其適乘機會，必有以上契聖心，則其成就蓋不止此。嗚呼！士大夫有志當世，孰不以功名自許。至如先生，真有過人者歟！

別後詩文多得之耳授，然不能無舛也。竭〔來〕南昌，解后王大成集，大成從先生久，先生深愛之者。盡以家藏與諸家所刊屬其讎校，雖不敢謂全書，然視他本則有間矣。繼有所得，當爲後集云。

嘉泰元年十月旦，弟華文閣直學士朝請大夫知隆興府充江南西路安撫使孝伯謹書。

（七） 韓元吉撰張安国詩集序

詩之作，得於志之所寓而形於言者也。周詩既亡，屈平始爲離騷，荀卿、宋玉又爲之賦，其實詩之餘也。至其託物引喻，憤惋激烈，有風雅所未備，比興所未及，而皆出於楚人之詞。後之學者，執筆跂慕，而終身不能道其一二。或曰，楚之地富於東南，其山川之清淑，草木之英秀，文人才士遇而有感，足以發其情致而動其精思。故言語輒妙，可以歌詠而流行，豈特楚人之風哉，亦山川之氣或使然也。

自唐以來，詩人寖盛，有得於天才之自然者，有資於學問而成之者。然才之不足，不能卓越宏大，則失之淺近而無法；學之不至，不能研深雅奥，則失之蹈襲而無功。捨李杜而降，咸有可議者矣。嗚呼！若吾安國之詩，其幾於天才之自然者歟。

安國少舉進士，出語已驚人，未嘗習爲詩也。既而取高第，遂自西掖兼直北門，迫於應用之文，其詩雖間出，猶未大肆也。逮夫少憩金陵，徜徉湖陰，浮湘江，上灕水，歷衡山而望九疑，泛洞庭，泊荆渚，其歡愉感慨，莫不什於詩。好事者稱歎，以爲殆不可及。蓋周游幾千里，豈吾所謂發其情致，而動其精思，真楚人之遺意哉。雖然，清婉而俊逸。其機杼錯綜，如繭之方絲；其步驟蹀躞，如驥之始駕。若天假之年，施藻火而御和鸞，其誰曰不宜。惜其不幸早世，予嘗欲爲之哀詞，悼其生平，未果也。

歷陽胡使君元功，集安國詩得若干篇，將刻而傳之，以慰其鄉閭之思，又掇其歌詞以附於後，屬予序引，予於是收涕而懷有不忍述者。嗟乎！士大夫或未識安國，詠其詩而歌其詞，襟韻灑落，宛其如在。亦足以悲其志之所寓，而知其爲一世之雋傑人也。

乾道八年四月庚申潁川韓某序。（南澗甲乙稿卷十四，叢書集成初編）

（八） 王質撰于湖集序

故宋中書舍人張公安國，奮起荒寒寂寞之鄉，而聲名震耀天下者二十餘年，可謂盛矣。歲丁丑，某始從公於臨安。間謂某曰：「吾有志於文章，將須成於子，其請爲我言之。」某謝不能，公益切。某不得已而爲之言：「文章之根本皆在六經，非惟義理也，而其機杼物采規模制度，無不具者也。」語未卒，公出攷古圖其品百二十有八曰：「是當爲記，於經乎何取？」某曰：「宜用顧命。」公拊掌變色曰：「吾得之，吾得之。」歲丁亥，追遊廬山之間，訖事將裒其所歷序之。公曰何以？某曰：「當用禹貢。」公益動。歲己丑，某下峽過荆州，公出其文數十篇，於是超然殆不可追躡，非唐宋諸子所能管攝也。是歲，公没於當塗之蕪湖，而其歌詞數編先出。

歲癸巳，公之弟王臣官大冶，道永興。某謂王臣曰：「公之文當亟輯，世酣於其歌詞，而其英偉粹精之全體未著，將有以狹公者。」王臣既去一年，以公之文若干篇若干册示某。

公之文非修辭立論之所可贊也。往會於荆州之杞梓堂，公曰：「世之文，秦降於三代，漢降於秦，唐又降焉，何也？」

某曰：「文章非人之所爲，天地之氣發露而爲英華，而人隨其淺深能否得之。世運風俗，轉易遷流，愈降而愈薄，此可以觀氣之盈虧。自混淪以前，其略見於釋氏之長含經，而開闢以後，其詳見於邵氏之皇極經世。此文章所以有高下，而亦奚獨文章也。司馬子長、班孟堅世之爲匹。觀張騫之贊，子長、孟堅增損之語，可以見人情之廣狹。枚乘漢之劣，而柳子厚雄於唐者也，觀乘之七發與子厚之八問，可以見物態之厚薄，顧第弗深攷。」

公益叩曰：「然則何如？」

某曰：「世之風俗與天地之氣俱爲消長盈虛，而吾之心未嘗有所虧盈也。自三代而降，中庸、大學之旨不傳，而危微精一之學遂廢。世徒以智力精神與萬物相抗，而奪其情狀爲吾之文章。不知吾之智力精神與氣運同流，而我弗能制也。若是何怪道愈降文益衰。夫惟至誠不息之功全，而克己復禮之力厚，自爲主宰，不爲氣運風俗所遷。吾之智力精神，返而與泰定之光相合。不隨古今之變，而常新無窮，則三代之文章居然可致也。林間之夫，漢上之女，與今之學士大夫，其賢愚工拙宜至相絕矣，而兔罝、漢廣之聲非後世可吐。此惟其有莫不好德之心，故其音純；有無思犯禮之念，故其音正。世溺於勢利聲名，而方寸之地，爲萬物往來馳騁之途，蹂踐吾之精靈，其力至淺鮮矣。叙事而有大禹、皋陶、益稷之謨，論諫而有說命、旅獒、立政之書，論衆而有梓材、多方之訓，析理而有洪範之文。此非可以取必於其辭，而其存諸中者，如玉在石，珠在淵，温純明湛之輝，因物顯容，而自莫知，此天下之至文也。」

公曰：「善哉！始吾所志未爲極也。如子所言，則六經是師，三代是慕而後可也。苟未死，當無負於子。」言已泣下，初莫諭其故，後四月而公亡。此某所以痛哭流涕，而恨公之無年，抱其不竭之才，賫其未盡之志以没，使某之言徒發而不見其驗也。哀哉！（雪山集卷五，叢書集成初編）

張孝祥詞箋校讀後

祖保泉

一

張孝祥詞箋校撰者宛敏灝教授，近十幾年來堅持創作，時有新詞發表；堅持著述，多有新著問世。記得三年前，承贈詞學概論（上海古籍出版社版），所論頗多獨到之處。如論詞的長句可依文理作不同的分逗，便是明清以來學人楊慎、萬樹等未曾道及的問題。今年中秋，策杖來訪，又持交張孝祥詞箋校手稿一帙，囑爲校讀，我以獨得先睹爲快。

早年，我曾讀于湖詞而又未加深究，只是感性地認爲詞中所抒發的忠憤之情乃是抗敵救亡的愛國情懷，詞中標示的「離思」、「別情」，則不知作者情繫何人。這一點，在我看來，真是「朦朧詩」。現在，有張孝祥詞箋校（以下簡稱箋校）在手，便可掃除朦朧而見真象了。

箋校全書包括三个主要部分：前言、張孝祥詞箋校、張孝祥年譜。前言輪廓地評介張孝祥及其詞，有導讀作用；箋校逐一箋釋詞的寫作背景，誘導讀者進入張孝祥的精神世界；年譜對張孝祥生平作總體鈎畫，使讀者能歷史具體地瞭解這个歷史人物。三部分銜接，自然地構成一箇整體。前言原稿即張孝祥〔評傳〕，定稿於七十年代；箋校新撰，完稿於今年；年譜初創於四十年代初期，屢經修訂，定稿於八十年代。由此可知，這本書乃是宛先生研究于湖詞的有關論述的結晶。老蚌之珠，自有光澤。

二

箋校一書中的箋，着重指明每首詞的寫作背景，偶爾也有幾句點明理解這首詞的關鍵所在；倘或涉及前賢評語，亦隨之指明其得失。

必須指出，古今選家編撰詞選，説明所選某一詞人的某幾首詞的寫作背景，可能不是難事；如果就某一詞人的全部作品，逐一指明其寫作背景，則非專家莫辦的事了。目前唐宋詞選、宋詞選之類這麼多，而稼軒詞編年箋注（鄧廣銘箋注）、姜白石詞編年箋校（夏承燾箋校）之類這麼少，似乎可以證明我的看法。張孝祥詞箋校自有專家的功力在。

箋，求其準確，很不容易。稍稍留意於詞學的人都知道，張孝祥六州歌頭（長淮望斷）是其代表作〔一〕。然而這首詞寫於何年却還是個問題。流行的多種唐宋詞選、宋詞選在詮釋中都説這首詞寫於南宋隆興元年（一一六三）宋北伐軍潰敗於符離（宿縣符離集）之後（或説寫於「隆興和議」之後），而宛先生獨指明寫於采石（馬鞍山市采石鎮）戰勝的次年，即南宋高宗紹興三十二年（一一六二）。這兩種不同意見却有一個共同依據，那就是無名氏朝野遺記中的一條。這條説：

安國在建康留守席上賦，歌闋，魏公爲罷席而入。

現在，我們也根據這條記載來判斷是非。按魏公，指張浚，任建康留守，時在宋高宗紹興三十一年十一月至次年六月（一一六一年十一月——一一六二年六月）。他是這次宴會的主人，張孝祥是與會的賓客之一。「建康留守席上」一句，與于湖居士文集樂府中的菩薩蠻（乳瓶屬國歸來早）小標題「和州守胡明秀席上」、南歌子（曾到蘄州不）小標題「仲彌性席上」一樣，都表明孝祥是賓不是主。有人僅憑「建康留守席上」一句，便斷定這詞寫於孝祥自任建康留守期間（宋孝宗隆興二年三月至十月），那是誤解此語的原意了。至於寫這首詞的具體時間，宛先生據宋史、續資治通鑑等書有關記載，指明爲紹興三十二年（一一六二）高宗到建康時（正月五日至二月六日）。請參閱前言及年譜。

這首詞寫於初春，可是詞中寫的是冬景。爲甚麽？答案是：出於藝術創造的需要。詞中「霜風勁」和「名王宵獵」正相應合，因爲打獵總是秋冬季節的事；借寫「名王宵獵」便于抒發既戰勝敵人而不乘勝追擊的忠憤之情，這在藝術氣氛上是很調協的。如果就史實説，宋將虞允文督水師打敗金主完顏亮於采石是紹興三十一年（一一六一）農曆十一月的事，與詞中所寫的季節正相符合。只因朝廷一意求和而不乘勝追擊，詞的作者才大嘆「悄邊聲」。（試想，如果此時敵勝宋敗，詞的作者怎麽會大嘆「悄邊聲」？）因此我以爲，這詞寫冬景，是合情合理的。

如果説，這詞寫於宋軍符離潰敗、隆興和議之後，那我就要提請注意史實：此時金主正乘勝索求海、泗、唐、鄧四州，歲幣白銀二十萬兩；而戰敗的南宋孝宗，只得對金主奉書稱「姪」——「姪大宋皇帝某再拜奉書於叔大金皇帝」，哪還説得上主動地「干羽方懷遠，静烽燧，且休兵」！此時戰争的主動權已操在金人手中嘛！又，孝祥任建康留守，兼都督府參贊軍事。此時他已非賦閑，還會慨嘆「空埃蠹」「心徒壯」嗎？顯然，説這首詞寫於符離潰敗之後或隆興和議之後，是與詞的内容不符的。宛先生更就時、空方面列舉事實，指出其疏誤。所論皆信而有徵。詳見年譜及上海辭書社版唐宋詞鑒賞辭典一四二九頁附記，這裏不一一轉述了。

以上所説，只是個例子，表明這首詞的箋語有卓見。讀者如通覽全書，自會發現箋語精采紛呈，給人以愜心的快樂。這裏，我要特别指明一點：宛先生在長期研讀于湖詞中窺破了鮮爲人知的有關于湖先生的愛情悲劇，揭示了隱祕。這就使原標題「離思」「别情」之類的詞，得到確解。請看，在念奴嬌（風帆更起）的箋中，宛先生説：

筆者就是由于這首詞的啟示，結合出土的張同之夫婦墓志以及其他有關資料，論證孝祥在青少年時期與情侣李氏由戀愛而同居，生了長子同之。紹興二十四年（一一五四）廷試第一，秦檜爲其孫被抑已怒，曹泳以請婚未允又憾之，遂誣孝祥父祁有反謀，下獄。會檜死，得釋，婚姻問題不得不慎重處理。于是讓李氏回到故鄉桐城浮山隱居學道，孝祥在臨安另娶仲舅之女時氏爲妻。未幾，時氏病故。而李氏健在，孝祥直到去世前一年的冬天，猶懷念舊好，情見乎詞。（詳見宛著詞學概論第二〇八——二一二頁）

讀者只要明瞭這個愛情悲劇，對孝祥詞中的兩首木蘭花慢（「離思」「别情」）、雨中花慢、轉調二郎神等，便可求得真解。

箋，不僅指明寫作背景，也偶釋詞的藝術表現特點。如浣溪沙小標題「中秋座上十八客」：

同是瀛洲册府僊，只今聊結社中蓮。胡笳按拍酒如川。 喚起封姨清晚景，更將荔子薦新圓。從今三夜看嬋娟。

箋曰：「此詞每句均用事切十八之數。」接着指明首句用唐太宗設文學館，以杜如晦等爲十八學士，圖像登瀛洲；次句用佛家語六根、六塵、六識爲十八界，並比作釋慧遠集高僧名儒結白蓮社；第三句説當筵樂奏胡笳十八拍。下片第一句説時有餘熱，召喚風神（封十八姨）來送爽；次句説酒後品嘗新荔上品十八娘；末句説中秋賞月，尚可再延賞三宵，直到十八夜。

這是窺破作詞用心的箋釋，亦可見孝祥填詞用事的高强本領。

孝祥詞中的名篇，前賢略有評論；箋涉及這些評論，不是輯録原文了事，而是就原評論加按語指明得失。這種肯與讀者交換意見的做法，對讀者有益，當然受到讀者歡迎。例如對念奴嬌過洞庭一首，箋中有：

前人評論此詞甚多，主要强調其曠達一面。如魏了翁題這首詞真跡説：「張于湖有英姿奇氣……方其吸江酌斗、賓客萬象，詎知世間有紫微青瑣哉！」

王闓運云：「飄飄有凌雲之氣，覺東坡水調（歌頭），猶有塵心。」

箋者認爲這些評論過分美化孝祥離塵絶俗的風姿，其實與詞的内容不完全吻合，便加按語：

此詞作于尚未知潭州（長沙）時，守静江（桂林）甫及一年，宋史稱「治有政績，復以言者罷。」所謂「應念嶺海經年，孤光自照，肝肺皆冰雪。」試參閲另一首念奴嬌（星沙初下）中「一葉扁舟，誰念我、今日天涯飄泊？平楚南來，大江東去，處處風波惡」等語，則此時心情可知。盡管「穩泛滄浪空闊」，也還感到「短髮蕭騷襟袖冷」嘛。

我以爲此評比前賢所論深入些，深在能透過字句，説明了詞的作者此時精神狀態的複雜性。箋中處處顯卓見，這與那種集評爲箋的書相比，簡直不可同日而語。

箋校中的校是集衆美於一身的。在集美時，校者認真地加以考究，務求確當。

三

孝祥詞，傳世的有兩個宋本，即景宋本于湖先生長短句六卷（乾道七年劉温父編）和于湖居士文集中所收樂府四卷（文集，嘉泰元年張孝伯編）。另有宋人編的中興以來絶妙詞選卷二載孝祥詞二十四首（淳祐七年黄昇選編）。箋校以于湖先生長短句爲底本，以于湖居士文集樂府、絶妙詞選和明人所編的唐宋名賢百家詞（吴訥編）、宋名家詞（毛晉編）爲主要參校本，共録孝祥詞二二六首。應該説明，唐圭璋先生編的全宋詞，録孝祥詞二二五首，孔凡禮先生全宋詞補輯録孝祥詞一首，合計二二六首。全宋詞先出，箋校後出，以纂輯建功；以導讀著績。

詞，如果只標曲調而無小序或小標題，在今天看來便是無題詩。稍涉詞學的人都知道，詞在初起時，所標曲調事關音樂和内容兩方面，如唐人作詞，取調南鄉子的便寫南方風物，取調臨江仙的便寫江妃水媛，取調巫山一段雲的便寫巫山神女之類，取調女冠子的便寫少女幼婦入道之情，等等。可是後來因時適變，詞人只擇調填詞，擺脱曲調名稱原意的限制，抒發自己的情思而已。因此，多數詞在標明曲調之下，作者如不加小標題，則其所抒之情令人難以捉摸。校詞者有鑑於此，在校核同一詞集的多種版本時，總是注目于已有的小標題，搜求考究，以便爲讀者提供理解每首詞的鑰匙。

箋校在這方面做了大量工作，就底本輯補小標題，加以校勘，求其精當。這裏，舉兩個例子。

例一　于湖先生長短句中有這樣一首浣溪沙：

萬旅雲屯看整暇，十眉環坐卻娉婷。白麻早晚下天庭。

只倚精忠不要兵，卷旗直入蔡州城。賊營半夜落妖星。

這是歌頌誰「直入蔡州城」的平賊之功？底本原無小標題，箋校補題「劉恭父席上」。校曰：「原失題，从文集、百家詞補。」這便交代了補題的根據，使讀者索解有迹可尋。迹在哪裏？檢宋史劉珙傳便會完全明白。這首詞的箋曰：「乾道二年（一一六六），孝祥罷靜江府東歸經長沙，劉珙設宴招待，孝祥席上作此，頌其平李金功。」箋校結合，便使讀者如夏日飲冰，自可心清神爽。

例二　于湖先生長短句中另一首浣溪沙，小標題爲「荆州約馬奉先登城樓觀。」詞曰：

霜日明霄水蘸空，鳴鞘聲裏繡旗紅。淡烟衰草有無中。

萬里中原烽火北，一尊濁酒戍樓東，酒闌揮淚向悲風。

校曰：「文集、百家詞俱失題，此从名家詞改「奉」爲「舉」，並增『塞』字。」按改「奉」爲「舉」，證據何在，名家詞未詳，我们不必追究，對理解這首詞無碍；在「登城樓觀」下補一「塞」字，頗有勝處，勝在和詞的內容契合。試想，如不「觀塞」，則無由見「萬里中原」，亦無由抒發「揮淚向悲風」的盼望恢復中原的愛國之情。

順便說一下：「登城樓觀（去聲）」亦可通，然終不如「觀塞」能見得「中原烽火」。

校勘孝祥詞的字句訛誤，當然是重要的課題。箋校勘除這方面的訛誤多處，大大增強了于湖詞的可讀性。這裏也舉兩個例子。

例一　于湖先生長短句中有憶秦娥（元宵節）一首，其中有句：「香應隨步，柳梢微月。」校曰：「『香應』，文集、花庵、百家詞、名家詞均作『香塵』，從改。」按改「應」爲「塵」，既符合聲律要求，又使句意明顯些，可取。

例二　于湖先生長短句中有一首水調歌頭，標題爲「爲總得居士壽」，上片有句「綸巾羽扇笑容與列僊如」。校曰：「原句倘斷爲『綸巾羽扇，笑容與列僊如』，似甚勉强。茲從文集改作『綸巾羽扇容與，爭看列僊儒。』」按從文集本校改，顯然是擇善而從。

校勘于湖詞，有各本文字互異、表面皆勉强可通，而實乃各有錯誤的事例。遇到這樣的問題，只得認真地通過意校，使之歸于完全正確。如于湖先生長短句中有柳梢青（重陽時節）一首，小標題爲「蔣文粟兄趨朝，錢文茹橫槎、宋文如古藤，孝祥置酒作別，賦此以侑尊。」文集本小標題爲「餞別荆德施、粟子求諸公。」校語參合這兩個小標題，指明前一小標題中的三個「文」字皆「丈」字之誤，「蔣丈、粟兄」指兩人；「茹」亦「如」之誤，如，往也。橫槎（今廣東高要縣東北）、古藤（今廣西藤縣）皆地名。後一小標題中「荆」字乃「蔣」字之誤。按這雖是意校，但能改正兩个宋本刻錯的字，使之歸于正確。這比一般校點本只列異文而不置可否，顯然有高下之分。

這裏應該提及一個問題：校書，考求是正乃是根本要求；求是，貴在有判斷。如果把底本、它本的異文一一羅列而不加判斷，那是不可取的。例如有人校于湖詞，往往只列「乾道本作××」、「文集本作××」，異文並列，不加判斷，這就談不上考求是正了。箋校每下校語，都有明確的判斷。如上舉浣溪沙（只倚精忠不要兵），校曰：「文集、百家詞誤將首二句顛倒。」又如西江月（不識平原太守）有句「西波西畔晚波平」。校曰：「西波，文集、百家詞作西湖，從改。」按這裏明確指出「誤」或「從」，顯示了有識力的判斷。

當然，如遇兩説可通，不必强作判斷的問題，那就只好並存其説。不過，這種情况總是少見的。箋校中的校語，條條擇善而從，有理有據，這就使她成爲當今的最佳校本。

四

對張孝祥詞，自南宋及今，多有評論，或稱贊其「寫景之妙，詠物之工」，或指明其六州歌頭（長淮望斷）抒憤「淋灕痛快」，念奴嬌過洞庭有「飄飄凌雲之氣」，或贊其菩薩蠻（東風約略吹羅幙）等「綿麗蓄艷，直逼花間」。然而能從于湖詞整體着眼加以評論的，前有宋人滕仲固爲于湖傳人的笑笑詞〔二〕所作的跋，今有張孝祥詞箋校的前言。滕跋稱：

故其詞或如驚濤出壑，或如縐縠紋江，或如淨練赴海，可謂冰生于水而寒于水矣。

顯然滕仲固看到了孝祥詞的風格美是多樣的，約可分爲三類而又總歸於一源。宛先生對滕仲固此評獨有心會，就此大加闡發，使之達到具體而完整的地步。前言説：

滕跋所舉「驚濤」諸喻，我們在讀于湖詞時確有這三種不同的感受。

大抵激于愛國熱情、發抒忠義之氣者，則如驚濤出壑……如六州歌頭（長淮望斷）、水調歌頭聞采石戰勝等都是。

其直抒胸臆，表達豪邁坦率之懷者，則如淨練赴海。宋周密選的絶妙好詞，以孝祥爲首，其所取者似側重這類作品〔三〕。

至于摹景融情，別有清雋自然之趣、纏綿悱惻之思者，則似縐縠紋江。這類詞小令如浣溪沙洞庭，長調如多麗（景蕭疏）以及懷念情婦的兩首木蘭花慢和雨中花慢等。

上列諸例，都是孝祥詞中的優秀作品。至於那些應酬之作，不免庸濫，宛先生則以「糟粕」目之。由此亦可見宛評的客觀而又嚴謹的態度。

就孝祥詞的風格承傳關係說，宛先生指出他是「繼承蘇軾的詞風」的。宛先生說：

南宋初期已有一些作者把恢復祖國的壯懷、反對權奸的憤慨、以至撫時感事的憂思，强烈地在詞裏表達出來，這就更早地繼承蘇軾的詞風，反映當時的主要矛盾，起了承先啓後的作用。孝祥正是其中留下作品較多、成就較大的一位作家。

又説孝祥詞：

論其風格，實介乎蘇辛之間。

把這兩段話合起來便會明瞭：蘇辛如雙峰並峙，而孝祥便是兩峰間橋梁。顯然，這一看法是符合實際的。

五

以上就這本書的箋校和對孝祥詞的總評價諸端談了我們的體會，另外還想説明一點：作爲一名人民教師，宛先生以終身許之，誨人不倦，老而彌堅。他今年高齡八十有六，仍然樂于承担指導研究生的任務，勤勤懇懇地工作。一九八六年三月宛先生八十晉一時，有詞言志，調寄慶春澤：

獨立蒼茫，更懷往昔，匆匆八十華年。且喜芳辰，恰逢三月春暄。神州萬里騰飛疾，趁東風、好繡山川。想人間、幾見河清，共醉陶然。　興來細數平生事：笑小時了了，長愧翩翩。却得英才，穠桃郁李争妍。而今餘熱猶堪獻，老園丁壯志彌堅。看明朝、晝永于湖，花壓闌干。

這裏，我們看到了一位高齡人民教師的赤胆忠心！爲教學和科學研究，他還在熒光燈下不停地寫作。現在，我可以預告，宛先生與他的弟子湯華泉君合撰的吴潛詞編年箋注初稿已成，正在修改，明年可以完工。著述的辛苦，是可以想見的。

老園丁如果能圖像麒麟閣，我想，宛先生應該在數。

【注　释】

〔一〕宋本于湖先生長短句、于湖居士文集樂府、花庵詞選等書，皆首列六州歌頭（長淮望斷），後世評論者亦多稱贊此詞。

〔二〕笑笑詞，宋郭應祥（遁齋）作。滕跋謂「昔聞張于湖一傳而得吴敬齋，再傳而得郭遁齋，源深流長。」吴鎰，號敬齋。

〔三〕周密絶妙好詞以張孝祥爲首，選其詞四首：念奴嬌過洞庭、西江月丹陽湖、清平樂（光塵撲撲）、菩薩蠻（東風約略吹羅幙）。

《安徽古籍叢書萃編》書目

定本莊子故
康輶紀行　東槎紀略
北山樓集
疑庵詩
方望溪遺集
識小録　寸陰叢録
東萊詩詞集
明太祖集
王侍郎奏議
朱楓林集
敬孚類稿
施愚山集（全四册）
吴敬梓吴烺詩文合集
張孝祥詞箋校
竇山公家議校注
翠微南征録北征録合集
阮大鋮戲曲四種
老子注三種
杜詩説
朱書集
論語解注合編
郭祥正集
皖人詩話八種
績學堂詩文鈔
唐詩評三種（上下）
鈍齋詩選
老子注譯
莊子詮詁
説文假借義證（全五册）
劉銘傳文集
包世臣全集（全三册）
田間易學
莊屈合詁
田間詩集
田間文集
古事比（上下）
安徽出土金文訂補

道聽途説
蘭茗館外史
青泥蓮花記
秋崖詩詞校注
舌華録
明語林
夜雨秋燈録（上下）
包拯集校注
毛詩後箋（上中下）
壹齋集（上下）
孟子講義
楊仁山全集
不得已（附二種）
歙事閒譚（上下）
惜抱軒詩集訓纂
張孝祥詩文集
吴汝綸全集（全六册）
青溪集
藏山閣集

田間詩學（上下）
俞正燮全集（全三册）
皖人戲曲選刊　鄭之珍卷
詠懷堂詩集
所知録
文選箋證（上下）
七頌堂集
程瑶田全集（全四册）